अतरापि

अतरापि

ध्रुव भट्ट

प्रभात प्रकाशन, दिल्ली
ISO 9001:2008 प्रकाशक

प्रकाशक • **प्रभात प्रकाशन**
4/19 आसफ अली रोड,
नई दिल्ली–110002

संस्करण • प्रथम, 2018
मूल्य • तीन सौ रुपए
अनुवाद • मंजरी बेलापुरकर
मुद्रक • आर–टेक ऑफसेट प्रिंटर्स, दिल्ली

ATARAPI *Novel by* Dhruv Bhatt ₹ 300.00
Published by Prabhat Prakashan, 4/19 Asaf Ali Road, New Delhi-2
e-mail: prabhatbooks@gmail.com ISBN 978-93-5266-426-9

1

योन्तः प्रविष्य मम वाचमिमां प्रसुप्तां
संजिवयत्याखिलशक्तिधरः स्वधाम्ना
अन्यश्चहस्तचरणश्रवणत्वगादीन्
प्राणान्नमो भगवते पुरुषाय तुभ्यं॥

गाते-गाते कोई आ रहा था, उसके मुँह से ये शब्द सुनाई दिए। किसी के कदमों की आहट सुनाई दी और इसी की ताल में किसी मधुर झंकार का नाद भी दोनों ने सुना। वे कोई अलग प्रकार की गंध का अनुभव कर रहे थे। धरती के स्पर्श को, माँ के ऊष्मा भरे स्पर्श को, वातावरण में कड़कड़ाती ठंड और देह में जाग्रत् होते चैतन्य का अनुभव कर रहे थे, परंतु दृश्य जगत् अभी उनके अनुभव क्षेत्र से बाहर था। अभी तक दोनों की आँखें नहीं खुली थीं।

स्वयं जो कुछ भी अनुभव कर पा रहे थे, वह और अपने नन्हे-नन्हे से पैरों को हिलाते हुए माँ की कोख में घुसने की प्रेरणा। इससे अधिक भी इस अंधकार भरे विश्व में कुछ हो सकता है, यह उन्हें पता नहीं था।

वे अपनी जगह से खिसककर अपनी माँ की गोद में दुबक गए, उसी समय उस आवाज ने कहा, ''संजय, जल्दी आओ, देखो, सद्‌भाविनी को दो पिल्ले हुए हैं।''

कोई दौड़कर आया और कोमल स्वर में बोला, ''बुआ, एक मैं ले जाऊँ? मैं इसकी देखभाल करूँगा।''

फिर छम्म-छम्म की झंकार को दोनों पिल्लों ने अपनी ओर आते हुए अनुभव किया और शब्द सुनाई दिए, "अभी तो बहुत छोटे हैं, अभी तो उनकी आँखें भी नहीं खुलीं। पास जाओगे तो उनकी माँ काट लेगी। उन्हें थोड़ा बड़ा होने दो, फिर फूफाजी से पूछकर अगर वे दें तो ले जाना।"

"पर इनके नाम तो रख दें।" दूसरी आवाज ने कहा।

पहली आवाज फिर सुनाई दी, "यह जो जरा बड़ा दिख रहा है, उसका नाम, कौलेयक और जो छोटा है, उसका नाम सारमेय। चलो, अब सद्भाविनी को कुछ खाने के लिए देना पड़ेगा और इन छोटे-छोटे पिल्लों के लिए भी कुछ बिस्तर बिछा दें। जाओ, अंदर मेरा पुराना कंबल पड़ा है, उसे ले आओ।"

कदमों के दौड़ने की आवाज सुनाई पड़ रही थी।

सारमेय। एक छोटा सा श्वान का पिल्ला। अपनी बंद आँखों के बाहर भी एक अनजाना विश्व मौजूद है, ऐसी धुँधली सी आहट पाकर उसे पहचानने की जद्दोजहद कर रहा हो, इस तरह अपना नन्हा सा सिर ऊँचा करके चारों ओर घुमाता रहा। थोड़ा ऊँह-ऊँह किया और कुछ पलों के बाद शांति से निद्राधीन हो गया।

समय बीतता रहा। धीरे-धीरे दोनों पिल्लों की चेतना का विकास होता गया। शक्तियाँ खिलने लगीं और अंत में उनकी पलकों के बाहर छुपा हुआ जगत् प्रकट हुआ।

सारमेय अपार विस्मय से उगते हुए सूर्य को, घास को, ओस की बूँदों को, जो-जो नजर के सामने आया, उन्हें तथा अपनी माँ और भाई को भी देख रहा था। पलभर के लिए वह भूल गया था कि उसे भी अपनी माँ से चिपककर दूध पीना शुरू करना है।

दिन बीतते गए, अपनी नन्ही सी दुनिया छोड़कर अब दोनों पिल्ले थोड़ी दूर तक जाने लगे। सब को पहचानने लगे। घर में छोटे बालक भी खास न थे। पहली आवाज एक स्त्री की थी। उस स्त्री के नाम के बारे में कुछ तय नहीं किया जा सकता था। पिल्लों ने दूसरी आवाज जो सुनी थी, वह एक लड़के की थी, वह लड़का संजय, जो उस स्त्री को बुआ कहता था। माँ उस स्त्री का उल्लेख मालकिन कहकर करती थी। एक रोबदार पुरुष मालिक कहलाता था।

एक माली, एक दरबान, दो महाराज और बाकी सारे नौकर कहलाते। पिल्ले यह सब बिना सिखाए ही जान गए थे।

संजय अब दोनों पिल्लों को गोद में उठाता। उनकी पूँछ खींचकर उन्हें चिढ़ाता भी था। सद्भाविनी को बहुत चिंता रहती थी। उसे लगता की संजय को अभी पूरी तालीम नहीं दी गई थी, पिल्लों को खिलाने की और पिल्लों को तो अभी तालीम देना शुरू भी नहीं किया था, पर उसकी चिंता अधिक देर तक नहीं रही।

एक शाम संजय पिल्लों को आखिरी बार खिलाकर गाड़ी में बैठा। बुआ और फूफाजी को टाटा करते वक्त उसने बुआ के कान के पास मुँह ले जाकर कहा, ''पृथा बुआ, मुझे एक पिल्ला ले जाने दो न?''

''अभी बहुत छोटे हैं बेटा, जब थोड़े बड़े हो जाएँ, तब ले जाना। तेरे फूफाजी जरूर दे देंगे।'' पृथा ने जवाब दिया।

उसी शाम सद्भाविनी ने अपने बच्चों से कहा, ''मालिक कह रहे थे कि कल से तुम्हारे लिए शिक्षक आएँगे। वे तुम्हें नई-नई बातें सिखाएँगे।''

''मैं तो हर दिन कुछ-न-कुछ नया सीखता ही रहता हूँ।'' सारमेय झट से बोला।

''अपने आप कुछ नहीं सीखा जा सकता। शिक्षक रोज आएँगे। तुम दोनों को पढ़ाएँगे। तुम अच्छी नस्ल के पिल्ले हो। तुम्हें अच्छे और होशियार श्वान बनना है न? फिर मास्टर जैसा कहेंगे, वैसा ही करना।'' माँ ने कुछ कठोर स्वर में कहा।

कौलेयक माता की बात को मूक सम्मति देते हुए मौन रहा, परंतु सारमेय के नन्हे दिमाग को माँ की बात से बहुत आश्चर्य हो रहा था। इस सुसंस्कृत जगत् को कुछ भी सीखने के लिए शिक्षक की आवश्यकता क्यों होनी चाहिए? यह प्रश्न उठ खड़ा हुआ। मन में उठे सवालों को माँ को किस तरह समझाया जाए, यह समझ में न आने के कारण उसने माँ से पूछा, ''मैं श्वान तो हूँ ही। शायद अभी छोटा हूँ, इसलिए श्वान नहीं पिल्ला कहलाता हूँ, पर बड़ा होने पर अपने आप श्वान बन ही जाऊँगा न? फिर शिक्षक के पास...''

''माँ के सामने तर्क मत कर। वह जो कहती है, वह सुन और वैसा ही

कर।'' कौलेयक ने बड़े होने का फर्ज अदा करते हुए कहा, ''तू बड़ा होने पर श्वान जरूर बनेगा, पर पढ़ा-लिखा और होशियार श्वान होना अलग बात है।''

''हम जो होते हैं, वही बनने के लिए दूसरे के पास कुछ सीखना क्यों पड़ेगा, यह मेरी समझ में नहीं आ रहा। इसलिए इसके बारे में माँ से मैं पूछ तो सकता हूँ न?'' सारमेय ने मुँह फुलाकर जवाब दिया, फिर चर्चा करना छोड़ दूर जाकर खेलने लगा।

दूसरे दिन सुबह सभी को बगीचे में इकट्ठा होना था। सद्भाविनी दोनों पिल्लों को लेकर वहाँ पहुँची। हरी-हरी घास से आच्छादित भूमि के चारों ओर रंग-बिरंगे फूलोंवाले गमले रखे हुए थे। मालिक कहलाता मनुष्य घास पर कुरसी रखवाकर उस पर बैठा था। सारमेय ने देखा कि वह पायल पहनी हुई, बुआ कहलाती स्त्री भी वहीं पर थी। उसे दिखाकर माँ ने सारमेय के कान में कहा, ''मालकिन घर में सबसे भली हैं। उनका कहना हर समय मानना।''

''दूसरे लोगों का कहना नहीं मानना?'' सारमेय को मजा आ गया।

''सभी का कहना मानना होगा।'' सद्भाविनी जरा चिढ़कर बोली, ''पर मालकिन का कहना तो खास मानना।''

सारमेय को यह उलझा देनेवाला उत्तर समझ में नहीं आया, पर फिर से पूछने पर माँ और ज्यादा गुस्सा होगी, यह सोचकर वह रंगीन फूलोंवाले गमले के पास चला गया। कौलेयक माँ के पास बैठा रहा।

''सुनती हो? वह छोटू गमला फोड़ देगा, उसे इस तरफ खींच लाओ।'' मालिक ने पत्नी को संबोधित करते हुए कहा। उस स्त्री का नाम 'बुआ' है, 'मालकिन' है या 'सुनती हो?' ये हैं, यह सारमेय की समझ में नहीं आया। वह कान खड़े करके, आँखें बड़ी-बड़ी करके, कभी इधर, कभी उधर सिर हिलाते हुए मालकिन को देख रहा था। वह स्त्री उसे खींचकर ले जाने के लिए आएगी, इसके लिए राह देखी। आखिर वह नहीं आएगी, ऐसा लगते ही वह खुद उनके पास गया और उनके पैरों के पास बैठ गया।

थोड़ी देर बाद शिक्षक आए। उन्होंने दोनों पिल्लों को लाल रंग के बक्कलवाले पट्टे पहना दिए और दोनों की पीठ थपथपाई। सद्भाविनी अपनी संतानों के गले में नए गहने देखकर हर्ष के आँसू बहाती रही। शिक्षक की ओर

आभारवश दृष्टि डालकर अपनी संतानों को संबोधित कर बोली, ''खूब पढ़ो, आगे बढ़ो और इस पट्टे की लाज रखो।'' सद्भाविनी जैसी माँ और तो क्या कहती ?

''यह जरा चुभ रहा है।'' सारमेय बुदबुदाया, पर किसी ने उसकी बात नहीं सुनी। फिर शिक्षक ने पाठ शुरू किया। पहले कपड़े की लंबी-लंबी चिंद्दिया लपेटकर गेंद बनाई और पिल्लों को दिखाकर कहा, ''सुनो, अब तुम्हें गेंद ले आने की तालीम लेनी है।'' फिर कुछ और सूचनाएँ दीं।

गेंद से खेलना तो सबसे सरल है, ऐसा सारमेय का आज तक का अनुभव था। कपड़े की चिंद्दियों से बनी गेंद से वह नहीं खेला था, इसलिए उसे थोड़ी उत्तेजना हो रही थी, पर वह मौन बैठकर अब आगे क्या होनेवाला है, यह देखता रहा।

शिक्षक ने गेंद फेंकी, फिर कौलेयक के गले के पट्टे में जंजीर बाँधकर उसे करीब खींचते हुए गेंद के पास ले गए। गेंद उठाने के लिए खास शब्दों में हुक्म दिया। बेचारे कौलेयक को गेंद पकड़ने के लिए अपने जबड़े को और अधिक खोलना पड़ा, उसे थोड़ा दर्द भी हुआ, पर वह गेंद को सँभालकर ले आया। शिक्षक ने तुरंत उसकी पीठ थपथपा कर शाबाश कहा और दो बिस्कुट खाने के लिए दिए।

सारमेय की बारी आई तो उसने शिक्षक के कुछ कहने से पहले ही दूर लुढ़कती गेंद के पीछे दौड़ना शुरू कर दिया। गेंद रुकी तो कुछ पल तक आश्चर्य से सारमेय उसे देखता रहा। फिर पता नहीं क्या सूझा, उसने अपने दोनों पैरों से उस गेंद को रौंद डाला और बिखरी-लहराती पट्टियों में लोटने लगा। कुछ पट्टियों को मुँह में पकड़ पूरे बगीचे में गोल-गोल दौड़ता रहा। कौलेयक को भी सारमेय के साथ जाकर पट्टियों के दूसरे छोर को पकड़कर खींचने का मन हो आया। वह भी खड़ा होने जा रहा था, पर शिक्षक ने उसे पकड़ रखा था।

थोड़ी देर के बाद सारमेय मुँह में पट्टियाँ पकड़े वापस लौट आया। आते ही उसने शिक्षक से कहा, ''हम गेंद से खेलते हैं तो उसमें से ऐसी पूँछ नहीं निकलती। यह गेंद आपने चिंद्दियों से बनाई है, इसलिए शायद…''

''तुम जैसे भी खेलते हो, वैसा खेलना, यहाँ नहीं चलेगा। यहाँ पढ़ते समय

अनुशासन रखना होगा। जो करने को नहीं कहा है, वह नहीं करना है। जैसा मैं कहूँ, वैसा ही करना होगा। जैसा तुम समझते हो वैसा करोगे तो पास नहीं होगे। यहाँ मैं सिखाता हूँ, तुम नहीं। शिक्षक मैं हूँ, यह याद रहे।'' प्रथम पाठ पढ़ाते वक्त एक नन्हे पिल्ले ने अवज्ञा की, इसलिए शिक्षक क्रोधित हो गए थे। मालकिन हाजिर न होती तो उन्होंने सारमेय को मारा भी होता।

''मैंने क्या करने को कहा था ?'' शिक्षक नें हाथ में पकड़ी बेंत हिलाते हुए सारमेय के साथ बात करना जारी रखा।

''आपने गेंद फेंकी थी। कुछ कहा नहीं था।'' सारमेय ने सरलता से कहा।

मालकिन जोर से हँस पड़ी। मालिक ने शिक्षक के सामने देखा। शिक्षक कुछ असमंजसता से और कुछ निराशा से सारमेय की ओर देखते रहे। सबको हँसी आ रही है तो फिर शिक्षक भी हँसने की बजाय इतना गुस्सा क्यों कर रहे हैं, यह सारमेय की समझ में नहीं आ रहा था। इसलिए उसने अपनी हँसी को दबा लिया।

''अच्छा, तुम मुझे उलटा जवाब दे रहे हो ?'' शिक्षक ने पूछा।

''नहीं, पर…''

''क्या नहीं ?'' शिक्षक ने सारमेय को आगे बोलने नहीं दिया और मालिक की ओर घूमकर कहा, ''ही इज अ प्रॉब्लम पपी। उसे थोड़ा प्रसाद देना पड़ेगा, नहीं तो कुछ सीख पाएगा, ऐसा नहीं लगता।''

''नहीं-नहीं, उसे मारकर कुछ भी सिखाने की जरूरत नहीं है। नहीं सीख पाए तो कोई बात नही।'' पृथा ने बीच में ही कहा।

मालिक ने कुछ भी बोले बिना हथेलियाँ फैलाईं। फिर धीरे से खड़े होते हुए कहा, ''शिक्षक तो आप हैं। आप तय करो। मुझे लगता है कि धीरे-धीरे सीख जाएगा। वैसे प्रॉब्लम पिल्ला तो है ही…''

सारमेय को केवल इतना ही समझ में आया कि सब उसी के बारे में कोई गंभीर बात कर रहे हैं, पर उसे इस बात पर खास ध्यान देने की जरुरुत नहीं लगी।

शिक्षक रोज तालीम के लिए आते। कौलकेय तेजी से उनकी आज्ञा मानने लगा था। सारमेय कभी अगर वहाँ हाजिर होता तो अनेक प्रश्न पूछता और हाजिर न होता तो बगीचे के कोने में झाड़ियों में माली की झोंपड़ी के पास पौधों पर तितलियाँ और कीटों को आश्चर्य से देखता रहता था।

सारमेय की अनुपस्थिति पर शिक्षक ने एक-दो बार उसका ध्यान आकर्षित करने की कोशिश की, पर फिर उसके जैसे बेकार विद्यार्थी की अनुपस्थिति के विषय में खास चिंता करना छोड़कर, भविष्य में महान् बननेवाले, अपने प्रिय विद्यार्थी कौलेयक पर ही ध्यान देना अधिक उचित समझा।

बगीचे के पूरे होते ही घर के चारों ओर बड़े से कंपाउंड की दीवार थी। उस दीवार के पीछे क्या होगा, यह जानने की इच्छा सारमेय को होती रहती, परंतु आगे के दरवाजे से बाहर निकलकर उस ओर जाया जा सकता है, इस बात का उसे अभी पता नहीं था। उसकी नन्ही सी दुनिया इस विशाल बगीचे में ही समाई हुई थी। सन की बोरी का एक टुकड़ा या नारियल का एक छिलका भी मिल जाता तो जैसे खिलौनों का खजाना मिल गया हो, ऐसे वह छिलका या बोरी का टुकड़ा लिये पूरे बगीचे में दौड़ता फिरता। माली के द्वारा गोड़ी गई क्यारियाँ या गमलों की चिंता करनी चाहिए, ऐसी बुद्धि अब तक उसमें नहीं थी।

माली कई बार उसे पकड़ लेता, ''ठहर, अब तो तुझे बाँधकर ही रखता हूँ।'' कहकर रस्सी भी ले आता, पर फिर बाँधने के बजाय हँस पड़ता और उसे छोड़ देता। फिर सारमेय और माली एक-दूसरे के सामने देखते रहते।

एक बार सारमेय पोर्च के पास खड़ा था, उसी समय मालिक की गाड़ी बाहर से आई। गाड़ी की पिछली खिड़की की ओर नजर करते ही सारमेय को बहुत आश्चर्य हुआ। खिड़की में अगले दोनों पैर टिकाकर, खिड़की में से मुँह बाहर निकालकर कौलेयक खड़ा था।

''हेय, तू वहाँ कैसे गया?'' सारमेय ने तेजी से गाड़ी के पास जाते हुए पूछा। उसी समय शोफर ने गाड़ी का पिछला दरवाजा खोला। अंदर नीले रंग की रेशमी गद्‌दी देखकर सारमेय के मन में फिर प्रश्न उठा, ''तुम्हें ऐसी नर्म-नर्म गद्‌दी देखकर उसमें नाखून घुसाने का मन नहीं करता?''

''वह बहुत ही नर्म है। तू जैसे कहा रहा है, मुझे भी ऐसा मन तो हो ही रहा था, पर मैं ऐसा कभी नहीं करता। जो हमारा मन करता हो, वह न करने को मन का निग्रह किया, ऐसा कहते हैं।''

''कभी नहीं करता, मतलब तू हमेशा वहाँ बैठता है?'' सारमेय ने आश्चर्य से पूछा। उसे उछलकर गद्‌दी पर कूद पड़ने का मन हो आया, पर तब तक

कौलेयक गाड़ी से बाहर आ चुका था और तुरंत ही गाड़ी का दरवाजा बंद कर दिया गया।

''कई बार हम बाजार जाते हैं, तब वहाँ सारी चीजें मिलती हैं। कभी-कभी हम मंदिर भी जाते हैं, इसमें बैठकर वहाँ प्रवचन होते हैं। मैंने वह मन के निग्रहवाली बात प्रवचन में ही सुनी है।''

''निग्रह, बाजार, मंदिर, प्रवचन। वाह! तुझे तो बहुत कुछ आ गया है। मुझे लगता है कि मुझे कुछ नहीं आता।'' सारमेय कुछ खिन्न होकर बोला।

ऐसा ही है। अब तुझे सयाना हो जाना चाहिए। थोड़ा ज्ञान प्राप्त करना चाहिए। देख, मालिक अब मुझे घर के अंदर भी ले जाते हैं। तुझे घर की एक सीढ़ी भी नहीं चढ़ने देते। मैं अपनी बड़ाई नहीं मार रहा, पर ऐसा क्यों हुआ है, उसके बारे में तू जरा सोचे, इसलिए कह रहा हूँ। अच्छी नस्ल का जातवान श्वान बनना आसान नहीं है। उसके लिए कई बातों का त्याग करना पड़ता है। कुछ त्याग करने के बाद ही कुछ प्राप्त होता है।'' बड़े ने अपनी चतुराई व्यक्त की।

सारमेय गंभीरतापूर्वक सोच रहा हो, इस तरह कुछ देर वही खड़ा रहा। फिर माँ के पास जाकर पूछा, ''बाजार कैसा होता है, माँ और मंदिर?''

''कहकर समझाया जा सके, ऐसा नहीं होता। तू जब खुद देखेगा तो समझ में आएगा।'' सद्भाविनी ने जवाब दिया।

''मैं ऐसा ही करूँगा। जाकर देख आऊँगा। कल जाऊँगा। दरबान खड़ा रहता है, उस दरवाजे से शायद जाया जा सकता है। कौलेयक को मैंने गाड़ी में बैठकर वहीं से आते देखा था।'' सारमेय ने कहा।

''ओ माँ, तू अकेले कहीं नहीं जाना। तू जरा समझदार बन जा और जरा ऊधम कम करेगा तो मालिक तुझे भी बाजार ले जाएँगे। मंदिर में व्याख्यान सुनने के लिए भी ले जाएँगे। वहाँ कैसी अच्छी-अच्छी बातें सुनने को मिलती हैं? अकेले बाहर मत जाना। वहाँ तो कितने कुत्ते तेरे पीछे पड़ जाएँगे।''

''बाहर दूसरे श्वान और उनके पिल्ले भी होते हैं?'' सारमेय ने खुश होकर पूछा। उसका मन बाहर जाने के लिए मचल उठा।

''बाहर श्वान नहीं होते। बाहर होते हैं उन्हें कुत्ते कहते हैं। देख, ध्यान से सुन, हम उच्चवर्गीय हैं, इसलिए श्वान कहलाते हैं।'' माँ ने कहा।

"कोई बात नहीं, तो मैं कुत्तों के पिल्लों के साथ खेलूँगा। पिल्लों के साथ खेलते हुए मजा तो आएगा ही। हम सब साथ मिलकर बाजार देखने जाएँगे।" माँ की चिंता समझे बगैर सारमेय खुश होकर बोलता रहा।

सद्‌भाविनी निराश हो गई। बाजार देखने के लिए मालिक की गाड़ी में बैठकर जाने के बदले रास्ते चलते भटकते कुत्तों के पिल्लों के साथ जाने का मन सारमेय को क्यों हो रहा है, वह समझ में न आने के कारण उसने दूसरी तरह से बात कही। "देख, हम उन भटकते कुत्तों के साथ नहीं खेलते। हम जातवान श्वान हैं, यह याद रख।"

इस बात का सारमेय ने कोई उत्तर नहीं दिया। श्वान और कुत्ते में अगर फर्क होता है तो क्या फर्क होता है, यह जानने की इच्छा हो आई। वह माली के पास गया और अपनी शंका व्यक्त की।

माली हँसने लगा। फिर गंभीर होकर कहने लगा, "अगर तेरी माँ यह कहती है तो अब उसे समझाना पड़ेगा। मुझे तो लगता है कि अब फूल और पुष्प भी अपने को अलग बताने लगेंगे।" कहकर माली रुका। फिर सारमेय को अपने पास खींचकर गोद में बिठा लिया और माथे पर हाथ फेरते हुए बोला, "इन सब बातों के लिए तू अभी बहुत छोटा है, पर एक बात याद रखना, फर्क तो माली और सारमेय में भी नहीं है, लेकिन सबकी अपनी-अपनी अलग सोच है। तू इसमें मत पड़। याद रख, तुझे कहीं बँधना नहीं है।"

सारमेय माली की गोद में से उतरकर झाड़ी में जाकर शांत बैठा रहा। थोड़ा बड़े हो जाने पर स्वयं ही दरवाजे में से बाहर जाकर बाजार देखूँगा और मंदिर भी, ऐसा मन-ही-मन तय करके वह सो गया।

सुबह सारमेय उठकर आगेवाले हिस्से में गया तो मालिक कार में बैठे-बैठे सामने खड़ी सद्‌भाविनी से कह रहे थे, "तीन महीने का कुत्ता छोटा नहीं कहलाता। डॉग हाउस तुम्हारे लिए ही बनवाया है। वहीं बैठना, सोना उसे सिखा दे। अपनी जगह छोड़ यहाँ-वहाँ भटकता रहेगा तो फिर उसे जंजीर से बाँधना पड़ेगा…"

मामला स्वयं के बारे में ही चल रहा है, यह सारमेय समझ गया, पर वह कुछ कहता, इसके पहले मालिक गाड़ी लेकर चले गए। सारमेय ने माँ की ओर

देखा। वह अजीब दीनता से सारमेय की ओर देख रही थी। पृथा सीढ़ियों पर खड़े होकर श्वान माता-पुत्र का मौन व्यवहार देख रही थी। नीचे उतरकर उसने सद्भाविनी की पीठ थपथपाई और सारमेय को उठाकर घर में जाने के लिए मुड़ी।

''कहाँ था रातभर?'' सारमेय को गोद में बिठाकर खुद कुरसी में बैठते हुए पृथा ने पूछा। उसके स्वर में प्यार भरी डाँट सारमेय की समझ में आ गई, पर उसे इससे डर नहीं लगा।

''माली के यहाँ।'' सारमेय ने गंभीरता से जवाब दिया और एक ही पल में उसकी गंभीर मुख-मुद्रा बदल गई और फिर उत्साह से भरकर वह कहने लगा, ''आपको मालूम है, माली के घर के पास बहुत अच्छी नर्म जगह है, वहाँ कोमल घास भी है, वहाँ लाल-लाल रंग के रेशमी कीटक भी हैं...'' सारमेय बिना रुके अपनी मनपसंद जगह का वर्णन करता जा रहा था और बात समाप्त करके बोला, ''मैं तो माली को कोई बात पूछने के लिए गया था, फिर वहीं रुक गया। मजा आया न?''

''मजा तो आया ही होगा।'' पृथा ने कहा, ''परंतु सुबह खाने के समय भी तू नहीं आया।'' खाने के समय तो हर श्वान हाजिर हो जाता है।

''लगता है मैं भुलक्कड़ भी हूँ, नहीं, या फिर मुझे भूख नहीं लगती?'' फिर जरा रुककर कहने लगा, ''या फिर ऐसा भी हो सकता है कि माली के यहाँ जब मैं खाता हूँ तो वह मुझे पूँछ हिलाने के लिए नहीं कहता।''

''और यहाँ अगर पूँछ न हिलाई जाए तो खाने को नहीं मिलता, क्यों?'' मालकिन हँसकर बोली।

''बिल्कुल ऐसी बात तो नहीं है, पर जब यहाँ मालिक खड़े रहते हैं, तब अगर मैं पूँछ हिलाए बिना खाता हूँ तो वह उन्हें अच्छा नहीं लगता।'' कहकर सारमेय भी हँस पड़ा।

''तो तुझे पूँछ हिलाना पसंद नहीं है, क्यों?''

''ऐसा नहीं है, पर कभी-कभी मेरी पूँछ अपने आप हिलने लगती है! जैसे मैं अपनी माँ का दूध पीता हूँ, तब!'' सारमेय ने बिना किसी संकोच के कहा।

मालकिन ने सारमेय को गोद में से उतारकर सामनेवाली कुरसी पर बैठाया और खुद खाना लाने के लिए चली गई। सारमेय को लगा कि कुरसी की गद्दी

कार में देखी हुई गद्दी से भी अधिक नर्म और मुलायम है, परंतु पता नहीं क्यों, उसे गद्दी पर कूदने का या उसमें नाखून चुभाने का मन ही न हुआ। सारमेय को लगा, जो हुआ, अच्छा ही हुआ, नहीं तो उसे अपने मन को निग्रह में रखना पड़ता और वह कैसे करते हैं, यह तो उसे आता ही नहीं। वह अकारण ही हँस पड़ा, फिर बड़ी सी जम्हाई लेकर गद्दी पर अपनी गरदन रगड़ी और लेट गया। फिर उलटे होकर पैर ऊपर तानकर एक बड़ी जम्हाई ली।

पृथा खाने के लिए ले आई। सारमेय कुरसी पर से उतरकर खाने लगा। उसकी नन्ही सी देह पर पृथा ने प्रेम से हाथ फेरा तो सारमेय की पूँछ जरा सी हिल उठी।

सुबह स्फूर्ति से छलकता सारमेय दोपहर और शाम को शांत रहता। उस शाम अगर बारिश न हुई होती तो उसे दौड़ने का मन शायद होता ही नहीं, परंतु आँधी और बारिश के पानी ने जैसे सारमेय में नए प्राण फूक दिए थे, इस तरह से वह पूरे बगीचे में उछल-कूद करता रहा।

जिस जगह से वह रोज कूदता, उस जगह से आज कूदा, तब उसे पता नहीं था कि माली ने आज वहाँ कुछ नए गमले रखे हैं। उसके कूदते ही तीन-चार गमले लुढ़ककर टूट गए। गमलों में लगाए हुए पौधे और मिट्टी चारों ओर बिखर गई। सारमेय वहीं खड़ा रह गया। अब क्या किया जाए, इसके बारे में सोचता, उसके पहले माली एक हाथ में डंडा और दूसरे हाथ में रस्सी लेकर आ गया।

"मरेगा रे तू।" आते ही माली ने डंडा उठाया, पर मारा नहीं। लकड़ी को फेंक गुस्से में ही जोर से बोला, "दिनभर भागते फिरते हो, और देखते नहीं, अंधे हो?"

"शायद ऐसा ही हो।" सारमेय ने बिल्कुल सच्चाई से उत्तर दिया। हमारे मास्टरजी मालिक से कह रहे थे एक बार। कुत्ते की दृष्टि लघु होती है। उनकी सुनने की और सूँघने की शक्ति बड़ी ही तेज होती है, परंतु नजर कमजोर होती है। हमारी नजर बिल्ली की तरह तेज नहीं होती। हरेक का एक जैसा क्यों नहीं होता, यह मास्टर ने नहीं कहा।"

सारमेय की बात सुनते ही माली का गुस्सा हवा हो गया। रस्सी एक तरफ फेंकते हुए वह बोला, "बस तुझमें यही एक बात है कि जिससे तू मुझसे हर

बार बच निकलता है।'' फिर नए गमले तैयार करने के लिए मिट्टी और पौधे इकट्ठा करते हुए बोला, ''तू कहता है कुत्ते अच्छा सुन लेते हैं, हमसे कहीं ज्यादा, तो सुन ये पौधे क्या कहते हैं, सुन।''

फूल-पौधे भी कुछ कहते हैं, यह सारमेय को मालूम नहीं था। उसने माँ और कौलेयक से पूछा तो दोनों ने यही कहा कि पेड़-पत्ते कभी नहीं बोलते। ''जिन्हें मुँह ही नहीं है, वे कैसे बोलेंगे?'' जवाब तो सीधा था, पर सारमेय के गले न उतरा। उसने किसी और से पूछने का तय किया।

सारमेय को माली के प्रति श्रद्धा थी कि वह कभी झूठ नहीं बोलेगा। रात ढलते ही वह मालकिन से पूछने चला। पृथा पोर्च में ही कुरसी डालकर बैठी थी। सारमेय ने उनसे पूछा, ''फूल-पौधे भी कभी बोलते हैं, उन्हें तो मुँह ही नहीं होता, फिर भी माली कहता है कि वे बोलते हैं?''

''सारमेय, यहाँ आओ, बैठो मेरे पास।'' पृथा ने उसे अपने पास बुलाया और कहा, ''माली कहता है तो माली को उसका अनुभव होगा। मुझे पता नहीं है।''

''अनुभव यानी क्या?'' सारमेय के लिए यह कुछ नई बात थी।

''स्वयं जानना, स्वयं समझना, ऐसा कुछ।'' पृथा ने उसे जिस तरह समझना आया उस तरह समझाने का प्रयत्न किया। फिर सारमेय को अपने पास लेकर देर तक उसके शरीर पर हाथ फेरती रही और कहा, ''तू सोचकर देख, क्या ऐसा नहीं हो सकता कि बात करने की कोई और पद्धति भी हो।''

''दूसरी कोई पद्धति होगी, इस बारे में मुझे ज्ञान नहीं है, पर मुझे लगता है कि मुझे खुद ही समझना होगा, आप जैसा कहती हैं, वैसा अनुभव करना पड़ेगा। मुझे खोज निकालना होगा।'' कहकर सारमेय बगीचे की ओर चला। फिर से लगाए गए पौधे अब तक मुरझाए हुए ही थे। सारमेय ने ध्यान से कान लगाकर सुनना चाहा, पर उसे कुछ सुनाई नहीं दिया। थोड़ी देर वहाँ खड़े होकर सारमेय सोचता रहा। फिर वहीं पैर फैलाकर पौधों के सामने मुँह कर बैठा रहा। कुछ ही पलों में वह बिल्कुल स्थिर, अपनी पूँछ तक को जमीन से चिपकाकर, कान खड़े कर तन्मय हो गया, जैसे कि वह पत्थर का एक शिल्प मात्र है।

पूरी रात बीत गई, पर सारमेय को कुछ सुनाई नहीं दिया। सुबह उसने देखा कि वह पौधे अब तक तरोताजा नहीं हुए थे। वह निराश होकर चला गया।

पलभर माली की बात झूठ होगी, ऐसा मान लेने का मन हो आया, पर उसके साथ ही माली झूठा हो सकता है, यह मान लेना उसे अभी भी योग्य नहीं लगा। शायद अपने प्रयत्न में कुछ कमी रह गई होगी, इस विचार से उसने एक और बार प्रयत्न करने का निश्चय किया। वह वापस अपनी जगह जाकर बैठा।

दोपहर को खाना खा लेने के बाद वह वापस वहाँ आया और अपने मन में पैदा हुए संशय का पार पाने के लिए तल्लीन होकर बैठा।

फिर पता नहीं कितना समय बीत गया, यह सारमेय को होश ही नहीं रहा। आवाजें थम गईं, दीये जले और बुझ भी गए। पृथ्वी अनादिकाल से तय किए अपने मार्ग पर घूमती रही। अनादिकाल से धड़कते परम चैतन्य ने अनुभव किया कि इस असीम ब्रह्मांड के कोने में एक पिल्ला अपने स्वभाव के विरुद्ध, एक चित्त होकर पाषाणवत् स्थिर बैठा था।

वातावरण में ठंड बढ़ गई। भोर की नीरव शांति में अचानक कहीं से कोई अनजाना, सूक्ष्म स्पंदन जैसा, अश्रव्य स्वर सुनाई दिया। इस स्वर की कोई दिशा या भाषा नहीं थी। फिर भी सारमेय को लगा जैसे कोई उससे बात करना चाहता है। देर तक वह उस स्वर को सुनता रहा। पूर्व में प्रकाश फैलने लगा। सारमेय उन गमलों को स्पष्ट रूप से देख पाया। मुरझाए हुए सारे पौधे फिर से तरोताजा होकर डोलने लगे थे।

सारमेय के आनंद की सीमा न रही। वह पौधों के पास गया। उन्हें प्यार करने के लिए अपने गले से उन्हें छुआ। किसी के भी सामने कभी-कभार जिसे हिलाता, उस छोटी सी पूँछ को हिलाने लगा।

2

दौड़ने की या उधम मचाने की सारमेय की आदत अब कम हो गई थी, इस बात का माली और मालकिन के अलावा सभी को आश्चर्य होता। वह अब शांति से देख-भालकर, सँभलकर चलता, यहाँ-वहाँ गड्ढे नहीं खोदता, इस एक महीने में उसने एक भी गमला नहीं फोड़ा था।

''जैसे-जैसे बड़ा हो रहा है, वैसे-वैसे उसे समझ आती जा रही है।'' सद्भाविनी विचार करती। वह बड़ा होगा, तब चाहे वह पढ़ा-लिखा नहीं होगा,

तब भी मालिक उसे खेत पर या गोदाम पर कोई जिम्मेदारी भरा काम सौंप सकते हैं, ऐसा आश्वासन भी माँ अपने आप को देती।

माँ की ऐसी सारी चिंताओं से अनजान सारमेय बगीचे में खेलता रहता दीवार के उस पार की दुनिया या दरवाजे के बाहर की दुनिया के बारे में बहुत सोचता रहता। माँ ने बाहर के पिल्लों के साथ खेलने को मना किया था, वह इस जातवान श्वान के बच्चे को याद था, पर ऐसे ही केवल सर बाहर निकालकर या थोड़ी दूर भटककर आने से वह श्वान मिटकर कुत्ता हो जाएगा, ऐसा वह नहीं मानता था। दूसरे के साथ बात करने से या उनसे मिलने मात्र से कोई बदल जाए, ऐसा थोड़े ही होता है।

उस दिन वह दरवाजे के पास ही खेल रहा था। दरबान जरा इधर-उधर गया होगा और सारमेय ने दरवाजे से सिर बाहर निकालकर झाँककर देखा। उसके आश्चर्य की सीमा न रही। बाहर इतना बड़ा विश्व होगा, उसकी उसे कल्पना भी नहीं थी। किसी अनोखे आकर्षण से खिंचकर वह बाहर आ गया और अंतहीन दिखते मार्ग पर, अनजान भविष्य की ओर चलने लगा। पीछे मुड़कर देखने का और कोई निशान छोड़ने का भी उसे ध्यान न रहा।

शहर की ओर जाता यह मार्ग काफी लंबा था। दोनों ओर से वृक्षों से आच्छादित मार्ग रात को हुई बारिश के कारण गीला था। बारिश के पानी से धुलकर और ज्यादा हरे हरे लगते, अभी हाल ही में बोये गए तरोताजा खेत, हरी-हरी कोमल घास, तरह-तरह की रंग-बिरंगी तितलियाँ। प्रकृति एक के बाद एक नए रहस्यों को खोलती गई। सारमेय की जिज्ञासा बढ़ती रही।

पता नहीं कितनी देर तक वह चलता रहा। फिर उसे एक बड़ा सा लोहे का जालीदार दरवाजा दिखाई दिया। सारमेय उस दरवाजे पर जाकर अंदर झाँककर देखने की कोशिश करने लगा। वहाँ भी अपने घर जैसा ही बगीचा दिखाई दिया। वह और निरीक्षण कर पाता, इसके पहले ही एक भयानक आवाज से भौंकता हुआ, चितकबरा, पूँछ कटा श्वान दरवाजे पर आ गया।

''आप तो बहुत जोर से भौंक सकते हैं, पर कान को सुनने में अच्छा नहीं लगता। मेरी माँ धीरे से भौंकती है और अच्छा भी, मेरा भाई भी अच्छी तरह से भौंकने की तालीम ले रहा है, पर मुझे अभी ठीक तरह से भौंकना नहीं

आता।'' सारमेय एक ही साँस में बोल गया। फिर यूँ ही उसके सामने देखते हुए खड़ा रहा। फिर बोला, ''मैं अंदर आ जाऊँ या फिर आप बाहर आ जाएँ तो हम साथ-साथ खेलें।''

''तू यहाँ से चला जा।'' उस पूँछ कटे ने खीजकर कहा।

''क्यों, आप उच्चवर्ण के श्वान हैं? वैसे तो हम भी श्वान ही हैं, उच्चवर्ण के।'' सारमेय ने पेशकश की।

वह पूँछ कटा और अधिक चिढ़कर जोर-जोर से भौंकने लगा। उसे सतत भौंकता हुए देखकर एक आदमी वहाँ दौड़ता हुआ आया। पूँछ कटे के गले में जंजीर लगाकर उसे खींचते हुए सारमेय को संबोधित करके बोला, ''क्यों चिढ़ा रहे हो रोमी को? चला जा यहाँ से।''

'क्यों?'' सारमेय ने भोलेपन से पूछा।

''क्यों मतलब? यह मेरा इलाका है।'' रोमी ने गुस्से से कहा।

''इलाका यानी?'' सारमेय ने अपना अज्ञान प्रकट किया, ''मैं अधिक पढ़ा नहीं हूँ, इसलिए ऐसे कठिन शब्द मुझे समझ में नहीं आते।''

''यह अगर मुझे छोड़ दे तो मैं तुझे अभी बता दूँ कि इलाका यानी क्या। जरा अंदर तो आकर देख। अभी पता चल जाएगा।''

''ओह, समझा।'' सारमेय ने हँसते-हँसते कहा, ''जिसे छोड़कर बाहर जाना सुरक्षित न माना जाता हो, उसे आप लोग इलाका मानते हैं, हैं न?''

''नहीं, रोमी का इलाका यानी यहाँ अकेला रोमी ही रह सकता है। दूसरा यहाँ आ भी नहीं सकता। समझे?'' उस आदमी ने कहा।

''आप शायद इसका ऐसा अर्थ करते होंगे, पर मुझे तो जो समझ में आया, वही मैंने कहा।'' सारमेय ने जवाब दिया।

उस आदमी को जरा गुस्सा आ गया। उसने कहा, ''इलाका यानी अपने मालिकाना हक का प्रदेश। यह तेरे गले में पट्टा है न? तो पट्टा बाँधनेवाले तेरे सेठ का घर वह तेरा इलाका कहा जाएगा। तुझे अपना इलाका छोड़कर बाहर नहीं निकलना चाहिए।''

सारमेय हँस पड़ा और बोला, ''देखो, अभी आपने ही कहा कि इलाका छोड़कर बाहर जाया नहीं जा सकता।''

उस आदमी ने हाथ ऊँचा करते हुए कहा, ''जल्दी भाग यहाँ से। नहीं तो अभी दरवाजा खोलकर रोमी को छोड़ दूँगा तो वह तुझे फाड़ खाएगा।''

किसी का अपना इलाका क्यों होना चाहिए और बिल्कुल किसी भी कारण के बिना वह पूँछ कटा मुझे फाड़कर क्यों खा जाएगा? यह रहस्य समझ में न आने के कारण सारमेय ने आँखें बंद कर लीं, भौंहे चढ़ाकर आश्चर्य व्यक्त किया।

रोमी जोर-जोर से भौंकने लगा। वह आदमी भी उसे उतनी ही जोर से 'रोमी रोमी' कहकर खींचने लगा।

''मेरे यहाँ खड़े रहने के कारण दोनों को असुविधा हो रही है, ऐसा लगता है। चिंता मत करो। मैं चला जाता हूँ।'' कहकर सारमेय आगे बढ़ा। दोपहर होते-होते वह शहर में आ गया। चारों ओर कोलाहल, आदमियों की, वाहनों की भीड़, दुकानें! थोड़ी देर सारमेय चकित होकर देखता रहा, परंतु उसके बाद उसे लगभग एक जैसा ही लगने लगा। एक के बाद एक गलियाँ पार करते, आगे चलता तो वहाँ ऐसे ही मकानोंवाली, गलियाँ मिलती गईं। आसमान तो जैसे गायब ही हो गया था। सारमेय को थकावट महसूस होने लगी। भूख भी लग रही थी। उसने पीछे मुड़कर देखा और उसे लगा कि वापस घर जाने का मार्ग वह याद नहीं रख पाया है। वह जिस ओर से आया था, उस रास्ते पर थोड़ा चलकर खड़ा रहा। हवा को सूँघकर देखा। वह ठीक रास्ते पर चल रहा है या नहीं, यह देखे बिना ही चलने लगा।

एक गली में मुड़ते ही उसे सामने घर के बदले आसमान दिखाई दिया। दूर एक चबूतरे पर बैठकर एक स्त्री कुत्तों को बुला रही है, ऐसा लगा। सारमेय वहाँ उसके पास गया। कुछ और कुत्ते भी वहाँ आ गए और सारमेय की तरफ देखकर गुर्राने लगे। उस स्त्री ने उन बड़े कुत्तों को डंडा दिखाया तो फिर उन सब ने सारमेय को खाने दिया। उस स्त्री ने सारमेय को अपने हाथ से खाना खिलाया और उसके गले में बँधे पट्टे को ढीला करते हुए कहा, ''अरे रे, कितना कसकर बाँधा है, मर न जाए बेचारा?''

सारमेय को कोई परेशान न करे, इसलिए उस स्त्री ने पहले दूसरे कुत्तों को भगा दिया, उसके बाद ही उसे जाने दिया। जाते-जाते सारमेय ने कहा, ''आपने मेरा पट्टा ढीला किया है, मैं आपको हमेशा याद रखूँगा। कभी नहीं भूलूँगा।''

गली के छोर पर पहुँचकर सारमेय खड़ा रहा। सामने उसने कभी देखा नहीं था, ऐसा बड़ा जलप्रवाह बह रहा था। घाट पर कुछ नावें बँधी थीं। कुछ बालक खेल रहे थे, उनका शोर, एक-दो स्त्रियाँ कपड़े धो रही थीं और उनके कपड़े पटक-पटककर धोने की तालबद्ध ध्वनि, घाट के साथ टकराती तरंगों की एक लय। उसके सिवाय दूर तक व्याप्त निरी नीरवता।

सारमेय इस नए जगत् को आश्चर्य से देख रहा था। उसकी नजर के सामने बह रही जल राशि ने उसे सबसे ज्यादा विस्मय-चकित किया था। आज के पहले उसने घर के बगीचे में छोड़े गए पानी या फिर एकाध बरसती शाम को बह रही नाली के पानी के सिवाय बहता जल नहीं देखा था।

घाट पर बनी छतरी के तले जाकर सारमेय पैर फैलाकर बैठा। धीरे-धीरे बह रहे पवन के झोंके उसे निद्रा में खींच ले गए। नींद में सारमेय को लगा, वह अनजान स्वर उसे यहाँ भी सुनाई दे रहा है। उसे भी उस अनजान मित्र से बात करने का मन हो आया। पर वह ऐसा न कर सका। जब वह जागा तो देखा कुछ नावें घाट से दूर जा रही थीं। कुछ पास आ रही थीं।

एक काले रंग का श्वान सीढ़ियाँ उतरकर नाव की ओर जा रहा था। सारमेय को देखकर वह भी छतरी के पास आया। उसे अपनी ओर आते देख सारमेय भी खड़ा हो गया।

"तू रास्ता भूल गया है?" काले ने प्रेम से पूछा।

"ऐसा ही हुआ है शायद। मुझे अपने घर का रास्ता याद नहीं आ रहा।" सारमेय ने चारों तरफ देखते हुए कहा।

"कोई बात नहीं। समय आने पर याद आ जाएगा। तू डरना नहीं।"

"मैं डर तो नहीं रहा, पर घर का रास्ता याद आने तक क्या करूँ, यह सोच रहा हूँ।"

"वैसे तो तुझे रास्ता याद करने का ही प्रयत्न करना चाहिए। यही एक सही उपाय है, पर अभी तू बहुत छोटा है। फिर मुझे भी तेरा घर मालूम नहीं है, इसलिए अब क्या हो सकता है?" काला सोच में डूब गया। फिर बोला, "एक उपाय है, तू मेरे साथ चल। मैं सामने के किनारे जा रहा हूँ। वहाँ हमारे पड़ोस के खेत में अभी कोई कुत्ता नहीं है। वहाँ तुझे अच्छा लगेगा। उनके यहाँ एक नन्ही सी बेटी भी है।"

"मुझे अच्छा लगा तो मैं वहाँ रहूँगा।" सारमेय ने कहा और काले के साथ नाव में चढ़ गया। मुसाफिर पटिया पर और नाव के किनारे पर बैठे थे। काला, सारमेय और कुछ बकरियाँ नाव में नीचे की ओर खड़े रहे। नाव पूरी तरह से भर गई तो नाविक ने पाल खोल दी। जरा लहरा के नाव ने तट छोड़ दिया।

कुछ लोगों ने बाहर की ओर झुककर पानी को स्पर्श किया। सारमेय भी ऐसा करने के लिए नाव की दीवार की ओर गया। वहाँ एक युवती ने उसके पैरों को पानी का स्पर्श करवाया और बोली, "पहली बार नाव में बैठे हो, क्यों, डूब जाने का डर लगता है न?"

"मुझे पानी से डर नहीं लगता। मुझे तो लगता है कि मैं और यह काला नाव के बिना भी उस पार जा सकते हैं।" सारमेय ने जवाब दिया और उससे पूछने लगा, "आपको डर लगता है?"

"थोड़ा-थोड़ा तो तुम्हें जन्म से ही तैरना आ जाता है, ऐसा हमें नहीं आता। हमें तो सीखना पड़ता है। कोई सिखाए तो आता है।" युवती सस्मित बोली।

"किसी के सिखाने से आ ही जाए, ऐसा भी नहीं होता। हमारे शिक्षक का मानना है कि वे जो सिखाते हैं, उसे मैं कुछ खास नहीं सीख पाऊँगा।" सारमेय ने अपनी भोली आँखें मिचकाते हुए पूछा।

"तेरा क्या मानना है?"

"शायद ऐसा ही हो। शिक्षक कभी झूठ नहीं बोलते होंगे।" सारमेय ने कहा। काला और दूसरे प्रवासी हँस पड़े। बकरियों ने एक-दूसरे के सामने देखकर, बें-बें कहकर सिर हिलाए। दूसरे छोर पर एक सफेद वस्त्रधारी युवक बैठा था, वह सारमेय की ओर देखकर अपनी आँखें बारीक कर देखने लगा, जैसे सारमेय में उसे रस आ रहा था, इस तरह उसकी प्रत्येक हलचल का निरीक्षण करता रहा।

उस युवती को भी सारमेय के उत्तर से मजा आ रहा था। उसने आगे कहना शुरू किया, "तुझे पता है, मैं भी शिक्षक हूँ। उस पार के एक स्कूल में मैं बालकों को पढ़ाती हूँ।"

"पर इस कारण मैं अपनी बात नहीं बदलूँगा।" सारमेय ने कहा, "मेरे शिक्षक मेरे बारे में जो मानते हैं, वह मैंने आपसे कहा।"

"वह तो ठीक है, पर तुझे या किसी के भी शिक्षक को कुछ बातों की जानकारी न हो, ऐसा नहीं हो सकता?" शिक्षिका ने बात आगे बढ़ाई।

"शायद ऐसा हो भी सकता है।" सारमेय विचार कर रहा हो, इस तरह बोला। फिर कुछ पल मौन रहकर पूछा, "जानकारी यानी?"

अब शिक्षिका की समझ में नहीं आया कि क्या कहे। बाकी सारे हँस पड़े। वह सफेद वस्त्रधारी युवक सारमेय को ठीक तरह से देख सके, इसलिए थोड़ा ऊँचा होकर बैठ गया।

बूढ़ा नाविक पाल खींचने के लिए नाव की धार पर से चल रहा था। उसने कहा, "जानकारी यानी जानकारी। देख इस नदी का नाम जीवनधारा है, यह मैं जानता हूँ, जो जन्म गिरी नामक पहाड़ में से निकलती है, यह मैं जानता हूँ। यह अनादि काल से बह रही है, यह भी मैं जानता हूँ। हाँ, वह कहाँ जाती है और अभी कितने समय तक और बहेगी, यह मैं नहीं जानता।"

"यानी जानने के बाद भी कुछ और जानना बाकी रह ही जाता है। कितना मजेदार है न?" सारमेय ने कहा और नाविक का मुँह उतर जाने तक हँसता रहा।

"सही है।" सारमेय की बात ध्यान से सुन रहे उस युवक ने कहा। फिर नाव में मौन छा गया।

सारमेय ने 'नदी' शब्द पहली बार सुना था। उसके अर्थ के बारे में पूछना चाहिए या नहीं, यह तय करने से पहले नाविक ने जो कुछ कहा था, उस पर विचार करने लगा। पारदर्शक जल पर नाव सामने के किनारे पर सरकती जा रही थी। नाव पर टकराती पानी की लहरों की कलकल आवाज सारमेय के विचार विश्व में खलल न पहुँचा सकी। शिक्षिका और वह युवक दोनों सारमेय के पलटते हुए मुखभावों को देख रहे थे। सामने के किनारे से लगते ही नाव एक झटके के साथ रेत में खड़ी हो गई। धक्का लगते ही सारमेय की विचार तंद्रा टूट गई और वह चौंककर पूछ बैठा, "अरे! पर नदी यानी क्या, वह कहाँ है?"

नाव में से उतरते हुए यात्री और उतर चुके तमाम यात्री हँस पड़े। नाविक जोर से हा··हा··· करते हुए हँसते हुए बोला, "लो, कर लो बात, अरे पूरी नदी पार कर आया और अब भी पूछ रहा है कि नदी कहाँ है?"

“इसमें यों हँसने की बात नहीं है, नाविक, जवाब दो उसे, कहाँ है नदी ?” उस युवक ने नाव में से कूदकर उतरते हुए कहा।

नाविक ने नदी की ओर देखा। फिर जैसे अचानक कुछ समझ में आया हो, इस तरह चौंक गया। उसकी आँखों में विशाद छा गया। उसने रेत की ओर नजर करते हुए सारमेय से कहा, “हे बालश्वान, मैं जो समझा हूँ, वह जवाब तू भी सुनता जा, मैंने तुझे नाव में बिठाया, तब और जिसे पार कर हम इस ओर आ गए वह और इस पल हम, जिसकी बात कर रहे हैं, वह नदी अब यहाँ नहीं है।”

“तेरी बात मैंने सुनी है। समझने के लिए मुझे अनुभव करना होगा।” सारमेय ने कहा, पलभर के लिए उसने नाविक के सामने और फिर उस युवक की ओर देखा और काले के साथ चलने लगा।

थोड़ा आगे जाते ही वह युवक उनके साथ हो लिया। उसने सारमेय से पूछा, “पिल्ले, तू मेरे साथ रहेगा ?” मैं यहाँ से थोड़ी दूर उस टीले पर बने महादेव के मंदिर का पुजारी हूँ। अकेले ही रहता हूँ। मुझे तेरे जैसे साथी की जरूरत है। मैं तुम्हारी देखभाल करूँगा। तू मेरा पालतू बन जा।”

“पालतू हो जाना, मुझे जरूरी नहीं लगता। फिर अभी तो मैं इनके साथ जा रहा हूँ। वहाँ एक नन्ही सी लड़की है। उसके साथ मुझे मजा आएगा, ऐसा ये कह रहे हैं।” सारमेय ने काले की ओर इशारा करते हुए कहा।

“ठीक है, जब मजा आना बंद हो जाए, तब आना।” पुजारी ने कहा और अपने रास्ते चला गया।

सारमेय और काला आगे चलने लगे। पूरे रास्ते सारमेय नदी की, नाविक की और शिक्षिका की बात पर सोचता रहा। उसे अपने घर वापस जाने का मार्ग भी याद करना है, यह विचार भी उसे आ रहा था।

“तेरी माँ तेरी चिंता कर रही होगी।” काले ने कहा, “तुझे अपने घर का रास्ता याद करना ही पड़ेगा।”

“माँ के अलावा माली और मालकिन भी मुझे ढूँढ़ेंगे, पर वे हमेशा मेरी राह नहीं देखते रहेंगे। कैसा आश्चर्य है न, जब वे मुझे ढूँढ़ने की कोशिश कर रहे हैं, तब मुझे अपने घर का रास्ता याद नहीं आ रहा और जब वे मुझे ढूँढ़ना छोड़ देंगे, तब शायद मैं अपने घर पहुँच जाऊँगा।” सारमेय ने कहा।

''तेरी माँ राह देखना नहीं छोड़ेगी।'' काले ने कहा, ''तू अगर तेरी माँ के साथ ही रह रहा होता तो जरा बड़े हो जाने के बाद वे खुद ही तुझे भौंककर घर से निकाल देती, पर अभी तू बहुत छोटा है और खो गया है, इसलिए बात अलग है।''

''पर ऐसा किसलिए होना चाहिए?'' सारमेय ने प्रश्न किया। काला कोई जवाब न दे सका, इसलिए उसने खुद ही जवाब ढूँढ़ निकाला, ''बहुत सी बातें समझ में नहीं आती, ऐसी होती हैं। वैसे ही इस बात का भी होगा।''

फिर बातें रुक गईं। सूर्य पश्चिम की ओर सरकता जा रहा था। दोनों श्वान चलते रहे।

3

''मैं उसे बराबर जानता हूँ। वह स्वभाव से आवारा ही था। इस कौलेयक को, मुझसे, अपने मालिक से पूछे बगैर कभी मुहल्ले में भी जाते देखा है और वह सारमेय? घर से, दरवाजे से निकलकर बाहर जाते समय मालिक को तो ठीक, पर अपनी माँ को या माली को भी बताना उसे जरूरी नहीं लगा?'' मालिक बहुत गुस्से में थे।

''आप सच कहते हैं,'' मालिक की बात को स्वीकार करते हुए सद्‌भाविनी मुश्किल से बोल पाई। इस निष्ठुर जगत् में अपना नन्हा सा पिल्ला कहाँ चला गया होगा, इस बात का दु:ख, चिंता, परिताप, विडंबना या फिर असह्य वेदना की भावना माता को होनी चाहिए, ये सद्‌भाविनी को समझ में नहीं आ रहा था। उसे तो बस इतना ही लग रहा था कि अपने इतने छोटे से पिल्ले को माता की नजर के सामने ही या तो जहाँ तक वह उसकी गंध पा सके, इतने विस्तार में ही रहना चाहिए, पर अभी वस्तुस्थिति ऐसी नहीं है। इसलिए उसने अलग-अलग स्वर से आहें भरीं, थोड़ा भौंकी और आखिर में आकाश की ओर मुँह करके एक बार दीर्घ स्वर से आर्तनाद किया।

''चुप कर, अभी रात को रोने की जरूरत नहीं है।'' मालिक ने कहा।

''तो फिर जब ऐसी परिस्थिति हो तो क्या किया जाता है?''

''सुबह हम पुलिस को बताएँगे। उसकी तलाश करेंगे। मिल जाएगा। अब जा, दरवाजे पर बैठ।''

सद्भाविनी चली गई। पुलिस सारमेय को किस तरह ढूँढ़ेंगी, इसका जवाब उसके पास नहीं था। वह जा रही थी, तब एक नौकरानी ने उसे बीच में ही रोककर पूछा, "कल एक ज्योतिषी महाराज मालिक के काम से यहाँ आनेवाले हैं। अगर तू कहे तो मैं उनसे पूछकर देखूँ कि सारमेय कहाँ गया है ?"

"ठीक है, पूछ लेना।" सद्भाविनी ने सशंक होकर जवाब दिया। दूसरे दिन भी सारमेय न मिला, न ही उसकी कोई पक्की खबर मिली। हाँ उस ज्योतिषी का जवाब मिला, "सारमेय दक्षिण की ओर गया है और दक्षिण के पंथ श्रेयस्कर नहीं होते, पर माता और पुत्र के मिलन का योग अवश्य है। कभी-न-कभी वह खुद ही यहाँ वापस आ जाएगा।"

सद्भाविनी मौन रही। दक्षिण के अनर्थों का भय उसके मन में व्याप्त हो गया, परंतु दक्षिण में भी कोई सुपंथ तो होगा ही, ऐसी आशा करती रही। अब उसने भौंकना, आहें भरना या आर्तनाद करना बंद कर दिया और कौलेयक को साथ में रखकर बैठी रहती।

सारमेय अब नहीं आएगा, ऐसा लगने पर शिक्षक ने सद्भाविनी से कहा, "जो उसने मुझसे बराबर तालीम पाई होती तो वह भाग नहीं जाता।"

कुछ कर्मचारी भी सद्भाविनी के पास गए। सभी की बातों से एक यही सुर निकल रहा था, "इससे अच्छा अगर कुछ सीख लिया होता।" 'बचपन से ही मंदिर ले जाना चाहिए था।" "देखो न, यह कौलेयक कैसा होशियार बन गया है। आश्रम के लोग कह रहे थे, कुछ ही दिनों में वह पूरा विष्णु सहस्रनाम मुखोद्गत कर लेगा..."

सद्भाविनी मौन ही रही। रोज खाने के समय खाना खाते रहे, मंदिरों में समय से आरती होती रही, दिन में सूरज और रात को तारे अपनी गति से चलते रहे। सुबह के भजन यूँ ही गाए जाते रहे, ग्रीष्म ऋतु के समाप्त होते ही आसमान में बादल घिर आए और बारिश भी हुई। ऐसे ही कभी उस ज्योतिषी की वाणी सत्य होनी होगी तो हो जाएगी, ऐसा सोचकर सद्भाविनी ने एक सत्य स्वीकार कर लिया था कि इस महाविचित्र जगत् में जो होना है, वह होता ही रहता है। कोई कुछ नहीं करता। उसने अपना मन कौलेयक पर ही लगाने का विचार किया।

कौलेयक अभी पिल्ला होने पर भी स्वयं को जरा बड़ा मानने लगा था।

अब वह माँ के पास ज्यादा देर नहीं रहता। उसे लगता कि अब उसके लिए जिम्मेदार और विश्वस्त श्वान की हैसियत से काम करने का वक्त आ रहा है। माँ का क्या होगा, यह विचार अब उसे नहीं सताता, क्योंकि उसे विश्वास था कि जिस तरह माँ सारमेय को भूलकर अपने कर्तव्यों को पूरा करने में व्यस्त हो गई है, इसी तरह एक दिन वह उसे भी भूल जाएगी।

उसके शिक्षक ने उसे दूसरी परीक्षा में भी पास कर दिया, तब उसके आनंद की सीमा न रही। उसने दौड़ते हुए जाकर सद्भाविनी को यह खबर दी। माँ ने आशीर्वाद दिया, हँसी भी, पर दूसरे ही पल उदास हो गई, ऐसा लगा। वह कभी-कभार अकारण उदास क्यों रहती थी, वह समझने का पाठ अभी सीखना बाकी है, ऐसा कौलेयक को लगा।

आश्रमवासी गुरुजी कभी-कभार मालिक के यहाँ पधारते। इस बार वे पधारे, तब मालिक ने कौलेयक को बुलाया और उसके विकास की बात गुरुजी से करते हुए कहा, ''जातवान है, आपके आश्रम की शोभा बढ़ाए, ऐसा है। बड़ा होने पर अच्छे संस्कार भी पाए और दूसरे श्वानों को तालीम देने के लिए भी इसका उपयोग किया जा सकता है।''

''अगर उसका विकास हो रहा है तो अच्छा ही है, यहाँ की तालीम पूरी होते ही उसे मेरे पास भेज देना।'' गुरु ने कहा, ''दूसरी बातों में मुझे रस नहीं है। हाँ, मुझे यह बता कि हरेक में विनियोग क्षमता ढूँढ़ने की तेरी आदत तू कब छोड़नेवाला है?''

कौलेयक ने यह सुना। मालिक की बातें उसके दिमाग में गहरे बैठ गई। वह आश्रम में जाएगा, गुरु सेवा करेगा, अपने जातभाइयों को सन्मार्ग पर चलाने के लिए प्रयत्नशील रहेगा, इस कल्पना से ही उसमें अजब उत्साह भर गया। ''ओह! कितना रोमांचक!'' वह कुछ नहीं बोल पाया। गुरुजी को प्रणाम कर वह माँ के पास दौड़ गया।

गुरु जब तक रुके, तब तक कौलेयक हर रोज उनकी चरण वंदना के लिए जाता। उनके बिदा होते ही कौलेयक आश्रम में जाने के लिए लायक बनने की कोशिश में लगा रहा। अपने शिक्षक को अब बाकी के पाठ जल्दी से पढ़ाने के लिए ताकीद करने लगा। आखिर घर में दिए जानेवाली तालीम की आखिरी परीक्षा

भी ले ली गई और उसे आश्रम में रहने जाने का दिन आता दिखाई देने लगा।

"तेरे लिए जो श्रेयस्कर हो, वह तुझे मिले," पृथा ने शुभकामनाएँ दीं और उसे प्यार भी किया। "यहाँ आते रहना और अपनी माँ की चिंता करते रहना।"

सद्भाविनी ने उसे हँसकर बिदा किया। सारमेय गया, तब दो दिन तक गुमसुम रहकर आहें भरती माँ खुद को बिदा करते वक्त हँसी, वह कौलेयक को अच्छा नहीं लगा, पर वह कुछ नहीं बोला। मालिक के साथ गाड़ी में बैठकर उसने बिदा ली।

आश्रम में अनेक साधक थे। कौलेयक को यह जानकर आश्चर्य हुआ कि प्रत्येक साधक गुरु के विषय में, उनके कथन के विषय में, ज्ञान के विषय में, अपनी गुरुभक्ति के विषय में और स्वविकास के तबकों के बारे में अलग-अलग अभिप्राय रखते थे। सबसे आश्चर्यजनक बात यह थी कि किसी का भी अभिप्राय कौलेयक के अभिप्राय के साथ मेल नहीं खाता था।

एक साधक के कहने के अनुसार उसे परेशान करते अनेक प्रश्नों के उत्तर उनके मन का समाधान हो जाए, ऐसे ही गुरुजी उसे देते, पर कौलेयक ने जब गुरुजी को प्रणाम कर उसका विकास होनेवाला था, वह कब शुरू होगा, ऐसा पूछा तो कोई जवाब न मिला। गुरुजी ने उसकी तरफ देखकर केवल स्मित किया। बस, इतना ही।

थोड़े समय तक तो कौलेयक को यह स्थल रहस्यमय लगता। यहाँ कोई गेंद नहीं फेंकता था। कुछ लाना-ले जाना नहीं होता था। सूँघकर याद रखना, अनजान लोगों को देखकर भौंकना, बड़े अक्षर पहचानना, कुछ भी न था। मुझे अब क्या करना है, इस प्रश्न का उत्तर भी गुरुजी नहीं देते थे।

ऐसे समय में साधकों के पास श्रवण करके विद्याभ्यास करने के अलावा कौलेयक के पास दूसरा मार्ग नहीं था। अधिकांश साधक अपने-अपने वाचन, विचार और मान्यता में मस्त रहते। एक-दो लोगों ने कौलेयक के प्रश्नों को सुनने की, थोड़े ग्रंथों को देखते ही सीखने की, कैसेट पर प्रवचन सुनाने और कठिन शब्दों के अर्थ समझाने की तत्परता दिखाई।

जिस साधक ने कौलेयक की मदद की, उसे लगा कि पृथ्वी पर कौलेयक के समान कोई शिष्य संभव नहीं है। वह बहुत तेजी से रटकर याद करने लगा।

गीता, उपनिषद्, कितने सारे ग्रंथ उसे कंठस्थ हो गए। धर्म की सूक्ष्म व्याख्याएँ भी अब वह बोल सकता था। इस पृथ्वी पर ऐसा कोई श्वान इससे पहले हुआ होगा, ऐसा किसी ने सुना नहीं है। किसी ग्रंथ में भी ऐसा उल्लेख नहीं है।

श्रीकृष्ण, बुद्ध, महावीर, ईसा या मुहम्मद साहब कैसे ध्येय के लिए जीवन खर्च कर गए, उनकी विचारधारा कैसी थी, ऐसे कठिन विषयों पर भी वह चिंतनीय बातें करने लगा था। उसे सुननेवाले दो पल खड़े रह जाते और एक श्वान को इतनी उच्चता प्राप्त किए हुए श्वान को देखकर आश्चर्यचकित होते।

मालिक आश्रम आते, तब किसी-न-किसी को अचूक साथ में लाते, कौलेयक की मुलाकात करवाते और आखिर में मेहमान से कहते, ''वैसे तो यह हमारा है, पर गुरुजी को आश्रम के लिए एक श्वान चाहिए था, इसलिए दे दिया।''

सद्भाविनी को ये सारे समाचार मिलते। पुत्र ने इतनी प्रगति कर ली है, वह जानकर उसे संतुष्टि होती। कभी-कभार उसे आश्रम में जाने का मन भी हो आता, पर किसी कारणवश वह जाना टाल देती।

एक बार आश्रम में किसी अवसर पर स्वयंसेवकों की जरूरत खड़ी हो गई, तब मालिक ने घर के सारे कर्मचारियों को वहाँ जाने के लिए कहा। सब वहाँ जाने के लिए तैयार हो गए, तब उस नौकरानी ने सद्भाविनी से पूछा, ''चल, तुझे आना है?''

''मन तो हो रहा है, पर रहने दो,'' सद्भाविनी बोली, ''बड़ा मिलेगा तो उससे पूछकर देखना कि छोटे की कोई खबर...''

''इस कौलेयक ने तेरा नाम रोशन किया है, इसे भगवान् की कृपा मान। छोटा-छोटा कहकर मरने की क्या जरूरत है? ठीक है, तू कहती है तो पूछूँगी। सुना है कि कौलेयक ज्ञानी हो गया है। कुछ-न-कुछ वह जरूर जान लेगा और बता सकेगा।'' नौकरानी ने अपनी तरह से ज्ञान की व्याख्या की और गई।

शाम को सारे कामों से फुर्सत मिली तो उसने कौलेयक से मिलकर माँ का संदेशा कह सुनाया और कहा, ''तेरी माँ छोटे को याद कर रही थी। वह अब बिल्कुल अकेली हो गई है। छोटे को तो माँ की कोई कदर नहीं है, पर तू कभी-कभार माँ की खबर लेते रहना, उसे अच्छा लगेगा।''

''मैं आऊँगा।'' कौलेयक ने कहा, ''और अब मेरी पहचान बहुत बढ़ गई है, इसलिए मैं अब अपनी तरह से छोटे की तलाश भी करवा सकूँगा।''

4

नाव के सारे मुसाफिर अपने-अपने रास्ते चले गए। काला और सारमेय खेतों के बीच चलते रहे। आकाश बादलों से घिरा हुआ था।

''अब चलने की गति बढ़ानी होगी। अँधेरा होने में अब ज्यादा देर नहीं है। जब तक हम पहुँचेंगे, तब तक रात हो जाएगी।'' काले ने सारमेय को जल्दी चलने के लिए कहा, ''अगर ऐसा हुआ तो रात को तू मेरे साथ रुक जाना। सुबह होने पर मैं तुझे शकू के यहाँ छोड़ आऊँगा।''

''शकू ?'' सारमेय ने पूछा।

''हाँ, मैंने जिस नन्ही बच्ची के बारे में कहा था न, वही उसे कुत्ते के पिल्ले बहुत पसंद हैं। वह शाला में भी जाती है। तुझे वहाँ बहुत मजा आएगा।'' काला बोला और दोनों ने अपनी गति बढ़ाई।

जैसा काले ने कहा था, वैसा ही हुआ। अंधकार छा गया, उसके बाद वह बाड़ी पर पहुँचे। ''गौशाला के पास रहना तुझे ठीक लगेगा ? बारिश आ जाए तो गौशाला में घुसकर घास पर बैठ जाएँगे। वहाँ गायें रहती हैं, पर मुझे वह भगाती नहीं हैं। तू शांत बैठा रहेगा तो तुझे भी नहीं भगाएँगी।'' काले ने सारमेय से कहा।

आधी रात को बारिश शुरू हो गई। दोनों श्वान गौशाला में घुस गए। गायों ने जरा सा रंभाकर चेतावनी दी, पर और कोई उपद्रव नहीं किया।

''तूने तो पहली बार बारिश देखी होगी न ?'' काले ने सारमेय से कहा।

''नहीं, पहले भी एक-दो बार देखी है।'' सारमेय ने जवाब दिया और पूछा, ''क्या बारिश सिर्फ शाम को और रात में ही होती है ?''

''नहीं, वह तो कभी भी हो सकती है।'' काले ने कहा। उनकी बातों से गायों को खलल पड़ रहा है, ऐसा दरशाने के लिए गायों ने अपने गले में बँधी घंटियों की आवाज की। दोनों श्वान चुपचाप बारिश और बिजली का तांडव देखते रहे।

बारिश के बाद मनोहर सुबह हुई। दोनों श्वान गौशाला से निकलकर शकू

की बाड़ी पर पहुँच गए। सामने ही मिट्टी का एक मकान था। एक तरफ छप्पर डालकर उसमें गाय और बछड़े को बाँधा था। एक पुरुष दो बैलों को हल में जोत रहा था। एक स्त्री घर के बाहर बैठकर चूल्हे पर रोटी बना रही थी। काले पर उसकी नजर पड़ते ही वह चिल्लाकर बोली, ''शकुड़ी, यह काला आया है, चल उसको रोटी खिला दे।'' बोलते हुए अचानक उसका ध्यान सारमेय पर गया। सफेद दूध जैसे, रोएँदार सारमेय को देखते वह आधी खड़ी हो गई और बोली, ''अरे! इसे कहाँ से ले आए?''

''नदी पार से। वह रास्ता भूल गया है। मुझे लगा कि उसे यहाँ अच्छा लगेगा।'' काले ने उत्तर दिया। उस पुरुष का ध्यान भी अब सारमेय की ओर गया। उसने सारमेय को गोद में उठा लिया और बोला, ''काला तो तुझे पट्टे सहित ले आया है। लगता है किसी ऊँची नस्ल का है।''

सारमेय छूटने के लिए छटपटाने लगा। उसे जमीन पर रखते ही उसने चिल्लाकर कहा, ''शकुड़ी, देख तेरे लिए पिल्ला आ गया।''

उसका कहना पूरा होने से पहले शकू दरवाजे में आ खड़ी हुई। उसने ऊपर के भाग में सफेद और नीचे से हरे रंग का फ्रॉक पहन रखा था। नाक में बाली और तेल डालकर बनाए गए बाल। एक थैले में अपनी किताबें भरने की कोशिश करती शकू बाहर आई और उसकी नजर सारमेय पर पड़ी।

शकू खुशी से झूम उठी। अपना थैला और किताबें एक ओर फेंककर वह सारमेय की ओर दौड़ी। शकू को थैला फेंकते देख सारमेय के मन में भी शरारत जग उठी। वह शकू का थैला ले भागा।

''अरे रुक, तेरी तो...'' कहते हुए शकू उसके पीछे दौड़ी। बिल्कुल बाड़ तक पहुँचकर सारमेय रुका। शकू आ गई। परस्पर पहली बार मिल रहे दो प्राणी बरसों पुराने मित्रों की तरह एक-दूसरे में ओत-प्रोत हो गए।

''तेरे रोएँ कैसे दूध जैसे सफेद हैं।'' शकू ने बात शुरू की, ''रामजी के मंदिर में वह हिमालयवाले स्वामीजी आते हैं, बिल्कुल उनकी दाढ़ी के जैसे। उनके गले में लाल पत्थरों की माला है और तुम्हारे गले में पट्टा।'' शकू ने हँसते-हँसते कहा और अचानक जैसे कुछ याद आ गया हो, इस तरह बोली, ''तेरा नाम स्वामी रख देते हैं।''

"मेरा नाम सारमेय तो है ही।"

"होगा, पर फिर भी मैं तो तुझे स्वामी ही कहूँगी।" शकू ने कहा। सारमेय ने उसका खास विरोध नहीं किया। शकू ने अपना पूरा खेत सारमेय को दिखाया। नीम के पेड़ के खोखले तने में तोते के बच्चे रहते हैं और उन्हें खाने के लिए नाग आता है, यह भी कहा। फिर अपनी दैनिक प्रवृत्तियों के बारे में बताने लगी।

"मुझे बरतन माँजना, रोटी सेंकना, साफ-सफाई करना और पौधे बोना; सबकुछ आता है। तुझे क्या क्या आता है?" से लेकर वह चौथी कक्षा में पढ़ती है और उसकी कितनी सहेलियाँ हैं, शाला में कौन से बच्चे सबसे ऊधमी हैं और कैसे वे सारे मिलकर मास्टर या दीदी को चिढ़ाते हैं, ये सारी बातें उसने स्वामी को कह सुनाए।

सुबह से खेत में दौड़ते दोनों मित्र वापस घर पहुँचे तो शकू के बापू ने आधे खेत में बुआई कर ली थी और बैलों को छोड़ रहे थे। माँ ने रोटी और साग बनाकर चूल्हा शांत कर दिया था।

"काला कहाँ गया?" शकू ने माँ से पूछा।

"काला तो खाना खाकर गया अपने घर। तेरा ही ठिकाना नहीं होता, इसका मतलब सब तेरे जैसे होते हैं, ऐसा थोड़े ही होता है। आज फिर तू स्कूल नहीं गई। चल, अब खा ले और कुत्ते को भी खिला दे।" माँ ने शकू से कहा।

"उसका नाम स्वामी रखा है।" शकू ने छाछ में रोटी तोड़कर डाली और स्वामी को देते हुए बोली। फिर खुद भी खाना खाने बैठी। दोपहर को दोनों मित्र आम के पेड़ के तले खूब खेले। शाम को शकू ने अपनी किताबों में से स्वामी को चित्र दिखाए। अक्षरों से पहचान करवाई। कथा, कविताएँ पढ़कर सुनाईं। फिर तो यह सिलसिला जारी रहा।

शकू स्कूल से आए, उसकी राह देखते स्वामी ठेठ तालाब के किनारे पहुँच जाता। फिर वहाँ शकू और उसके मित्र स्वामी को घेर लेते और थोड़ी देर खेलते। घर आकर दोनों थोड़ा खाना खाकर, फिर शकू स्कूल से जो कुछ सीखकर आती, वह स्वामी को बताती।

स्कूल में जब छुट्टियाँ हो गईं तो शकू अपने मामा के यहाँ जाने के लिए निकली। तब बैलगाड़ी के पीछे-पीछे स्वामी भी चलने लगा। अब वह पिल्ला

न रहकर बड़ा श्वान लगने लगा था। उसकी भरी-भरी देह, तीक्ष्ण दाँत, लंबी जीभ, कमनीय पीठ, नाखूनोंवाले पंजे, उन्नत पूँछ, वह जो कुछ देखता, सोचता, उसे प्रतिबिंबित करती मुख मुद्रा स्वामी को कोई अनोखा रूप प्रदान कर रही थी।

रास्ते में मिलते दूसरे श्वान स्वामी को भौंकते, पर नजदीक आकर हमला करने से डरते। एक-दो स्थल पर कुछ बड़े कुत्तों से मुलाकात हुई, तब स्वामी निडर बनकर सामने खड़ा रहा। पिछले पैरों से धूल उड़ाकर चेतावनी दी। उससे ज्यादा उसे कुछ नहीं करना पड़ा।

मामा के यहाँ तो स्वामी को देखने के लिए पड़ोसियों के बच्चे भी इकट्ठा हो गए। "एक साधु महाराज ने यह कुत्ता शकू को दिया है, इसीलिए उसका नाम स्वामी रखा होगा।" बालकों में सच्ची-झूठी चर्चा शुरू हो गई।

"हमारे फूफा इसे नदी के पार से लेकर आए हैं। पता है, इसके आने के बाद शकू की बाड़ी पर कभी चोरी नहीं हुई।" मामा के बच्चों ने अपने मित्रों को बताया।

"उसे बापू नहीं लेकर आए, वह तो अपने आप आया था।" शकू बोली।

"शकू, यह कह रहा था कि तेरे बापू ने स्वामी को सोने के लिए छोटी खटिया बनवाई है खास?" एक लड़की ने बात की सच्चाई को साबित करने के लिए पूछा।

"हाँ।" शकू ने कहा।

"कैसा देवांशी कुत्ता है?" कोई बोला। स्वामी सबका लाडला हो गया। बच्चे उसे गाँव में घुमाने भी ले गए।

स्वामी दूसरे कुत्तों पर हमला बोल दे और उसे झगड़ते हुए देखने की सभी की इच्छा हो रही थी। इसके लिए उन्होंने हु···हु···करके स्वामी को उकसाने की भी बहुत कोशिश की, परंतु स्वामी और शकू दोनों किसी को भी बिना किसी कारण परेशान करने के लिए मना कर देते। इसलिए स्वामी पर कोई हमला कर ही नहीं सकता, यही उसकी बहादुरी का प्रमाण मानकर बच्चों को संतोष कर लेना पड़ता।

मामा के घर से वापस आकर शकू को फिर नए साल के लिए किताबें-कॉपियाँ लेनी थीं। "स्वामी, इस बार मंदिर में से किताबें मिलनेवाली हैं। चल,

हम नाम लिखवाकर आते हैं।'' कहकर वह स्वामी को लेकर मंदिर गई। मंदिर में केवल पढ़ाई के अलावा और भी पुस्तकें पढ़ने के लिए दी जाती हैं, यह जानकर स्वामी ने शकू से कहा, ''तू रोज एक पुस्तक ले आए तो तू जब स्कूल जाती है, तब मैं उसे देखूँगा।''

''शायद और अगर अधूरी रह जाए, उस दिन उसे नहीं बदलना।'' स्वामी ने कहा, ''और अगर तुझे पढ़ना हो तो और भी थोड़े दिन के बाद बदलना।''

दिन बीतते गए। शकू स्कूल से आकर स्वामी को जो खुद पढ़ा होता, उसके बारे में जानकारी देती और स्वामी ने जिस पुस्तक को देखा होता, वह उस पुस्तक के बारे में शकू को बताता। स्वामी बताता; वे पुस्तकें शकू पढ़ने लगी। परस्पर आदान-प्रदान का यह क्रम चलता रहा। केवल क्ष वाले गणित स्वामी या शकू दोनों को विशेष पसंद नहीं थे।

एक बार छुट्टी के दिन शकू की एक सहेली शकू के यहाँ आम के वृक्ष के तले बैठकर छोटी सी किताब में देखकर बोल रही थी।

स्थितप्रज्ञस्य का भाषा समाधिस्थस्य केशव।
स्थितधिः किं प्रभाषेत किमासित व्रजेत किम॥

''अरी, तू किससे प्रश्न पूछ रही है?'' स्वामी ने आश्चर्य से उस लड़की से पूछा।

''किसी से नहीं।'' उस लड़की ने जवाब दिया। ''अर्जुन ने भगवान् से पूछा था, वह मैं पढ़ रही हूँ। जवाब में भगवान् ने स्थितप्रज्ञ के लक्षण कहे हैं, इसे याद कर लेने से पुण्य मिलता है। गीता कंठस्थ करनेवाले को इनाम भी मिलनेवाला है।''

''पुण्य प्राप्त करने के लिए केवल स्थितप्रज्ञ के लक्षणों को रटने की जरूरत हो तो भी वह सवालवाला श्लोक याद करने की क्या जरूरत है?''

''पगले, तब तो गीता अधूरी मानी जाएगी। पाप लगेगा।'' उस सहेली ने सारमेय के अज्ञान पर हँसते हुए कहा।

''ऐसा किसने कहा?''

''कथावाले महाराज ने और किसने?'' लड़की ने जवाब दिया।

''तू मुझे उन महाराज के पास ले जाएगी?'' स्वामी ने पूछा।

''हाँ, शकू के साथ कल कथा में आना। कल जरूर आना, क्योंकि कल के बाद महाराज तुरंत ही दूसरे गाँव चले जानेवाले हैं। कथा समाप्त होते ही शकू तुझे महाराज के पास ले जाएगी।''

''मैं क्यों? तू ही ले जाना।'' शकू ने बीच में कहा।

''नहीं, बाबा, मुझे शर्म आती है। तुझे आना ही होगा।''

दूसरे दिन कथास्थान पर श्वान की उपस्थिति से लोगों में कुछ अस्वस्थता फैली। जिसके पास स्वामी बैठा था, वह श्रोता उसे देखकर पहले तो चौंक पड़ा। पलभर के लिए वह हिचकिचाया, पर अगले ही पल स्वामी का दूध सा सफेद रंग, लंबे मुलायम रोएँ, आगे के पैर आगे फैलाकर उस पर ढला हुआ उसका मुँह, बंद आँखें और कथा सुनने की इच्छा देखकर उसे लगा कि सामान्यतः श्वानों को देखकर दी जानेवाली प्रतिक्रिया इस श्वान के प्रति नहीं दिखानी चाहिए। उसने केवल अपने पास बैठे एक और श्रोता का ध्यान इस ओर खींचकर उसे दिखाया और परम संतोष माना।

किसी श्वान ने कथामंडप में बैठकर कथा श्रवण किया हो, ऐसा कभी किसी ने सुना नहीं था। जिसने स्वामी को देखा, वे सब यह अपनी नजरों के सामने घटित होता देखने के बावजूद आश्चर्यचकित होकर देखते रहे। फिर अपने पास बैठे श्रोताओं से इस बारे में बात करने लगे। धीरे-धीरे सभा में कोलाहल होने लगा। लोग ऊँचे हो-होकर किसी चमत्कारिक घटना को देख रहे हों, ऐसे देखने लगे।

कथा में थोड़ा विक्षेप पड़ा, इसलिए कथाकार का ध्यान भी आकर्षित हुआ। जरा भी आश्चर्यचकित हुए बिना व्यासपीठ पर बैठे-बैठे ही उन्होंने होंठ पर उँगली रखकर सबको शांत रहने के लिए संकेत किया और आकाश की ओर अंगुलि-निर्देश करके कथा आगे कहनी शुरू की।

अधिकांश श्रोताओं ने इस इशारे का अर्थ ऐसा लगाया कि गए जन्म का कोई योगभ्रष्ट आत्मा महाराजश्री की कथा सुनकर मुक्ति पाने के लिए आ गया लगता है। किसी ने सोचा कि महाराज इस बात की ओर इशारा कर रहे हैं कि ईश्वर की कथा सुनने के लिए आनेवाले सभी समान हैं, इसलिए चर्चा करना योग्य नहीं है।

इन सब बातों से अनजान सारमेय अपनी आँखें बंद कर कथा समाप्त होने के बाद महाराज से मिलकर अपना प्रश्न रखने का सोच रहा था। कथा पूर्ण होते ही लोगों की भीड़ ने शकू को और स्वामी को घेर लिया। बड़ी मुश्किल से रास्ता निकलकर दोनों महाराज के पास पहुँचे, तब महाराज व्यासपीठ पर से उतर रहे थे। स्वामी और शकू को अपनी ओर आते देखकर वे रुक गए और दोनों को सामने देखकर सस्मित पूछा, "कुछ काम है ?"

स्वामी ने शकू की सहेली गीता कंठस्थ कर रही है, वह बात की। फिर अपनी शंका प्रस्तुत कर पूछा, "गीता का उपदेश पढ़कर, समझकर उसे याद रखना होता है या अर्जुन के प्रश्न भी पढ़ने पड़ते हैं और कंठस्थ करने पड़ते हैं ?"

महाराज पल दो पल सारमेय की ओर देखते रहे, फिर बोले, "तू कुछ भी नहीं करेगा तो भी चलेगा।" फिर कहा, "प्रश्न तो चित्त में उत्पन्न होने चाहिए, मन में उठने चाहिए। प्रश्न तो ठीक, जवाब भी कंठस्थ करना या न करना यह किसी के लिए तब महत्त्वपूर्ण होता है, जब उसे प्रश्न होते हैं। क्या मैं मान लूँ कि मेरा कहना तेरी समझ में आ गया है ?"

"जी।" स्वामी ने जवाब दिया।

शकू ने महाराज से कहा, "तो फिर आप गीता कंठस्थ करने का किसलिए... ?"

"हाँ, मैंने ही कहा है। तू तेरी सहेली के बारे में थोड़ा अधिक विचार करेगी तो तेरी समझ में आएगा कि मैंने ऐसा क्यों किया ?" कहकर महाराज ने बिदा ली।

एक कुत्ता महाराज के साथ ज्ञान चर्चा करे, वह तो ठीक, परंतु महाराज अत्यंत उदार होकर कुत्ते को भी जवाब दें, यह घटना कोई छोटी नहीं थी। गाँव में यह बात वायु की गति से फैल गई। गाँव की कथा में घटित हुए इस चमत्कार को अधिक-से-अधिक प्रसिद्धि मिले, इसके लिए कुछ करना चाहिए, यह सोचकर गाँववाले इकट्ठा हुए। सर्वप्रथम यह कुत्ता है किसका, इसकी चर्चा हुई।

महाराज तो गाँव छोड़कर दूसरे गाँव जाने के लिए निकल चुके थे। स्वामी तो गाँव में ही था। गाँव में कुछ लीडर लोगों ने स्वामी का और उसके मालिक का भव्य सम्मान करने की योजना बनाई।

रात को शकू के घर कुछ लोग आए। शकू अपनी सहेली के यहाँ गई थी। अनजान लोगों को रात में खेत में प्रवेश करते देखकर स्वामी तंग हो गया, उसी समय शकू के माँ-बाप ने आगंतुकों का स्वागत किया, इसलिए वह शांत रहा। सभी बातों में व्यस्त हो गए और आज जो कुछ कथा में घटित हुआ था, उसके बारे में भी बात हुई। फिर प्रश्न हुआ, ''वह कुत्ता तुम्हारा ही है न?''

''हाँ, हमारा ही तो है, यह क्या सामने ही तो बैठा है।'' शकू के बापू ने कहा।

तुरंत एक युवक ने खड़े होकर सभी को स्वामी के पीछे लाइन में खड़े होने के लिए कहा। सब खड़े हो गए, फिर उसने अखबार में देने के लिए फ्लैश चमकाकर फोटो निकाले। फिर सब वापस चले गए।

शकू के आने के बाद उसके बापू ने आनंदित होकर सारी बात उसे बताई। ''शकू, इस स्वामी ने हमें रोशन किया।'' माता भी हर्ष से बोली, ''गाँव में से महाजन आए थे। कल सुबह हम सबका और स्वामी का सम्मान होनेवाला है।''

''मैं इस सम्मान समारोह में नहीं आऊँगी।'' शकू ने शांति से कहा।

''क्यों नहीं, हम सबके साथ इस कुत्ते का सम्मान होनेवाला है तो हमें तो जाना ही होगा न और स्वामी के साथ तू ही तो होती है न?''

अब तक मौन बैठा स्वामी उठा। शकू के माँ-बाप के पास जाकर बोला, ''मुझे आपसे दो सवाल पूछने हैं।''

''पूछ, तू तो महाराज से भी सवाल पूछकर आया है, अब हमसे भी पूछ।'' शकू की माँ ने हँसते-हँसते कहा।

''मैं तो बहुत समय से आपके साथ रह रहा हूँ। क्या आज तक आपको कभी लगा है कि मेरा सम्मान होना चाहिए?''

''नहीं, यह तो तूने…''

''बस, और अधिक खुलासा देना जरूरी नहीं है। अब मेरा दूसरा सवाल सुनिए।'' स्वामी ने कहा, ''आपने गाँव के लोगों से कहा कि मैं आपका कुत्ता हूँ, तो मुझे बताइए कि मेरे किस बरताव के कारण, या किस बात के कारण आप ऐसा मानने लगे कि मैं आपका कुत्ता हूँ?''

''लो, अब बताओ,'' माता-पिता ने जवाब दिया, ''हमने तुझे पाला, तुझे रोटियाँ खिलाईं, तू हमारे यहाँ रहता है, तो तू हमारा ही कुत्ता है न?''

''ऐसा आप दोनों का कहना है, शकू, तेरा क्या कहना है ?'' स्वामी ने पूछा।

शकू क्षण भर मौन रही। फिर स्पष्ट उत्तर देते हुए बोली, ''तू अभी इस वक्त यहाँ है। उससे ज्यादा कुछ भी नहीं। किसी का बनना या किसी का होना, यह उस जीव के स्वयं के निर्णय से होता है। दूसरे के निर्णय से नहीं।''

स्वामी ने आगे कोई बात नहीं की। वह शांति से चला गया। अपने लिए बनाई गई खटिया से दूर भूमि पर जाकर बैठा। रातभर जागता रहा। भोर में शकू स्वामी के पास आई। उसने कुछ भी बोले बगैर स्वामी के शरीर पर हाथ फेरा। उसकी गरदन पकड़ कर उसके गले में बँधा पट्टा धीरे से निकाल लिया। स्वामी शकू की ओर देखता रहा। थोड़ी देर के बाद शकू पट्टा लेकर चली गई।

''शकू, तूने मुझे इस पट्टे से मुक्त किया है। मैं यह हमेशा याद रखूँगा। कभी नहीं भूलूँगा।'' सारमेय बोला।

सुबह समारोह के लिए गाँव में से बुलावा आया तो पूरा खेत स्वामी को ढूँढ़ रहा था। मात्र शकू आम के वृक्ष के तले खटिया पर शांत बैठकर क्षितिज की ओर देख रही थी।

5

वह बीमार थी, परंतु सुबह का अखबार दरवाजे पर पड़ते ही सद्‌भाविनी हर रोज की तरह खड़ी हो गई। रोज की तरह वह दौड़ नहीं पाई। उसे लगा कि वह थक गई है। पर फिर भी उसे अखबार मुँह में लेकर, बगीचे में जाकर मालिक को पहुँचाना था। मालिक अखबार ले लेते और 'गुड गर्ल' कहते। खुश हो तो पीठ पर हाथ फेरते या बिस्कुट भी देते। सद्‌भाविनी को कुछ खास फर्क नहीं पड़ता था। वह अखबार पहुँचकर दूर जाकर घास पर बैठ जाती।

आज यह क्रम भंग हो गया। अखबार में कुछ परिचित सा लगते ही सद्‌भाविनी ने पंजा मारकर अखबार खोल लिया और पहले पन्ने पर छपे फोटो को एकटक देखती रही। फिर बिखरे हुए अखबार के पन्ने, जितने मुँह में आए, उतने पन्ने लेकर दौड़ती हुई बगीचे में आई। मालिक और मालकिन उसे इस तरह आते हुए आश्चर्य से देखने लगे।

फोटो के नीचे उसका नाम 'स्वामी' लिखा है, पर यह फोटो तो सारमेय का

ही है। सद्भाविनी ने अखबार मालिक के सामने रखने के बजाय पृथा के सामने रख दिया और कहा, ''आप ही देख लीजिए, है न यह सारमेय ?''

''पहले तू बाकी के पन्ने लेकर आ।'' मालिक ने उग्र प्रतिभाव दिया।

सद्भाविनी मालिक की बात अनसुनी कर वहीं खड़ी रही और बोलने लगी, ''आप देखिए, ठीक तरह से देखिए, वह थोड़ा बड़ा हो गया है, पर मैं उसे पहचानने में कभी गलती नहीं कर सकती। शायद अब यह स्वामी कहलाता होगा, पर यह मेरा सारमेय ही है।''

पृथा ने ध्यान से समाचार पढ़ा। फोटो देखा। फिर सद्भाविनी से बोली, ''मैं इस लड़की शकू के गाँव जाऊँगी। आज ही जाऊँगी। तुझे अगर आना हो तो तू भी चल, पर अब जा और अखबार के बाकी पन्ने लेकर आ।''

दोपहर को पृथा ने सद्भाविनी को साथ चलने के लिए कहा तो उसने जवाब दिया, ''मुझे लगता है कि मैं ज्यादा बीमार हूँ। मैं नहीं आ पाऊँगी। आप ही जाकर उसे ले आएँगी ?'' पृथा अकेली शकू के गाँव जाने के लिए निकल गई। सद्भाविनी दरवाजे पर खड़ी होकर उसकी गाड़ी को जाते देख रही थी।

दूसरे दिन खाली हाथ वापस लौटी पृथा ने कहा, ''तेरी बात बिल्कुल सच है। यह फोटो सारमेय का ही है, पर अभी वह वहाँ शकू के यहाँ नहीं है। वह कहीं चला गया है।'' सद्भाविनी ने शांति से सुन लिया और कुछ भी बोले बिना बैठी रही। दो-तीन दिन के बाद अचानक सारमेय दरवाजे पर आकर खड़ा हो गया।

सद्भाविनी दौड़ी नहीं। सारमेय से मिलकर रोना भी उसे नहीं सूझा। वह धीरे से उठी, मुश्किल से चलती हुई सारमेय के सामने जाकर खड़ी हो गई और अपनी पूँछ हिलाने लगी। सारमेय की अजेय पूँछ भी हिल उठी।

रात को माता और पुत्र बातें करने लगे। ''तू बिना कहे अचानक चला गया, उससे मुझे कितना दुःख हुआ होगा, इस बात का तुझे विचार भी नहीं आया ?'' माँ ने बरसों से मन में दबाकर रखी हुई शिकायत की।

''क्यों ? मैं तो रोज ही तुझसे कहे बिना सब जगह जाता था।'' सारमेय ने आश्चर्य से पूछा।

''ओ माँ, अब तक तू मूर्ख ही रहा है ?'' सद्भाविनी ने आर्तभाव से कहा, ''रोज तो तू यहाँ आस-पास ही जाता था। ज्यादा दूर नहीं जाता था।''

"तू मुझे देख न पाए, इतनी दूर और नजदीक में फर्क क्या पड़ता है, वह तू मुझे समझा।" सारमेय ने कहा।

सद्भाविनी के पास सारमेय की इस बात का कोई सीधा उत्तर नहीं था। उसने जवाब दिया, "कौलेयक भी चला गया है, पर वह कहाँ है, कैसा है, ये समाचार मुझे मिलते रहते हैं। अब तो वह बड़ा साधक हो गया है। ज्ञानी है। खबर मिली है कि अब गुरु की तरह वह भी पढ़ाना शुरू करनेवाला है। तेरे बारे में भी मुझे ऐसा जानने को मिलता तो संतोष होता।"

"मेरे बारे में ऐसा कुछ हुआ होता, तब भी मैं तुझे समाचार नहीं पहुँचा सकता था, क्योंकि मुझे तो घर का रास्ता ही याद नहीं था। आज बड़ी मुश्किल से मिला।" सारमेय ने कहा।

सद्भाविनी को लगा कि उसने सारमेय को कुछ ज्यादा ही कह दिया है। उसका मन दुःखी हो गया। वह बोली, "तेरी फोटो अखबार में छपी, इसका मुझे बहुत गर्व है। तू कौलेयक से मिलेगा तो उसे भी खुशी होगी। गुरुजी के कारण वह इतना ज्ञानी बन गया है। मुझे लगता है कि एक बार तू भी वहाँ जा। देर से ही सही, पर थोड़ा ज्ञान प्राप्त कर। तू गुरु के पास रह, पढ़। कहते हैं कि बिना गुरु ज्ञान प्राप्त नहीं होता। तू ज्ञानी बन। तू आश्रम जाएगा न?"

"तू कहती है तो कभी आश्रम भी जाऊँगा, पर मैं उपदेश ग्रहण कर पाऊँगा या नहीं, यह मैं नहीं जानता। फिर किसी का उपदेश सुनकर ज्ञानी बना जा सकता है, मैं यह भी नहीं जानता।" सारमेय ने जवाब दिया।

"जरूर बना जा सकता है।" सद्भाविनी ने कहा। इतना कहते-कहते उसकी साँस फूल गई।

"तूझे कुछ हो रहा है क्या?" सारमेय ने पूछा।

"बूढ़ी हो गई हूँ और तो क्या होना है?" माँ ने कहा, "तू मेरे पास लौट आया। तेरी फोटो अखबार में देखी। तू अब आश्रम जाएगा···" सद्भाविनी बोलती रही, सारमेय सुनता रहा। बातें करते-करते ही सद्भाविनी को नींद ने घेर लिया। पुत्र को बरसों बाद मिलने के कारण संतुष्ट होकर वह ऐसे सो रही थी, इतनी शांत कि उसे फिर कभी जागना न पड़ा।

न हन्यते हन्यमाने शरीरे। कौलेयक श्लोक बोल रहा था। सारमेय को क्षण भर लगा कि आम के वृक्ष के तले बैठकर गीता सुनते वक्त इन श्लोकों के अर्थ

जिस तरह समझ में आए थे, उससे कुछ अलग तरह से यहाँ समझ में आ रहे हैं। अधिक विचार करना छोड़कर वह कौलेयक के पास बैठकर सुनता रहा। माँ के जाने के बाद दो-तीन दिन के बाद मालिक ने दोनों श्वानों को बुलाकर अपने सामने खड़ा किया। फिर कौलेयक को संबोधित करके बोले, ''साधक, तू अगर यहाँ रुकता है तो मुझे एक अच्छे जातवान नस्ल के श्वान की जरूरत तो है ही। तेरी माँ थी, तब तक काम चल गया। अब किसी अनजान को यहाँ लाने से बेहतर है कि तू ही रुक जा।''

''मेरी साधना चल रही है, उसमें भंग न पड़े, ऐसा मैं चाहता हूँ। फिर मुझे अपने जातभाइयों के लिए ज्ञानकेंद्र भी बनाना है। मुझे आशा है कि मेरी प्रगति रुक जाए, ऐसा आदेश आप नहीं देंगे।'' कौलेयक ने कहा और अपना आगे का एक पैर सारमेय की ओर बढ़ाकर कहा, ''इसके पास कोई काम नहीं है। वह यहाँ रहेगा तो पहरा देगा ही।''

''सारमेय ?'' मालिक ने कहा, ''वैसे तो वह भी जातवान ही है, पर इसने खेतों में आवारागर्दी करने के अलावा कुछ नहीं सीखा। उसने पट्टे की भी कीमत नहीं की, यानी एक तरह से वह गली में भटकते आम कुत्तों की तरह ही विशेष कुछ नहीं है। उसे अब तालीम दें भी तो क्या होनेवाला है ?'' कौलेयक अपने आवारा से भाई के बारे में ऐसे वाग्प्रहार सुनकर दुःखी हो गया। उसने अपना सिर झुका लिया।

सारमेय बिना कोई प्रतिक्रिया दिए निर्विकार खड़ा था। उसकी आँखों में शर्म, दीनता, हीनता का या कोई दूसरा भाव न आया। मालिक और कौलेयक दोनों को लगा कि सारमेय या तो बहरा बन गया है या फिर ढीठ बन गया है। मालिक ने आगे कुछ नहीं कहा, इसलिए दोनों भाई वहाँ से चले गए।

''सारमेय, तुझे कहना था मालिक से कि अगर वे तुझे यहाँ रख लेते हैं तो तू सीखने के लिए तैयार…''

''मुझे ऐसा करना जरूरी नहीं लगता।'' सारमेय ने बीच में ही कहा।

''तो फिर तू मेरे साथ चल, मैं गुरुजी से कहकर तुझे आश्रम में रख सकता हूँ। वहाँ तुझे ज्ञानप्राप्ति होगी। ऐसे भी माँ की ऐसी आज्ञा थी कि तू आश्रम में आए।'' कौलेयक ने कहा।

''माँ ने ऐसी कोई आज्ञा दी है, यहाँ मुझे पता नहीं है, पर अगर उसने ऐसी

इच्छा व्यक्त की है और वह पूर्ण होनेवाली होगी तो जरूर होगी। ज्ञानप्राप्त करने के लिए आश्रम में आना मुझे जरूरी नहीं लगता। अपने प्रयत्नों से मुझे जो कुछ भी मिलेगा, वह मेरे लिए पर्याप्त होगा, ऐसा मुझे लगता है।'' सारमेय ने स्पष्ट शब्दों में शांति से उत्तर दिया।

''इसका मतलब तू अभी मेरे साथ नहीं आ रहा है, ऐसा मैं समझूँ?''

''हाँ, ऐसा ही।'' सारमेय ने कहा।

''तेरी मरजी। माँ ने तुझे आश्रम जाने का आदेश दिया है, यह जानकर मुझे ऐसा लगा था कि तू वहाँ अवश्य आएगा। भले ही तू पढ़ा नहीं है, पर ज्ञानी जनों के प्रवचन सुनकर तुझे ऊर्ध्वमुख होने का मन करेगा। तुझे ज्ञान प्राप्त होगा तो तू दूसरों को भी दे सकेगा। जैसे मेरे हाथ से होनेवाला है, इसी तरह भविष्य में तेरे हाथ से भी अपने जात भाइयों का कल्याण होगा।''

''मैं हमेशा वर्तमान में जीता हूँ।'' सारमेय ने कहा, ''मैं यहाँ से जा रहा हूँ, कहाँ, वह मुझे पता नहीं। माँ ने मुझे कोई आदेश दिया है, ऐसा मुझे याद नहीं है। हाँ, उसने आग्रह भरी सलाह जरूर दी थी।''

''यानी तू उद्‌देश्यहीन जीवन जीने का आदि हो गया है।'' कौलेयक ने कहा। सारमेय ने कोई जवाब नहीं दिया। दोपहर को वह किसी की भी आज्ञा लिये बगैर मालिक का घर छोड़कर चल निकला।

वह पहले भी जिस रास्ते चला गया था, उसी रास्ते पर वह फिर से चलने लगा। रास्ते में उसने उस पूँछ कटे रोमी को एक खेत में घास पर लोटते देखा। सारमेय उस ओर गया तो रोमी घबराकर पूँछ दबाकर बोला, ''मुझे मारना तेरे जैसे बहादुर श्वान के लिए शोभास्पद नहीं होगा।''

''रोमी, मैं तुझे मारनेवाला नहीं हूँ। तुझे अगर याद हो तो बहुत समय पहले हम मिले थे। तब मैं छोटा पिल्ला था और उस महालय के दरवाजे के अंदर रहकर तूने मुझसे बात की थी।''

''ओह, तब तो मैंने तुझे धमकाया भी होगा। उस समय मैं सबके साथ ऐसा ही व्यवहार करता था। मुझे माफ करना। उस वक्त मुझे पता नहीं था कि तू ऐसा रोबदार और बलवान श्वान बननेवाला है। नहीं तो क्या कोई ऐसा करता?'' रोमी ने भय से काँपते हुए कहा। निर्बल दिख रहे श्वान पर धाक जमाने का, आनंद

लेने का कोई भी मौका कोई बलवान श्वान हाथ से जाने देगा, ऐसी कल्पना भी रोमी नहीं कर सकता था।

''माफी माँगने की जरूरत नहीं है। उस समय तू जो कुछ कहना चाहता था, वह मैंने सुना था। आज भी तू मुझसे जो कह रहा है, वह मैं सुन रहा हूँ।'' सारमेय ने कहा और पूछा, ''पर तू तेरा इलाका छोड़कर यहाँ क्यों आया है?''

''मुझे पेट पर खस की बीमारी हो गई है। अब वह पूरे शरीर में फैल जाएगी। उसका इलाज भी होता है, पर मेरे डॉक्टर ने मेरे मालिक को सुझाया है कि रोज-रोज मेरे इलाज पर होनेवाले खर्च और देखभाल करने से अच्छा है, नया, जवान कुत्ता खरीदना। बस, फिर उन्होंने मुझे दरवाजे के बाहर निकालकर भगा दिया। मैं नया इलाका ढूँढ़ने निकला। बहुत मार खाई। आखिर इस खेत में कोई नहीं था, इसलिए यहाँ रहने लगा।''

''मतलब अब यह तेरा नया इलाका है।'' सारमेय हँसा।

''केवल नाम के लिए। यहाँ आकर मुझे मार सकें, ऐसे बहुत से श्वान यहाँ आस-पास रहते हैं। बचकर रहता हूँ, पर खाने के लिए बहुत झगड़ा होता है।''

सारमेय करुणा से रोमी की ओर देखता रहा। ''मैं आस-पास के विस्तार के श्वानों को समझाने का प्रयत्न करूँगा कि तुझे परेशान न करें। तुझे भी झगड़े से बचना चाहिए, हर छोटे-बड़े से प्रेम से मिलना चाहिए।'' ऐसा करेगा तो शायद तेरी मुश्किलें कुछ कम हो जाएँगी। कहकर सारमेय वहाँ से चला गया। आस-पास के खेतों में जो बलवान श्वान थे, उनको मिलकर रोमी को परेशान न करने के लिए समझाया और फिर शहर की ओर चला।

वह फिर एक बार घाट पर आ खड़ा हुआ। उस समय सूर्यास्त हो रहा था। घाट बिल्कुल खाली था। केवल एक नाव में आखिरी फेरे के मुसाफिर बिठाए जा रहे थे। एक नौजवान नाविक नाव में चढ़ते हर मुसाफिर से कह रहा था, ''सुनिए, आप जिस नदी को पार कर रहे हैं, वह कभी थी ही नहीं और न कभी होनेवाली है।''

मुसाफिर सुन लेते। कुछ एक-दूसरे के सामने देखकर हँस पड़ते। नाविक यह सब समझता था, परंतु बुरा माने बिना हर मुसाफिर से यह वाक्य कहता ही रहता।

नाविक की बात सुन सारमेय सोच में पड़ गया। उसने नाविक से पूछा, ''ऐसा कहने से तुम्हारा तात्पर्य क्या है, तू क्या कहना चाहता है ?''

''कुछ नहीं'' नाविक ने कहा, ''यह तो एक मंत्र है। इस मंत्र को बोलने से मुझे लाभ होता है। चार-पाँच साल पहले मेरे बापू की नाव में एक पिल्ला उस पार गया था। उसने नदी के बारे में मेरे बापू से कुछ पूछा था। उस वक्त एक पुजारी ने मेरे बापू को यह मंत्र दिया था।'' नाविक खुश होकर कहता रहा, ''उसके बाद मेरे बापू; नदी तू कहाँ से आ रही है और कहाँ जा रही है⋯'' ऐसे गीत गाया करते और मरते वक्त मुझे यह मंत्र देते हुए कहा, ''बेटा, नदी में नाव भले ही चलाना, पर नदी के होने के भ्रम में न रहना। बस, तब से मैं यह मंत्र पढ़ता रहता हूँ और हमारा धंधा जोरों से चल रहा है।''

''ओह! अरे भाई, तेरी नाव में बैठा पिल्ला मैं ही था। उस पुजारी ने तेरे बापू को कोई मंत्र दिया था, ऐसा मुझे तो याद नहीं पड़ता।'' सारमेय ने कहा और नाव के किनारे लगते ही तेजी से उतरकर छलाँगें लगाता हुआ जंगल की ओर दौड़ता चला गया।

''अरे! जरा ठहर तो⋯'' नाविक ने आवाज लगाई।

''कुछ और अनर्थ हो जाए, इससे पहले मुझे पुजारी से मिलना होगा।'' सारमेय ने दौड़ते हुए जवाब दिया।

आस-पास के गाँवों में घूम-घूमकर सारमेय शिव मंदिरों में पुजारी को ढूँढ़ता रहा। आखिर लंबी दौड़-धूप के बाद एक अरण्य में बसे छोटे से गाँव में एक टीले पर बने मंदिर पर पहुँचा तो वहाँ उसे वह पुजारी मिल गया।

''एक दिन, जिस पिल्ले को आपने यहाँ आने के लिए कहा था, वह मैं ही हूँ। आज तो मैं आपसे एक बात पूछने के लिए आया हूँ।'' सारमेय एक ही साँस में बोल गया।

''तू तो बहुत बड़ा हो गया है।'' पुजारी ने खड़े होकर उसके सामने आते हुए कहा, ''तू बहुत हाँफ रहा है, जरा दम ले ले, कुछ खा ले, फिर पूछ, जो पूछना चाहता है।''

''नहीं, मैं अभी बैठ नहीं पाऊँगा। उस नाविक को आपने नदी कहाँ है ? ऐसा पूछा था, उस वक्त नदी के बारे में आपकी क्या राय थी, वह कृपा करके आप मुझे बताएँ।'' सारमेय ने खड़े-खड़े ही पूछा।

''इतनी जरा सी, पुरानी बात, तुझे आज कैसे याद आ गई?'' पुजारी ने आश्चर्य व्यक्त किया।

''मुझे याद नहीं आई है। उस नाविक का लड़का अब कुछ मंत्र बोलता रहता है। उसे बताने के लिए मुझे जानना है कि उस दिन असल में आपने क्या कहा था।''

''तो सुन, मेरा तर्क केवल इतना सा था कि नदी तो सतत बहती रहती है। नदी यहाँ है, यह कहने तक तो नदी कहीं और जा चुकी होती है। आज की नदी, कल समुद्र बन चुकी होती है, फिर बादल···''

''बस, आप इतना ही कहना चाहते थे?'' सारमेय ने कहा और नदी किनारे जाने के लिए वापस लौटा।

''तूने मुझसे जो कुछ सुना है, वह तू नाविक के लड़के को समझा देना। वह तुरंत समझ जाएगा।'' पुजारी ने कहा।

''किसी के पास से सुनी हुई बात अन्य किसी को किस तरह समझाई जाती है, यह मैं नहीं जानता। मैं तो वही कहूँगा, जो मुझे समझ में आया है।'' जाते-जाते सारमेय बोला।

यह सुनकर पुजारी भी तुरंत दौड़ा और टीले के ढलान पर से उतरते हुए सारमेय को आवाज देकर कहा, ''तू वापस यहीं आना। मुझसे मिले बिना कहीं नहीं जाना।''

''ठीक है।'' सारमेय ने उत्तर दिया और नदी की ओर चला गया।

नाविक के लड़के के पास पहुँचकर सारमेय ने कहा, ''मैं तेरी नाव में तीन दिन तक रहना चाहता हूँ। इन तीन दिनों में मैं कुछ भी बोले बिना केवल नदी और नाव का अनुभव लेना चाहता हूँ। तुझे भी मौन रहना होगा, ऐसा मैं नहीं कहता, परंतु तू तेरे पिता और नदी के संबंध में विचार कर सके, ऐसा मैं सुझा सकता है।''

''ठीक है, मैं भी नाव में रहूँगा, परंतु मैं मौन नहीं रह सकता। मुझे गीत तो गाने ही होंगे। पता नहीं क्यों, पर मुझे गाना बहुत अच्छा लगता है।''

तीन दिन दोनों नाव में ही रहे। चौथे दिन सुबह नाविक से विदा लेते हुए सारमेय ने कहा, ''तू अगर कुछ कहना चाहता है तो बोल। शायद अब हम न मिल पाएँ।

''हर नए दिन मुझे अलग-अलग बातें समझ में आईं।'' नाविक ने चप्पू एक तरफ रखकर बैठते हुए कहा, ''पहले दिन समझ में आया कि अगर नदी नहीं है, ऐसा मैं स्वीकार करूँ तो फिर मैं नाविक भी नहीं हूँ और यह नाव भी नहीं है, ऐसा मुझे स्वीकार करना होगा और कुछ न होते हुए भी नाव चलाते रहना, यह मेरा धर्म है। दूसरे दिन मुझे समझ में आया अगर नदी है, ऐसा मैं मानूँ तो मैं नाविक हूँ, यह नाव है और इसे चलाते रहना, यह मेरा धर्म है। तीसरे दिन मुझे यह जानने की तीव्र इच्छा हुई कि जिसे नदी कहते हैं, वह असल में क्या है ? उस पल से यह नाव नहीं है, मैं नाविक नहीं हूँ, तू मुसाफिर नहीं है। यह सब क्या है ? इसकी मुझे खोज करनी है।'' नाविक बोलना रोककर थोड़ी देर नदी की ओर ताकता रहा और फिर धीरे से बोला, ''हे सारमेय, अब वह मंत्र बोलना, मुझे बंधनकारक लगता है।''

''तुझे नाव चलाने का आनंद प्राप्त हो, ऐसी शुभकामनाएँ।'' सारमेय ने कहा और नाविक को किनारे पर छोड़कर वह पुजारी के पास जाने के लिए निकला। पुजारी सारमेय की राह देख रहा था। उसने कहा, ''जब तू छोटा था, तब तुझे यहाँ रख लेने की मेरी बहुत इच्छा थी। गाँव यहाँ से दूर है। निर्जन विस्तार में आते हुए लोग भी डरते हैं, इसलिए शायद ही यहाँ कोई दर्शन के लिए आता है। इस पूरे विस्तार में मैं अकेला ही रहता हूँ।''

''मैंने देखा कि ढलान पर एक भेड़-बकरियोंवाला गडरिया भी रहता है। आप उसके साथ दोस्ती कर सकते हैं।'' सारमेय ने कहा।

''कौन, मामदु ?'' पुजारी ने आश्चर्यचकित होकर हँसते हुए कहा, ''मैं और वह भेड़-बकरियोंवाला ? पर जाने दे, कुत्तों को ऐसी बातें समझ नहीं आतीं।''

''समझ में आती हैं, पर वह आपकी समझ से अलग हो, यह संभव है।'' सारमेय ने कहा और पैरों को आगे खींचकर आलस्य से अँगड़ाई लेते हुए बोला, ''फिर मेरी दो शर्तें होंगी यहाँ रहने के लिए। एक, जब मेरा मन करेगा, मैं यहाँ से चला जाऊँगा और दूसरी, जब मुझे ऐसा लगेगा कि आप यहाँ नहीं हैं तो मैं भी यहाँ नहीं रहूँगा।''

''ठीक है, उस समय मैं तुम्हें रोकूँगा नहीं।'' पुजारी ने कहा, ''पर जब तक तू यहाँ रहेगा, तब तक मंदिर की और मेरे घर की रखवाली तो करेगा न ?''

''करूँगा नहीं, वह तो अपने आप हो जाएगी।'' सारमेय ने कहा और खड़े होकर मामदु की झोंपड़ी की ओर चला। वहाँ पहुँचा तो मामदु हाथ में ऊन बुनने की तकली लेकर झोंपड़ी में से बाहर निकल रहा था और एक भूरे रंग की पतली, ऊँची, जंगली कुतिया भेड़-बकरियों को बाड़ में से बाहर निकाल रही थी। भेड़-बकरियाँ बें-बें कर शोर कर रही थीं।

''देख सरमा, तुझे साथी मिल गया।'' मामदु ने उस शुनि को संबोधित करके कहा। सरमा ने सारमेय की ओर देखा। सारमेय को पहली बार देखने के बावजूद वह स्वाभाविकता से बोली, ''आया है तो केवल खड़ा मत रह, उस ओर से बकरियों को रास्ते पर हाँक।''

सारमेय ने जरा भी हिचकिचाए बिना सरमा की सूचना का पालन किया। भेड़-बकरियाँ इस नए रोबदार कुत्ते से जरा दूर रहकर, सँभलकर, एक के पीछे एक लाइन से चलने लगीं। सभी भेड़-बकरियों के जाने के बाद सरमा बाहर आई और सारमेय से पूछने लगी, ''साथ में आना है?''

''चलो,'' संक्षेप में उत्तर देकर सारमेय साथ हो लिया।

मामदु ने सारमेय को साथ चलते देख जरा झुककर उसकी पीठ थपथपाई। सारमेय ने उसकी तरफ देखा। मामदु जरा हँसा और बोला, ''तुमसे मिलना लिखा होगा, इसलिए आज तुम मिल गए।'' और फिर खुली आवाज से गीत गाने लगा।

मैदान में पहुँचकर भेड़-बकरियाँ इधर-उधर बिखरकर चरने लगीं। सरमा और सारमेय आस-पास थोड़ा भटक आए। मामदु पेड़ की छाया में बैठकर गीत गाता रहा। शाम को वापस लौटते हुए मामदु ने बहुत सारी बातें कहीं, पर सारमेय से उसके घर के बारे में, उसके यहाँ आने के बारे में या किसी और बारे में भी कुछ नहीं पूछा।

6

''गुरुजी, मुझे लगता है कि अब थोड़ा-बहुत, दूसरों को सिखा सकूँ, इतना मैंने सीख लिया है। अगर आप आज्ञा दें तो आश्रम के दरवाजे से थोड़े दूर चौक में अपने जात भाइयों के लिए अध्यात्म की तालीम के वर्ग शुरू करना चाहता हूँ।'' एक शाम को साधक कौलेयक ने गुरु से कहा।

"ऐसा कोई तालीम वर्ग शुरू किया जा सकता है या नहीं, यह मैं नहीं जानता।" गुरु ने जवाब दिया, "पर अगर तेरी ऐसी इच्छा है तो तू कर। अगर मुझसे पूछ रहा है तो मेरी सलाह है कि ऐसा कुछ करने से पहले तू थोड़ा तीर्थ भ्रमण कर ले तो ठीक रहेगा।"

"इसका अर्थ है कि मुझे यह वर्ग चलाने के लिए किसी दूसरे अनुकूल स्थान की तलाश करनी होगी?"

"नहीं, तेरे तीर्थ भ्रमण के बाद भी अगर तेरी इच्छा वर्ग चलाने की हो तो मैं तुझे मना नहीं करूँगा।" गुरुजी ने कहा।

"आप जानते हैं कि मैं कोई गलियों में भटकता आवारा कुत्ता नहीं हूँ। संस्कारी और जातवान हूँ। अच्छे शिक्षक के पास से ज्ञान प्राप्त किया हुआ, यहाँ से ज्ञान प्राप्त किया हुआ श्वान हूँ। आप तीर्थाटन के अलावा कोई दूसरा मार्ग नहीं बता सकते?" कौलेयक ने तर्क किया।

तो दूसरा सुझाव यह है कि तू वर्ग चलाने के लिए सारमेय को ढूँढ़ निकाले। सारमेय अगर नहीं मिलता या फिर आने के लिए मना कर दे तो फिर तेरे भ्रमण की बात ही मुझे योग्य लगती है। नहीं तो फिर तुझे जो योग्य लगे, वह तू कर। तेरा निर्णय मुझे बताने की जरूरत भी नहीं है।" गुरुजी ने कहा। साधक कौलेयक स्तब्ध होकर सुनता रहा। जिस काम को वह स्वयं करना चाहता है, उस काम के लिए सारमेय के योग्य होने की कल्पना भी वह कर पाने की स्थिति में नहीं था।

साधक कौलेयक को लगा कि गुरुजी ने उसका अहंभाव दूर करने के लिए यह बात कही होगी। वह पलभर के लिए मौन रहा फिर पूछा, "तो फिर आप आज्ञा करें कि पहले मैं कहाँ जाऊँ?"

"तुझे चार पैर दिए हैं।" गुरुजी ने कहा और वहाँ से चले गए।

साधक कौलेयक ने गुरुजी की बात पर रातभर विचार किया। सुबह उसे लगा कि एक बार गुरुजी की बात पर भी अमल करके देखना चाहिए। वह आश्रम को त्यागकर पूर्व दिशा की ओर चलने लगा।

एक के बाद एक गाँव पार करते हुए वह चला जा रहा था। जहाँ रुकने का मन हो, वहाँ किसी अच्छी धर्मशाला या मंदिर के चबूतरे पर ही रहता। उसका रोबदार दिखना, गले में पट्टा, और चाल-ढाल की विशिष्टता देख उसे कोई

हाँक नहीं भगाता। कुछ तो प्रशंसात्मक नजरों से देखते। साधक कौलेयक की भूख की समस्या भी इन्हीं कारणों के चलते आसानी से हल हो जाती।

एक सुबह साधक कौलेयक अपने नित्य पाठ बोलते हुए नदी किनारे चला जा रहा था। इसी तरह वह एक बाड़ी के पास से गुजर रहा था कि उस बाड़ी के मालिक एक किसान युवक ने उसे रोका, ''भगत, जरा रुक, यहाँ तक आया है तो मेरी बाड़ी में आ। यह जो मंत्र तू बोल रहा है, वह कुछ हमारे पिल्लों को भी सिखाता जा।''

''मैं भगत नहीं, साधक हूँ।'' कौलेयक ने जवाब दिया।

''दोनों एक ही बात हैं। वैसे तो तू यात्रा को निकला है तो भगत ही माना जाएगा। फिर तू तो बड़ा ज्ञानी लगता है, इसलिए हमारी बाड़ी के, हमारे मोहल्ले के पिल्लों को भी कोई ज्ञानी गुरु मिल जाएँगे।''

अपने बारे में 'गुरु' शब्द सुनते ही कौलेयक सोच में डूब गया। साधक में से मुमुक्षु भी बने बिना सीधे गुरु पद पाने की तीव्र इच्छा उसे हो आई। 'ठीक है' कहते हुए उसने बाड़ी में प्रवेश किया। कुछ पिल्ले उसे देखकर जरा गुर्राकर, फिर पूँछ हिलाते हुए नजदीक आ गए। उस किसान ने पिल्लों को लाइन में खड़े कर के कौलेयक से पहचान कराते हुए कहा, ''ये तुम्हारे गुरु हैं। चलो, इन्हें सब मिलकर प्रणाम तो करो।''

बेचारे पिल्लों को, जो कभी नहीं किया था, वह करने का आदेश मिला तो क्या करना, यह न सूझने के कारण सब एक-दूसरे का मुँह ताकते रहे।

''प्रणाम करना यानी क्या करना, यह मैं तुम्हें समझाता हूँ।'' साधक में से गुरु बने कौलेयक ने कहा और आगेवाले दोनों पैर उठाकर, पंजों को जोड़कर प्रणाम करना सिखाया।

उसके बाद उन तमाम प्यारे से निर्दोष, मासूम पिल्लों ने, कभी नहीं सुनी थी ऐसी बातें, प्रणाम के अर्थ की, उनके फायदों की तथा प्रणाम के कारण विचारों में होते बदलाव से लेकर अहम् के नाश तक की विस्तृत कथा गुरुमुख से सुनी। एक भी पिल्ले को प्रणाम करना, यानी आगे के दो पैर उठाकर पंजों को मिलाना; इसके अलावा कुछ भी याद न रहा।

पिल्लों की शिक्षा यूँ अचानक आरंभ हो गई और गुरु भी अपने आप ही

मिल गए, इस बात को किसान अपना अहोभाग्य समझ रहा था। पिल्लों को भी अब वे पढ़े हुए पिल्ले कहलाएँगे, इस बात का आनंद था। हालाँकि उन्हें गुरुजी की बातें समझ में नहीं आती थीं, पर दूसरी न समझ में आनेवाली बातों जैसी ही सरल लगती थीं। इन बातों का महत्त्व भी उतना ही रखा जाता था।

उनकी मुश्किल केवल इतनी थी कि खेत में दौड़ना, बेकार वस्तुओं को पैरों तले दबाकर फाड़ना, बिना किसी कारण उत्साह में आकर दूसरे पिल्लों के ऊपर कूद-कूदकर उनसे कुश्ती करना, यह सब खराब है, ऐसा उन्हें बार-बार क्यों याद करवाया जाता है, यह उन श्वान पिल्लों की समझ में नहीं आता था।

पर फिर भी साधक कौलेयक निष्ठापूर्वक अपने विद्यार्थियों की एक के बाद एक आदतें बदलता जा रहा था। अब उसके शिष्य लाइन में बैठना सीख गए, उनकी भागा-दौड़ी कुछ कम हो गई थी, पाठ गाने लगे और अब साधक कौलेयक को लगा कि इन बालश्वानो को अक्षर ज्ञान देना भी जरूरी है।

"कमल का क ऐसे लिखा जाता है।" एक सुबह साधक गुरु सिखा रहा था।

"कमल का क" पिल्ले सीख गए।

ख, ग, य, ज्ञ···ऐसे सिखाते-सिखाते साधक को अचानक लगा कि एक छोटे से पिल्ले का ध्यान पढ़ने में नहीं है। उसने उस पिल्ले का ध्यान अपनी ओर खींचते हुए कहा, "मैं क्या कर रहा हूँ, वह तुझे पता है?"

"हाँ, पढ़ा रहे हैं।" सद्भाग्य से उसे इतना तो पता था।

"तो बोल, कमल का क्या होता है?"

"···" पिल्ले ने खेत के आखिरी छोर तक अपनी नजर दौड़ाई, पर कहीं से उसका जवाब नहीं आया। गुरु ने पल भर के लिए राह देखी, फिर पूछा। कमल का नहीं आता तो ठीक है, बता तलवार से क्या होता है?"

दो-तीन पिल्लों ने 'त त' की आवाजें निकालनी चाहीं। वह छोटा पिल्ला कुछ खास समझे बिना बोल गया 'त'।

"बहुत अच्छे, चलो अब कहो तो जरा खरगोश का क्या होता है?" गुरु ने उसे और प्रोत्साहित किया।

ओह! इसका उत्तर तो एकदम सरल है। पिल्ला एकदम खुश हो गया, उसके बदन में झनझनाहट व्याप्त हो गई, उसने अपने साथियों की तरफ देखा। सभी

के मुख पर अदम्य भावों को देखकर वह जोर से बोल गया, ''खाया जाता है।''

सतत गोल-गोल परिक्रमा करती रहती इस पृथ्वी पर ऐसे अनपेक्षित जवाब सुनने को मिलते हैं, तब शिक्षकों को कैसा आघात लगता है और ऐसे वक्त वे शिक्षक क्या करते हैं, इसका ज्ञान कौलेयक को नहीं था। फिर ऐसे आघात की पीड़ा को शांत करने का और उस पर विजय प्राप्त करने का भी कोई शास्त्र होता है या नहीं इस बात का ज्ञान भी कौलेयक को नहीं था। पीड़ा से वह तिलमिला उठा। स्तब्ध हो गया।

गलत जवाब की पीड़ा से अधिक वेदना कौलेयक को इस अचानक प्राप्त हुए ज्ञान से हुई कि उसने आज तक मांसभक्षियों को पढ़ाया है। कर्ण को शूद्र जानकर परशुराम को कैसा आघात लगा होगा, परशुराम की उस वक्त की स्थिति को आज इतने वर्षों बाद वह समझ सका।

अनजाने में हुई भूल का प्रायश्चित्त कैसे करना चाहिए, यह सोचते हुए कौलेयक वहाँ से कुछ भी बोले बगैर चलता बना। एक पिल्ले के सामने शास्त्रार्थ में हार जानेवाले गुरु को रोकने की जरूरत उस किसान को या किसी और को भी न लगी।

7

सारमेय के वहाँ रहने से मंदिर के आस-पास का विस्तार और जंगली विस्तार अब कुछ-कुछ सुरक्षित लगने लगा था। अब तक करीब-करीब निर्जन रहते मंदिर में भक्तों और यात्रियों का आवागमन होने लगा था।

सारमेय दिन में जंगलों में, गाँव की तरफ के मार्ग पर, तो कभी-कभी मामदु और सरमा के साथ भेड़-बकरियाँ चराने निकल पड़ता। शाम की आरती के वक्त वह नियमित रूप से मंदिर पहुँच जाता और फिर रातभर मंदिर के द्वार के सामने अपना आसन जमाए रहता।

एक शाम आरती के समाप्त होने के बाद और श्रद्धालुओं के जाने के बाद पुजारी ने सारमेय से कहा, ''कुछ भक्त तेरी आलोचना कर रहे थे। तू दिन में जंगलों में घूमता रहता है या गाँव में जाता है, उस बात से नहीं, परंतु तू मामदु के यहाँ और सरमा के साथ भटकता है, यह कुछ भक्तों को अच्छा नहीं लगता।''

"मुझे अच्छा लगता है।" सारमेय ने जवाब दिया।

"वह ठीक है, पर वह विधर्मी..."

"मैं धर्म के बारे में कुछ नहीं जानता।" सारमेय ने कहा और आगे कुछ सुनने की इच्छा नहीं है, इस तरह दूर जाकर अपनी जगह पर बैठ गया।

रात को वह अपनी जगह से उठ खड़ा हुआ। टीले की चोटी पर जा पहुँचा। नीचे जंगलों पर छाई हुई चाँदनी, दूर गाँव में और तलहटी में मामदु के घर पर टिमटिमाते प्रकाश को देखता रहा। क्षितिज पर से तारे, एक के बाद एक उदय होकर अस्त होते रहे। भोर में अचानक सारमेय को वह अनजान स्वर सुनाई दिया। मंद, करीब-करीब अश्राव्य स्वर क्या कह रहा है, यह सारमेय समझ नहीं पाया, परंतु उस अनजान मित्र की आवाज सुनकर उसे रोमांच हो आया। उसका हृदय आनंद से सराबोर हो गया। वह चौकड़ियाँ भरता हुआ, उछलता हुआ, नाचता हुआ नीचे के मार्ग पर दौड़ने लगा।

सारमेय इसी तरह दौड़ते हुए मामदु के घर के सामने से गुजरा। उसने देखा कि मामदु भी घर के आँगन में ढोलकी लेकर नाच रहा है। सारमेय वैसे भी मामदु के घर के आस-पास तेजी से दौड़-दौड़कर अपना आनंद व्यक्त कर रह था। सूर्योदय के होते ही वह सरमा के साथ भेड़-बकरियों को लेकर वनों की ओर निकल गया।

दोपहर के ढलते आँधी चलना शुरू हो गई, आकाश काले-काले बादलों से घिर गया और बिजली के गरजने के साथ-साथ बारिश शुरू हो गई। सारमेय और सरमा की भागादौड़ी करती भेड़-बकरियों में अराजकता फैल गई। मुश्किल से उन सबको इकट्ठा कर सरमा और सारमेय मामदु के साथ घर वापस लौट आए।

वर्षा ऋतु प्रारंभ होने का संदेश पहाड़ियों, अरण्यों और जंगलों में दूर-दूर तक फैल गया। कलकल झर-झर बहते झरने अब बड़े-बड़े जल-प्रपात के स्वरूप में गर्जना करते हुए बहने लगे थे। सारमेय टीले की चोटी पर खड़े होकर जहाँ तक नजर पहुँचे, वहाँ तक बरसते हुए पानी को देखता रहता। रोएँदार देह को थरथराकर अपनी देह पर से पानी को निथार देता। पहली बारिश शुरू होते ही वातावरण में व्याप्त होती मिट्टी की भीनी-भीनी खुशबू का स्थान अब सड़े हुए पत्तों की, नए उगे हुए फूल, बेलों की और भेड़-बकरियों की बारिश में भीगे

हुए ऊन की गंध ने ले लिया। ऐसे भीने-भीने वातावरण में सरमा के साथ सुदूर वनों में भटकने के लिए जाना यह सारमेय का नित्य क्रम हो गया था।

वर्षा ऋतु के आगमन के कारण गाँव में से आते भक्तों की संख्या घट गई थी। बारिश थोड़े दिनों के लिए रुक जाती और मार्ग चलने जैसे हो जाते तो कोई-कोई भक्त आ पहुँचते।

एक रात को सारमेय मंदिर के प्रांगण में बैठा था। अचानक टीले के ढलान पर किसी की आहट सुनकर वह सतर्क हो गया। थोड़ी देर के बाद उसने देखा कि एक पुरुष और एक स्त्री मंदिर की ओर आ रहे हैं। उनकी चाल-ढाल में कुछ असामान्य नहीं लगने से सारमेय भौंका नहीं, परंतु उनके सामने जाकर सुरक्षित अंतर पर खड़े होकर पैर जमाकर खड़ा रहा। पिछले पैरों से धूल उड़ाकर हलके से गुर्राया।

"हमें मंदिर में जाना है। तू जाने देगा?" पुरुष ने धीमे स्वर में पूछा।

"मंदिर में रात को कोई नहीं आता, पर अगर कोई आ जाए तो भी मंदिर जाते भक्तों पर मैं भौंकता या काटता नहीं हूँ। रात या दिन का भेद मेरे मन में नहीं होता।"

"यह विचित्र रूप से बोलता है, नहीं?" स्त्री ने पुरुष से पूछा और सारमेय की तरफ देखते हुए बोली, "हम मंदिर के भीतर जाएँगे और थोड़ी देर के बाद हम यहाँ से वापस चले जाएँगे, पर तू किसी से कहना नहीं कि हम यहाँ आए थे।"

"अगर मुझसे कोई पूछेगा नहीं, तो मैं नहीं बताऊँगा।" सारमेय ने जवाब दिया।

मध्यरात्रि तक वे दोनों मंदिर में ही बैठे रहे। सारमेय बाहर बैठकर हवा को सूँघता रहा। भोर होने में थी, तब वे दोनों वहाँ से चले गए। उन्हीं के पीछे-पीछे सारमेय भी टीले से उतरा और नीचे झरने के किनारे पर घास में टहलता दूर निकल गया।

सारमेय वापस लौटा तो उसने देखा कि मंदिर में लोगों की भीड़ उमड़ रही थी और लोग मंदिर में प्रकट हुए सुवर्ण पात्रों के बारे में बातें कर रहे थे। "आज पुजारी ने मंदिर खोला, तो महादेव के गर्भगृह में ही सुवर्ण? बोलो, इसका नाम

है भगति और इसे कहते हैं भगवान् की किरपा।'' एक ने कहा। ''गाँव के भाग खुल गए। महादेव जाग्रत् हो गए। यह चमत्कार क्या कम है ?'' दूसरे ने कहा।

इसी तरह बातें फैलती गईं। किसी को यह नहीं सूझा कि सारमेय को पूछना चाहिए कि मंदिर में मुँह अँधेरे सुवर्ण पात्रों को कौन रखकर गया है। सबको विश्वास था कि यह सुवर्ण पात्र प्रभु का ही सरजन है। गुप्त रूप से सुवर्ण पात्रों को दान करें, ऐसे मनुष्य जगत् में हो सकते हैं, ऐसी कल्पना भी किसी के दिमाग में नहीं आ पाई, इतना भक्तिभाव का प्रभाव था।

शुरुआत में हर रोज भगवान् की पूजा के लिए इन पात्रों का उपयोग किया जाने लगा। फिर केवल सोमवार को ही इन पात्रों को निकालने का तय हुआ। फिर ग्यारस के दिन और उसके बाद केवल महाशिवरात्रि के दिन इन पात्रों को बाहर निकालने का तय किया गया और सुवर्ण पात्रों को साल भर पुजारी के घर ताले में बंद कर रखे जाने लगे। सारमेय को इस व्यवस्था पर प्रतिक्रिया देना जरूरी नहीं लगा।

मंदिर अब प्रसिद्ध हो गया। विकास के कामों के लिए समिति का गठन हुआ और टीले के आस-पास की जमीन प्राप्त करने के लिए कार्मगिरी हाथ धरी गई। इस काम के लिए गाँव के सरपंच शहर जाने से पहले मंदिर आए और पुजारी से बोले, ''आप भी चलिए साथ में। कल तो हम सब वापस लौट आएँगे।''

''कल तो शिवरात्रि है। भगवान् को सुवर्ण पात्र से स्नान करवाना होगा। जब ये सारे बरतन बाहर निकाले होंगे, उस समय मैं कैसे आ सकता हूँ। आप इस सारमेय को साथ ले जाएँ।'' पुजारी ने कहा और सारमेय सरपंच के साथ गया।

दो दिन शहर में बीत गए। तीसरे दिन सारमेय वापस लौटा तो मंदिर बिल्कुल सुनसान पड़ा था। पुजारी चबूतरे पर नतमस्तक बैठा था। सारमेय को देखते ही वह बोला, ''सारमेय वे सुवर्ण पात्र चोरी हो गए। महापूजा के बाद जरा देर लेटा था और जागने पर देखा तो चोरी हो चुकी थी।''

''मंदिर में चोरी कैसे हो सकती है ?'' सारमेय ने पूछा।

''मूर्ख,'' पुजारी चिढ़कर बोला, ''ये अब हो गई है ऐसे। पुलिस आएगी और तलाशी करेगी, तब पता चलेगा।'' सारमेय कुछ नहीं बोला। गाँव में से आते मनुष्यों को, सरपंच को, तलाश करती पुलिस को, सभी को सारमेय ने एक

ही बात कही, ''बरतन कहाँ गए, ये मैं नहीं जानता। फिर मंदिर में तो कुछ भी आ-जा सकता, पर चोरी कैसे हो सकती है?''

जिस जिसने सारमेय की ऐसी बातें सुनीं, उन सबने माना कि चोरी के वक्त सारमेय यहाँ नहीं था, इसलिए चोरी हो जाने के आघात से वह भ्रमित हो गया है। कुछ दिनों में वह स्वस्थ हो जाएगा।

तीन-चार दिन तक पुलिस की तलाश और पूछताछ चलती रही। एक सुबह सरमा आ पहुँची। सारमेय उसके सामने गया और पूछा, ''क्यों, इस वक्त यहाँ?''

''मामदु को पुलिस के आदमी शहर में ले गए हैं।'' सरमा ने कहा।

''तू यहाँ का सँभाल ले। मैं शहर जाकर आता हूँ।'' सारमेय ने कहा और तुरंत ही शहर जाने के लिए निकल पड़ा। वह थाने पहुँचा तो पता चला कि रात को मामदु को दवाखाने ले जाना पड़ा था और वहाँ से उसका पार्थिव शरीर उसके दूर के सगे एक भतीजे के हाथ सौंप दिया गया है।

सारमेय वापस लौटकर सीधा पुजारी से मिला और मामदु के साथ घटी घटना का वर्णन किया और पूछा, ''हे पुजारी, अब आपका क्या कहना है, वह मैं सुनना चाहता हूँ।''

''मैं क्या कहूँ?'' पुजारी ने कहा, ''उसने चोरी की होगी, इस संदेह के कारण पुलिस ने उसे पकड़ा होगा। तलाशी के वक्त कुछ कम-ज्यादा हो जाने की वजह से या फिर बीमारी के कारण मर गया होगा। यह निमित्त बन गया होगा। हमने उसे नहीं पकड़वाया। बरतनों की चोरी हो जाए तो शिकायत तो दर्ज करनी पड़ती है न?''

सारमेय पुजारी की ओर देखता रहा। उसने दूसरा प्रश्न किया, ''अब आप मुझे यह बताइए कि एक सुबह अचानक आपने मंदिर में बरतन प्रकट हुए देखे थे। ऐसे ही किसी दिन मालूम हुआ कि वह बरतन अदृश्य हो गए। इन दोनों सुबहों में आपको शिकायत दर्ज करवाने जैसा बड़ा फर्क क्या लगा?''

पुजारी इस प्रश्न से चौंक गया। जैसे गहरी नींद में से जाग गया हो, इस तरह सारमेय को देखता रहा। फिर आकाश की ओर ताकते हुए दीर्घ साँस ली और हिचकिचाते हुए बोला, ''सारमेय, तेरी शर्त थी कि मैं जब यहाँ नहीं रहूँगा, तब तू भी यहाँ नहीं रहेगा। मैं यहाँ हूँ, यह अनुभव करने में मुझे बहुत वक्त

लगेगा। तू मुझे छोड़कर जा सकता है। असल में मुझे अभी तेरी बहुत जरूरत है, पर अब मैं तुझे रोकने में समर्थ नहीं हूँ।''

पुजारी के यहाँ से निकलकर सारमेय सीधे मामदु के घर गया। सरमा बाड़ा ही खोल रही थी। सारमेय ने उससे कहा, ''मामदु अब नहीं है। तू बाड़ा खोल दे और भेड़-बकरियों को जहाँ जाना हो, जाने दे।''

''ओह, यह पुलिस…'' सरमा क्षणभर के लिए बहुत क्रोधित हो गई, फिर शांत होकर खड़ी हो गई। बाड़े को खोलकर बोली, ''मामदु अब इस दुनिया में नहीं रहा। अब हम भी यहाँ नहीं रहेंगे। तुम सबको भी जहाँ जाना हो, वहाँ जा सकते हो।''

''तू किसलिए जा रही है?'' दो-तीन बकरियों ने पूछा।

''यहाँ रहूँगी, तब भी मैं तुम्हें सँभाल नहीं पाऊँगी। मैं अपना रास्ता ढूँढ़ लूँगी।'' सरमा बोली। भेड़-बकरियों को कुछ समझ में नहीं आ रहा था। वह हिचकिचाईं, थोड़ा घबराईं। उनमें से एक-दो ने यह भी कहा, ''मामदु नहीं है, अब सरमा के बिना हम तो बिल्कुल अकेले… ?''

सरमा हँसी और प्रेम से बोली, ''मामदु था और सरमा भी थी, तब भी हम सब अकेले ही तो थे, यह बात आज तक तुम्हारी समझ में नहीं आई?''

भेड़-बकरियाँ कुछ खास समझ नहीं पाईं। सब शोर करते हुए टीले से उतरकर गाँव की ओर चली गईं।

''तू कहाँ जाएगी?'' सारमेय ने सरमा से पूछा।

''पता नहीं,'' सरमा बोली, ''जहाँ तू जा रहा होगा, वहाँ भी मैं आ सकती हूँ।''

''मैंने अभी कुछ तय नहीं किया है, पर एक काम करते हैं, मेरा भाई एक अच्छी जगह पर रहकर साधना करता है। मैं ऐसे भी उसे मिलने जाने का बहुत समय से सोच रहा था। अगर तू आना चाहती है तो हम दोनों वहाँ चलते हैं। फिर अगर तुझे वह जगह पसंद आ जाए तो तू वहाँ रुक जाना।'' सारमेय ने कहा।

''ठीक है, चलो, चलते हैं।'' सरमा ने कहा और दोनों वहाँ से चल निकले।

8

"अभी और कितना दूर है, हम रास्ता तो नहीं भूल गए हैं न?" सरमा ने पूछा। घने अरण्यों में चलते-चलते वह थक गई थी।

"थोड़ा और चल। बस अब जरा सी दूरी पर एक खुली जगह आएगी। मैं यहाँ पहले भी आ चुका हूँ।" सारमेय ने कहा।

उतनी दूरी काटते-काटते शाम ढल गई थी। बादलों से रहित खुले आसमान में से चाँदनी बरस रही थी। रात ठंडी थी। एक स्थल पर झाड़ियों में से सरकते ही दोनों खुले स्थान पर आ गए।

सामने ही ऊँचे पत्थरों पर से प्रपात की तरह बह रहा एक झरना, किनारे पर खड़े वृक्षों के पत्तों को चमकाती हुई चाँदनी, झरने की कलकल आवाज, अचानक ही नव सर्जित किसी नए जगत् को देखकर सरमा आश्चर्यचकित होकर देखती रही।

"सामने के किनारे छोटी सी गुफा जैसी जगह है। वहाँ हम दोनों आराम से रह लेंगे।" सारमेय ने कहा और झरनों के बीच जरा ऊपर दिख रहे पत्थरों पर धीरे से पैरों को रखते हुए सामने के किनारे पर पहुँच गया।

पीछे-पीछे सरमा भी आ गई। पथरीले किनारे पर बाढ़ के पानी के कारण गुफा जैसी बन गई कुछ खोखली जगहों में से एक ऊँची खोखली जगह पसंद कर उन्होंने वहाँ रुकने का तय कर लिया। दोनों बहुत थक गए थे। सरमा तो जैसे मर रही हो, इस तरह लंबी तानकर सो गई और बोली—

"मुझसे अब खड़ा भी नहीं हुआ जा रहा। खाने की व्यवस्था अब तुझे ही करनी होगी।"

"ठीक है, तो फिर मैं खाने के लिए कुछ ढूँढ़ लाता हूँ।" सारमेय ने कहा और सरमा को अकेली छोड़कर वन में चला गया। डेढ़-दो घंटे के बाद एक छोटा सा खरगोश पकड़ पाया। सरमा ने तो मामदु के यहाँ कई बार खरगोश-तीतर चखे होंगे, पर हर रोज रोटियाँ, चावल या प्रसाद के लड्डू खानेवाले को आज खाने का नया स्वाद मिलेगा, ऐसा सोचते हुए सारमेय खरगोश लेकर वापस लौट आया तो सरमा वहाँ अकेली नहीं थी। तीन नन्हे पिल्लों को चाटते हुए बैठी थी।

"अब यहाँ अधिक समय तक रुकना होगा।" सरमा ने कहा।

''खैर, इन जंगलों में मुझे कुछ और हत्याएँ करनी पड़ेंगी।'' सारमेय ने कहा और झाड़ियाँ, बेलें लाकर उस खोखली जगह को जितना ढक सके, उतना ढक दिया। फिर दोनों अपनी क्षुधा पूर्ति करने के लिए बैठे।

''अचानक कोई चीता आ जाए तो हमारा क्या होगा?'' सरमा को जैसे भय लग रहा था।

''जो इस खरगोश का हो रहा है, वही।''

''ऐसे हर बात को हलके में मत ले। तुझे पता है कि अभी इस वक्त मैं भाग सकने की स्थिति में नहीं हूँ और फिर मेरे ये तीन पिल्ले...'' सरमा की आँख में आँसू आ गए। उसकी पूँछ भय और दुःख से ढीली होकर झुक गई। फिर गुस्से से बोली, ''खुद तो चारों पैरों से चौकड़ी भरकर निकल भागेगा। हमारा क्या होगा?''

''मैं यह बात पूरी गंभीरता से कर रहा हूँ और मैं कहीं भी नहीं भागूँगा। अगर बाघ-चीता आ जाए तो सबसे पहली बारी मेरी आएगी, इस बात का विश्वास रखना। सबसे छोटी पिलौटी की बारी सबसे आखिर में आए, ऐसा ही हमें करना चाहिए।'' सारमेय ने कहा, फिर सरमा की आँखों में देखते हुए, फिर से बोला, ''तू भला कब से डरने लगी, जंगल में कभी भालू आ जाता तो तू रणचंडी बन जाती थी?''

''भालू मतलब चीता नहीं होता और तब मुझे ये पिल्ले भी नहीं थे।'' सरमा ने जरा अस्वस्थता से जवाब दिया।

''आज भी ये पिल्ले नहीं हैं, ऐसा मानकर अगर तू हमले का जवाब दे तो आज भी तू बाघ-चीते को भगा सकती है, नहीं?'' सारमेय ने सहजता से पूछा। सरमा तुरंत कुछ जवाब दिए बिना मौन होकर सोचती रही।

''तुझे ऐसा अमंगल बोलते हुए कुछ नहीं होता?'' सरमा बोल उठी।

''मैं मंगल या अमंगल में फर्क नहीं कर पाता।'' सारमेय ने शांति से जवाब दिया। सरमा कुछ नहीं बोली। बीतते समय के साथ सरमा का नए स्थान से परिचय बढ़ता गया और स्वस्थता भी बढ़ती गई।

पिल्लों की आँखें खुल गई थीं। तीनों भाई-बहन चलना भी सीख गए थे। धीरे-धीरे झरनों के बीच जाकर नन्ही सी जीभ लपकाकर पानी भी पीना सीख

गए। पत्थरों के बीच लुढ़क जाने पर या फँस जाने पर एक-दूसरे की मदद करना भी सीख गए।

सारमेय उनके साथ ही रहता। वह किसी को कुछ नहीं सिखाता। सरमा चट्टान पर बैठकर "कुछ सिखा, कुछ तो अच्छा सिखा" ऐसा बोलती रहती, पर सारमेय तो तीनों पिल्लों की आँखों में और समग्र देह के रोएँ-रोएँ में प्रकट होता विस्मय देखता रहता।

"अब ये पिल्ले दूर तक चलने के लिए समर्थ हो गए हैं। कल हम यहाँ से निकल चलें?" एक शाम को सारमेय ने पूछा।

"मुझे तो लगता है कि यहीं रह लेते हैं, यहाँ क्या दुःख है?"

"शायद किसी दिन कोई चीता···" सारमेय ने मजाक में कहा। फिर गंभीरता धारण कर बोला, "कारण यह है कि पिल्लों को इन अरण्यों के सिवाय भी जगत् है, यह मालूम नहीं है।"

"तेरी ऐसी ही टेढ़ी-मेढ़ी बातें मेरी समझ में कभी नहीं आतीं। ठीक है, कल निकलेंगे।" सरमा ने कहा।

सुबह निकलने से पहले सरमा झरने में लोटकर खूब नहाई, आस-पास के पत्थरों पर चढ़ी-उतरी, अरण्यों को आखिरी सलाम कर रही हो, इस तरह प्रेम से चारों ओर दृष्टि डालकर, मुँह ऊँचा कर हवा को सूँघकर उसका मालिक जिस तरह घुटनों पर बैठकर, हाथ ऊँचे कर प्रार्थना करता था, उसी तरह अगले दोनों पैर उठाकर प्रार्थना की।

माँ को देखकर उसके पिल्ले भी पीछे बैठे उसकी नकल कर रहे थे। सारमेय और एक पिल्ला ऊँची चट्टान पर अपना पेट चिपकाकर, दोनों पैर फैलाकर, जीभ लटकाकर आराम से बैठे-बैठे नीचे झरने के किनारे पर होती क्रियाएँ देख रहे थे। सभी चट्टान पर इकट्ठा हुए और ढलान उतरने लगे।

सारमेय, सरमा को उसके मनपसंद एक और स्थल को छोड़ने के दुःख के साथ, पिल्लों को उनकी छोटी-छोटी आँखों में छाए हुए विस्मय के साथ पथरीले अरण्यों को मैदानों की ओर ले गया।

पिल्लों को सपाट मैदान, खेत, काम करने के लिए आते-जाते आदमी, यह सब पहली बार देखने को मिल रहा था। कुएँ की जगत् पर गिरा हुआ पानी पीते

समय पानी खींचती स्त्रियों पर नजर रखना, किसी के प्रेम से डाली हुई रोटी भी मनुष्य से सुरक्षित अंतर रखकर खाना, बच्चे अगर पूँछ खींचे तो केवल गुर्राकर उन्हें डराना, उन्हें काटना नहीं और गाँव के अन्य श्वानों के साथ युद्ध टालकर सीधे चले जाना, यह सब उन्हें इसी निमित्त से अपने आप आ गया।

गाँव की पाठशालाओं में पाठ पढ़ते बच्चों को ये पिल्ले एकटक ताकते रहते। कभी उनकी नकल भी करते। सरमा उन्हें चुप रहने के लिए कहती तो वह और जोर-जोर से पाठ बोलने लगते।

एक बार भेड़-बकरियों की टोली देखकर तीनों पिल्लों को शरारत सूझी। कहने लगे, "चलो, हम उनका रास्ता भुला दें।"

"अरे! वहाँ न जाना, वहाँ न जाना," सरमा बोलती रही और पिल्ले जाकर उस टोली में अदृश्य हो गए। "तू जा जल्दी।" सरमा ने सारमेय से कहा, "वे गड़रिए के कुत्ते उन्हें फाड़ खाएँगे। तूने तो उन्हें रोका तक नहीं।"

"ऐसा करना मुझे जरूरी नहीं लगा।" सारमेय ने स्वस्थ चित्त से उत्तर दिया। सरमा चिंतित होकर भेड़-बकरियों की उस टोली के सामने और बीच-बीच में घूमते गड़रिए के बड़े-बड़े श्वानों के सामने देखती रही।

थोड़ी देर तो कुछ नहीं हुआ, पर फिर टोली में हलचल मच गई। अचानक उस गड़रिए के कुत्ते भौकने लगे, दौड़ने लगे, गुर्राने लगे। धूल उड़ी, पिल्लों का आमने-सामने गुर्राना और वेदना के 'काँव-काँव' स्वर सुनाई देने लगे। गड़रिया आगे निकल गया था, वह दौड़ते-दौड़ते उस स्थल पर आया और अपने कुत्तों को पुचकार रहा हो, इस तरह हो-होकर उन्हें बुलाने लगा।

थोड़ी देर बाद कुचली हुई हालत में तीनों पिल्ले टोली में से बाहर आकर सारमेय और सरमा जहाँ बैठे थे, उस दिशा में चलने लगे। सरमा तनकर खड़ी हो गई और पिछले पैरों से धूल उड़ाने लगी। "क्या हुआ?" सबकुछ जानती होने के बावजूद उसने क्रोधित स्वर से पूछा। "मैं मना कर रही थी न, फिर क्यों गए थे वहाँ? माँ का कहना न मानने पर ऐसी ही स्थिति होती है।"

तीनों पिल्लों ने एक-दूसरे की ओर देखा। फिर अपनी हँसी रोककर शरीर को झटकते हुए बड़े ने कहा, "हम तो वह बकरियाँ बें बें का पाठ बोल रही थीं, उनको यह भुला देने के लिए कुछ अलग-अलग पाठ बोल रहे थे। बस इतना ही।"

"इतने में गड़रिए के उन कुत्तों ने हम पर हमला बोल दिया।" दूसरा जरा दबे हुए स्वर में बोला।

"उनके दाँत बहुत तीक्ष्ण थे।" नन्ही पिलौटी अपनी हँसी न दबा सकी।

"वह हमसे बहुत बड़े थे, नहीं तो उनको भी दिखा देते···" पहले पिल्ले ने बोलने की कोशिश की, पर उससे पहले ही सरमा ने कहा, "नहीं तो क्या दिखा देते? तुम उसे कुछ नहीं कर पाते। वह सब हमारी तरह दयावान थोड़े ही होते हैं?"

सारमेय एकदम चौंक पड़ा। उसने सरमा की तरफ देखते हुए कहा, "सरमा, तुझसे किसने कहा कि हम दयावान हैं?"

"क्यों, वह बाई जो हमें रोटी डाल रही थी, उसने नहीं कहा था? इन तीनों पिल्लों को देखकर उसने कहा था कि ये बड़े होकर भले और दयावान बनेंगे। मनुष्य कुएँ पर, तालाब पर या पानी के पास झूठ तो नहीं बोलेगा।"

"सरमा, सत्य तो यह है कि कुत्ते कुत्तों की तरह ही पैदा होते हैं, जीते और मरते हैं। दयावान या किसी और वान बनना; ये उनके स्वभाव में नहीं होता। वे केवल श्वान ही रहते हैं। हाँ, मनुष्यों ने दयावान, श्रद्धावान, शीलवान, धार्मिक, अध्यात्मिक वगैरह अनेक नामों के बंधन खोज निकाले हैं। उसमें बँधते हैं, फिर मुक्ति का मार्ग ढूँढ़ते हैं। बाकी के तमाम जीव जन्म से ही मुक्त होते हैं।"

"दया, श्रद्धा, शील, धर्म, अध्यात्म, ये तो जीवन की ऊर्ध्व यात्रा के लक्षण माने जाते हैं। इन सब लक्षणों को तू जीव के लिए बंधनरूप मानता है?" सरमा आश्चर्यचकित होकर बोली।

"नहीं," सारमेय ने कहा, "परंतु ये सारे लक्षण जीव में अगर प्राकृतिक रूप से हों तो ही वह जीव को बाँधकर नहीं रखेंगे, पर जिस क्षण वह किसी 'वान' बनता है, उसी पल वह उस बंधन को भी स्वीकार करता है। मुक्ति तो तभी संभव है, जब तुम मात्र तुम हो, किसी के 'वान' नहीं हो। सरमा, एक बात अच्छी तरह से समझ ले, मुक्ति के लिए मात्र होना ही जरूरी है। तू अगर जान-बूझकर किसी 'वान' बनकर तेरा अपना अस्तित्व ही खो देने का विचार कर रही है तो मुझे कोई फर्क नहीं पड़ता है। सरमा, तू केवल इतना जान ले कि इस तरह 'दयावान' या 'क्रूर' होने में कोई फर्क नहीं है।

सरमा ने थोड़ी देर कुछ नहीं कहा। सोच में डूबी रही। फिर कुछ समझ में आया हो, इस तरह उसकी आँखों में चमक आ गई और पिल्लों को देखकर उसने बात बदल डाली, ''हाँ, अब कहो कि तुमने उनका सामना कैसे किया?''

तीनों पिल्ले, जो हार गए थे, पर फिर भी उत्साह से पल, दो पल के उस युद्ध का वर्णन विस्तार से करने लगे। सरमा भी जब गड़रियों की टोली में जाती, तब कितनी बार कैसे-कैसे संकटों में पड़ जाती, उसके बारे में बात करने लगी। पिल्ले माँ की बात सुनते उसके आगे-पीछे भागते-दौड़ते रहे। दूर एक आश्रम दिखाई दिया। द्वार पर एक सफेद, रोएँदार सारमेय जैसा ही श्वान खड़ा था। सारमेय को दूर से आते देखकर कौलेयक सामने आ गया।

''ये सरमा है।'' कौलेयक के साथ वापस लौटते आश्रम के द्वार पर खड़े होकर सारमेय ने सरमा से कौलेयक का परिचय करवाया, ''मैं जिस मंदिर में रहता था, उस टीले के नीचे मामदु रहता था और उसके यहाँ यह सरमा रहती थी।''

''मतलब?'' कौलेयक ने पूछा।

''मतलब कुछ नहीं। सरमा मामदु के यहाँ भेड़-बकरियाँ रहती थीं, उनकी देख-रेख करती थी, ऐसा मैंने कहा।'' सारमेय ने शांति से उत्तर दिया और वह सरमा से कब और कैसे मिला, यहाँ आते वक्त किस तरह रास्ते में खरगोश, तीतर आदि खाकर किस तरह रहे, वह भी सब बताया।

''तो तूने एक यावनी जीव के साथ संबंध स्थापित किया और मांसभक्षण भी किया। हम उच्चवर्ण के श्वान हैं, यह भी भूल गया तू?''

''मैं श्वान यानी कुत्ता हूँ, यह मुझे याद है।'' सारमेय ने जवाब दिया।

''तुझ जैसे आवारा को मैं क्या कहूँ? ठीक है, जो हो गया, सो हो गया। अब गुरुजी से पूछकर तेरे प्रायश्चित्त के लिए कुछ करना पड़ेगा।''

''प्रायश्चित्त करना मुझे जरूरी नहीं लगता।'' सारमेय ने कहा।

साधक कौलेयक इस भ्रष्ट भाई को और नवागंतुकों को आश्रम में लाना चाहिए या नहीं, इस बारे में विचार करने लगा। आखिर उसने बीच का रास्ता खोज निकाला। ''तुम यहाँ रुक सकते हो, पर तुम्हें अंदर के हिस्से में रखने की मेरी इच्छा अभी अधूरी रहेगी। गुरुजी अभी बाहर गए हैं। आजकल में आ जाएँगे। उनके साथ बात करके तुम्हें कहाँ रहना है, वह मैं बताऊँगा।''

''सुनिए, ये पिल्ले मामदु के यहाँ नहीं रहे हैं। न ही अब तक उन्होंने मांसभक्षण किया है। उन्हें आश्रम में पढ़ाने के लिए रख सको तो अच्छा होगा।'' सरमा ने कौलेयक से कहा।

''हाँ, उन्हें मैं ले जाता हूँ। शायद सारमेय भी मेरा भाई है, इसीलिए उसे भी यहाँ रहने के लिए आज्ञा मिल जाएगी, पर तुझे यहाँ रहने की आज्ञा मिलेगी या नहीं, यह मैं नहीं कह सकता। पिल्लों के लिए मैं अंदर अपने शिष्य को कहकर आता हूँ।'' कहकर साधक कौलेयक अंदर चला।

जाते-जाते कौलेयक ने पिल्लों को सूचना दी, ''अब तुम्हें यहीं रहना है। बहुत पढ़ना। देखो वह सब कैसे एक लाइन में बैठे हैं। बिल्कुल इसी तरह समय पर नहा-धोकर पाठ करने बैठ जाना और ऊधम नहीं मचाना।

साधक की बात मानकर सरमा को आनंद होना चाहिए था, पर ऐसा नहीं हुआ। उसे भीतर कुछ खटका कि इन दो वाक्यों के कारण उसके पिल्लों से कुछ छिन रहा है। क्या छिन रहा है यह वह समझ नहीं पाई।

सरमा के पिल्लों ने आश्रम में पाठ करते पिल्लों की तरफ ध्यान दिया। ''स्थितप्रज्ञस्य का भाषा समाधिस्थस्य केशव।'' शब्द कान पर पड़ते ही छोटी पिलौटी ने सारमेय के कान में पूछा, ''सवाल क्यों याद कर रहे हैं?''

सारमेय कुछ देर तक नन्ही पिलौटी की आँखों में देखता रहा। फिर उसे थपथपा कर बोला, ''सवाल और सवाल करनेवाले का ध्येय समझ में आए, इसलिए।''

पिल्लों के अंदर जाते ही सारमेय ने सरमा से कहा, ''सरमा, मुझे लगता है कि हमें यहाँ से अभी चले जाना चाहिए।''

''ये तेरा भाई प्रयत्न कर रहा है, फिर इस तरह बिना कहे चले जाना क्या अच्छा लगेगा?'' सरमा ने पूछा।

''कुछ भी करना या न करना, अच्छा है या बुरा, यह मैं नहीं जानता। सरमा, मुझे कभी भी मैं सही कर रहा हूँ या गलत, ऐसे विचार नहीं आते। जब मैं छोटा था, तब मालिक का माली मेरा अच्छा दोस्त था। वह हमेशा कहता कि करने जैसा मैं कुछ नहीं करता, परंतु जब मैं पूछता कि न करने जैसा मैंने क्या किया है तो जवाब देने के बदले टूटे गमले ठीक-ठाक करते-करते मुझे गालियाँ देता।

फिर मैं पूरा दिन सोचता रहता कि मैं क्या करूँ, जो अच्छा माना जाता है।''

रात होने पर माली भजन गाता रहता, तब भी मैं उससे फिर पूछता तो वह कहता, ''अरे सारमेय, भूल जा मेरी बात। गालियाँ भी मैंने तुझे अपना मानकर दी हैं। उसे तू भूल जाना। बाकी करने जैसा क्या, या न करने जैसा क्या? ये सब भरम हैं। तू इन बातों में नहीं पड़ना। भूल जा।'' और मैं सोचना छोड़ देता।

''शायद माली की बात सच हो।'' सरमा ने कहा, ''पर पिल्लों को छोड़कर, गुरुजी को मिले बिना जाना ठीक नहीं होगा। तेरे साधक भाई को भी यह अच्छा नहीं लगेगा।''

''तू नाहक चिंता कर रही है। पिल्लों को हम कभी-न-कभी तो अकेला छोड़ने ही वाले हैं। तूने सुना नहीं, साधक ने जो कहा है कि मुझे शायद ही यहाँ रुकने की आज्ञा मिले और वह भी इसलिए कि मैं साधक का भाई हूँ। तेरे लिए कुछ भी तय नहीं है।''

''वो जो भी हो,'' सरमा ने चर्चा करना टाल दिया और कहा, ''मैं तो अभी यहाँ रुकूँगी। ये लोग किस तरह पढ़ाते हैं, क्या पढ़ाते हैं? वह ज़रा देख लूँ, समझ लूँ। तुझे जाना हो तो जा, जहाँ जाना है। गुरुजी ने मुझे अगर नहीं रखा तो मैं चली जाऊँगी।''

''ठीक है, तू जैसा चाहे।'' सारमेय ने हँसकर कहा और चल निकला।

दूसरे ही दिन गुरुजी आ गए। उन्होंने द्वार पर खड़ी सरमा को अंदर आँगन में नीम के पास बुलाया, प्रेम से पास बिठाया और कहा, ''साधक ने तेरे बारे में मुझसे बात की है। तेरे पिल्लों को मैंने देखा। बहुत अच्छे हैं। तुझे यहाँ रहना हो तो वहाँ खेत में काम है, वहाँ रह।''

गुरु के बरताव से सरमा को राहत मिली। गुरु ने सारमेय के बारे में या वह पूछे बगैर क्यों चला गया, इस बारे में एक शब्द भी न पूछा। इस बात से उसे आश्चर्य भी हुआ और संकोच भी। सारमेय के बरताव के लिए वह माफी माँग रही हो, इस तरह वह बोली, ''मैं यहाँ रहूँगी। सारमेय आपसे मिले बगैर रात को…''

''मुझे मालूम है। मैं सारमेय को उसके बचपन से पहचानता हूँ। वह यहाँ रुका होता तो बहुत अच्छा होता। अब भी लौट आए तो मुझे अच्छा लगेगा। उसे

मेरे पास रहना जरूरी नहीं लगता, पर मुझे आश्रम के लिए उसकी जरूरत समझ में आ रही है।'' गुरुजी ने कहा और साधक कौलेयक को सूचना दी कि सरमा को खेत में जाने का रास्ता बता दे।

साधक सरमा को खेत की ओर ले गया। चलते-चलते उसने कहा, ''सारमेय तो पहले ही हाथ से निकल चुका था। उसमें उसे तेरा साथ मिल गया, फिर क्या पूछना, देखा न? कल किसी को भी कुछ भी बताए बगैर चले जाने में उसे जरा भी संकोच नहीं हुआ। ऐसा करने से गुरु का अपमान होता है, इतना भी उसे समझ नहीं आता, तो तुझे उसे समझाना चाहिए।''

सरमा को लगा कि सारमेय को रोकने की उसने कोशिश की थी, वह कौलेयक से कहे, पर कौलेयक उसे अपना बचाव करने से ज्यादा महत्त्व नहीं देगा, ऐसा लगते ही वह कुछ भी बोले बिना चलती रही।

''किसी का गुण या उपकार उसे नहीं दिखाई देता।'' साधक कौलेयक बोलता रहा। सरमा मौन रहकर सुनती रही। बाँस के झुंड के पास जगह दिखाते हुए कौलेयक ने कहा, ''तुझे यहाँ रहना है। पिल्लों को अब अपने पास नहीं बुलाना। तेरे संस्कार उनमें न उतरें इसलिए अब तुझे उनके साथ ज्यादा संबंध नहीं रखना चाहिए।''

''मैं यहाँ रहूँगी।'' सरमा केवल इतना ही बोली।

9

शांत समुद्र, पानी के कम होने पर भी लहरों को उछालने का स्वभाव छोड़ नहीं सका था। पृथ्वी से करोड़ों प्रकाशवर्ष दूर ब्रह्मांड के गर्भ में से उठते अनजान, लयबद्ध स्पंदनों का जैसे जवाब दे रहा हो, इस तरह से वह एक के बाद एक छोटी-छोटी मौजों को उछालकर रेतीले तट पर मंद, तालबद्ध ध्वनि करता हुआ, सफेद रेत पर पड़ रही सुबह की कोमल धूप को भिगो रहा था।

विराट् अर्धचंद्राकार में विस्तीर्ण किनारे के उत्तरी छोर पर चट्टानों पर से सागर पंछी कलरव करते उड़े। एक पत्थर लुढ़का और उसी पल दूधिया रंग का, लंबे रोएँदार बालोंवाला, फुर्तीला सारमेय चट्टान पर आ खड़ा हुआ। जैसे इस पूरे दृश्य का अविभाज्य घटक हो, इस तरह वह स्थिर खड़ा रहा।

थोड़ी देर बाद सारमेय ने अपने शरीर को थरथराकर रात की भरती के पवन से अपने रोएँदार बालों में फँसी रेत को झटक दिया। फिर आस-पास देखा। हवा को सूँघ कर और चट्टानों पर से उतरकर अर्धचंद्राकार के दक्षिण छोर की ओर चलने लगा।

उसके एक के बाद एक रखे हुए दृढ कदमों की आहट के साथ उसकी गोलाकार मुड़ी हुई, तनी हुई पूँछ पर के बाल, उसका पेट, लंबे लटकते कान, तीक्ष्ण दाँतों के बीच लटकती लंबी जीभ और भीगी रेत में उभरते उसके पैरों के निशान जैसे कोई अजब लय गति का सर्जन कर रहे थे।

सारमेय सामने के छोर पर पहुँचा ही था कि तभी एक पतला, ऊँचा, हिंसक सा, कटी हुई, पूँछवाला, पीले चीते जैसे रंग का श्वान गुर्राता हुआ उसके सामने आ खड़ा हुआ। "कौन है तू?" कहते हुए उसने सारमेय का रास्ता रोक लिया।

सारमेय दृढता से खड़ा रहा। अपनी पूँछ को और तानकर, पिछले पैरों से थोड़ी रेत उड़ाकर निर्भय स्वर में जवाब दिया, "मैं सारमेय हूँ, तू कौन है?"

उस पीले कुत्ते के लिए यह घटना हर रोज के अनुभव से जरा अलग थी। वह हिचकिचाया, पर उसका हिंसक स्वभाव उसे डरने दे, ऐसा न था। "मेरा नाम नहीं जानता? मैं विश्वकद्रू हूँ।"

"अच्छा नाम है।" सारमेय ने कहा, "जरा कठिन है बोलने के लिए, खासकर मेरे जैसे अनपढ़ के लिए।"

"यहाँ से चलता बन। वापस अपने इलाके में चला जा। नहीं तो देखे हैं मेरे दाँत?" विश्वकद्रू ने धमकी दी।

"मुश्किल यह है कि मेरा कोई इलाका ही नहीं है। मैं जहाँ होता हूँ, वहीं रहता हूँ। इसलिए अभी मैं यहाँ हूँ।"

विश्वकद्रू के लिए यह घटना बिल्कुल नई थी। इसके साथ लड़ूँ या उसे जाने दूँ, यह विचार वह करने लगा। उसी समय किसी ने उसे बुलाया, "विश्वकद्रू, चलो वापस, अभी शिकार पर जाना है…"

यह आवाज आस-पास ही घूम रहे अपने मालिक की है, यह पहचानते ही विश्वकद्रू का असल स्वभाव जाग उठा। बिना कुछ सोचे वह पंजे उठाकर, अपने जबड़े को खोलकर सारमेय पर कूद पड़ा।

गड़रिए के कुत्ते जिस तरह का व्यवहार करते, वैसा ही कुछ होने की आशंका तो सारमेय को पहले से ही थी। इसलिए वह जरा उछलकर एक तरफ हट गया और तुरंत ही नीचे पड़े हुए विश्वकद्रू पर चढ़ बैठा और दृढ परंतु शांत स्वर में बोला, ''अब तुझे रेत में गले तक गड़कर समुद्र को देखते रहना अच्छा लगता हो तो मैं अभी ऐसा किए देता हूँ।''

''समंदर देखना मुझे अच्छा नहीं लगता।'' विश्वकद्रू ने कहा, ''और मेरे मालिक मुझे इस स्थिति में देखें, यह तो मुझे जरा भी अच्छा नहीं लगेगा।''

''तो फिर उठ, खड़ा हो।'' सारमेय ने दूर हटते हुए कहा, ''तू अभी भी मुझे दोस्त मान सकता है। मैं भी तुझे मित्र की तरह ही देख रहा हूँ।''

''तू कहाँ रहता है, सचमुच तेरा कोई इलाका नहीं है ?'' विश्वकद्रू ने खड़े होकर शरीर पर से रेत झटकते हुए पूछा।

''मुझे लगता है कि मैंने पहले भी तुझसे ऐसा ही कहा था।''

''ऐसी विचित्र भाषा का प्रयोग न कर। सीधे-सीधे कह दे कि मैं एक भटकता हुआ आवारा कुत्ता हूँ। ऐसा कर, मेरे मालिक के एक दूर के चाचा बिल्कुल अकेले रहते हैं। उन्हें एक साथी की जरूरत है। तेरे जैसा बलवान, पर अहिंसक कुत्ता उनके लिए ठीक रहेगा।'' विश्वकद्रू ने गंभीरतापूर्वक कहा।

''मुझे कोई एतराज नहीं है, पर मुझे उनके साथ बात करनी होगी। मनुष्यों की बहुत शर्तें होती हैं और मुझे शर्तें रास नहीं आतीं।''

दोनों मित्र बात कर रहे थे, वहीं विश्वकद्रू का मालिक आ गया। विश्वकद्रू ने मालिक के साथ सारमेय की पहचान करवाई और चाचा के लिए उसे ले जाने के लिए सूचित किया। तीनों खुली जीप में चढ़े और एक विशाल भवन में पहुँचे। दोनों कुत्तों को बाहर राह देखने के लिए कहकर मालिक अंदर गया। थोड़ी देर के बाद सारमेय के मालिक की तरह कीमती कपड़े पहने हुए एक अधेड़ मनुष्य के साथ बाहर आया।

''काका, यह सारमेय है, आप इससे बात कर लीजिए। मैं जा रहा हूँ।'' कहकर विश्वकद्रू का मालिक उसे लेकर जीप में चला गया।

सारमेय कुछ भी बोले बिना वहाँ खड़ा रहा। काका ने उसके सामने देखते हुए कहा, ''मेरा भतीजा कह रहा था कि तू अच्छा कुत्ता लगता है। मुझे मनुष्य

न हो ऐसे एक अच्छे दोस्त की जरूरत है। अगर तुझे अनुकूल लगे तो यहाँ रह। हम साथ घूमने जाएँगे, कभी थोड़ा खेलेंगे और हाँ, मुझे जोर-जोर से बोलकर पढ़ने का बहुत शौक है। तुझे उकताहट तो नहीं होगी ?''

''ऐसा होगा, यह मुझे नहीं लगता, पर अगर हुआ तो मैं चला जा सकता हूँ। आप मुझे उस वक्त रोक नहीं पाएँगे।''

''जो मुझे अच्छा नहीं लगता, ऐसा कुछ नहीं करना, वरना मैं तुझे यहाँ रहने नहीं दूँगा।''

''स्वाभाविक है।'' सारमेय ने कहा, ''आपका अधिकार होगा वह।''

''तू बहुत सयानों की तरह बातें करता है। कहाँ तक पढ़ा है ?''

''मैं पाठशाला में या किसी शिक्षक के पास नहीं पढ़ा हूँ।''

''बहुत अच्छा किया। अब पढ़ने का मन है ?''

''मन हुआ तो कहूँगा।''

ठीक है, अब जा, दरवाजे के पास कंपाउंड के पास की दीवार के पास तेरी रहने की जगह है। रोज सुबह पाँच बजे घूमने जाने के वक्त मैं तेरी यहाँ राह देखूँगा। फिर घूमने जाएँगे। वापस आकर नाश्ता करेंगे। फिर खेतों की तरफ जाकर खेती की जाँच करेंगे। बारह बजे खाना खाएँगे। मुझे दिन में सोना पसंद नहीं है, पर तू खाना खाने के बाद क्या करता है, वह मुझे नहीं पता। शाम के पाँच बजे तक मैं घर में ही रहता हूँ। अगर तेरी इच्छा हो तो मेरे पास आ सकता है। तुझे चेस खेलते देखना अच्छा न लगता हो तो और तू आना न चाहे तो न आना। अरे हाँ, तुम कुत्ते रात को ठीक से नहीं सोते, पर हम लोग तो रात को आराम से सोते हैं और याद रखना, रात को बेवजह भौंकना नहीं। सुबह और शाम रसोई बनाने के लिए महाराज आएगा। दोपहर को साफ-सफाई के काम करने के लिए दूसरा आदमी आएगा। उसके सिवा यहाँ कोई और नहीं आता और सुन, शाम को फिर मुझे समुद्र पर जाकर बैठने की आदत है। शाम तक समंदर पर बैठता हूँ, फिर वापस आता हूँ। रात को नौ-दस बजे तक मैं सो जाता हूँ।''

इतनी सारी बातें वह याद रख सकेगा या नहीं, यह सोचते हुए सारमेय ने कहा, ''आप पढ़ने की बात कर रहे थे।''

''तू मुझे दोस्त कह सकता है। मैं इसी नाम से यहाँ पहचाना जाता हूँ। हाँ

सुन···मैं दोपहर को एक-दो घंटे पढ़ता हूँ। समंदर पर जाता हूँ, तब भी कभी-कभी किताब साथ लेकर जाता हूँ। वहाँ बैठकर जोर-जोर से पढ़ा जाए, तब भी किसी को एतराज नहीं होता।''

सारमेय ने माली, शकू और कथाकार के सिवाय और किसी को इतना लंबा बोलते नहीं सुना था। उसे इस दोस्त का बरताव कुछ अजीब लगा, पर उसका मित्रतापूर्ण रवैया उसके मर्म को स्पर्श कर गया। उसे लगा कि यह मनुष्य अगर चाहता तो अपनी शर्तें गिनवा सकता था, पर उसने अपनी आदतों का वर्णन करने के अलावा और कुछ नहीं किया था। सारमेय ने तय किया कि वह यहाँ रह सकता है। कहाँ तक रहना, यह समय पर छोड़ना ही उसे उचित लगा।

सुबह विश्वकद्रू सारमेय को मिलने के लिए आया। दोनों बातें कर रहे थे और दोस्त आ पहुँचा था। उसने सारमेय को कुछ नहीं कहा, पर विश्वकद्रू को जरा कठोर भाषा में 'शिकारी कुत्ता' कहा। अपने भतीजे के लिए भी दोस्त ने बहुत अच्छी बातें न कही। बिना काम के वह बार-बार यहाँ न आए तो अच्छा रहेगा, ऐसा भी कहा और विश्वकद्रू को चले जाने के लिए कहा।

''मनुष्यों के बारे में कभी पूर्व धारणा नहीं करनी चाहिए।'' कहकर विश्वकद्रू चला गया। सारमेय को लगा कि विश्वकद्रू ने अपने मालिक के काका का मान रखा है। जो उसने चाहा होता तो वह उस अपमान का बदला ले सका होता।

यह मनुष्य थोड़ा विचित्र तो है ही, ऐसा मानने के बावजूद धीरे-धीरे सारमेय की अपने अकेले दोस्त के साथ अच्छी मित्रता हो गई। दोनों रोज घूमने जाते, बातें करते, दोस्त अपनी आदत के मुताबिक जोर-जोर से पढ़ता और सारमेय सुनता रहता। वैसे तो सब ठीक-ठाक लगता, परंतु सारमेय को लगता रहता कि उसका दोस्त खुश नहीं रहता। कभी-कभी वह बातें करते-करते रुककर गहरी सोच में डूब जाता। ऐसे सुंदर स्थल पर, ऐसी नीरव शांति में भला किसी को उदास क्यों रहना चाहिए?

एक दोपहर सारमेय दोस्त के कमरे में गया तो उसने देखा कि दोस्त पलंग पर बैठकर सामने रखे छोटे से पट पर बने काले सफेद चौकोरों के बीच कुछ खिलौने रख रहा है।

''आओ'' दोस्त ने कहा और एक स्टूल पलंग के पास रखकर सारमेय को उस पर बैठने का इशारा किया। फिर पट पर सजाए आकारों के नाम बोलने लगा, ''हाथी उसकी सीधी चाल, ऊँट इसकी तिरछी चाल, घोड़ा इसकी उछलती-कूदती चाल, प्यादे, मंत्री, राजा। पूरी सेना इसमें आ गई।'' कहकर दोस्त हँसा और बोला, ''इसमें कुत्ता क्यों नहीं रखा होगा ?''

''कुत्ते जान पर आकर लड़ सकते हैं। चाल चलना उनके लिए थोड़ा कठिन होता है।'' सारमेय ने कहा।

''यही बात होगी। शायद इसीलिए मुझे तेरे साथ मजा आता है। नहीं तो मेरा सगा बेटा भी है, पर वह यहाँ नहीं रहता। शहर में उसने कारखाना डाला है और यहाँ ये खेत खत्म करके वह रिसोर्ट बनाना चाहता है। इसीलिए वह मुझे परेशान कर रहा है। अब तू ही बता, क्या रिसोर्ट का धंधा करना अच्छी बात है ?''

''व्यापार-धंधे की समझ कुत्तों को नहीं होती।'' सारमेय ने कहा।

''छोड़ ये बातें, देख अब मैं खेलना शुरू करता हूँ।'' दोस्त ने कहा, ''कभी किसी को शतरंज खेलते हुए देखा है ?''

''हाँ, मेरे मालिक अपने मित्रों के साथ खेलते। यहाँ तो आप को अकेले ही खेलना होगा। मुझे इसमें कुछ समझ में नहीं आता।''

''तो कोई ऐसा खेल ढूँढ़ निकाल, जिसे हम दोनों खेल सकते हैं और जिसमें केवल कुत्ते ही जीत सकें, ऐसा न हो।''

''ठीक है, शाम को जब समंदर पर जाएँगे, तब इसके बारे में सोचेंगे।'' सारमेय ने कहा और बाहर चला गया।

शाम को दोनों दोस्त समंदर पर गए। दोस्त एक पुस्तक लेकर जोर-जोर से पढ़ने लगा, ''आत्मतत्त्व के अनुभव के लिए हम जहाँ खड़े हैं, वहीं से शुरू करना चाहिए। हर तबके पर ऊर्ध्वमुख होते रहना और अंत में शुद्ध स्वरूप...''

सारमेय खड़े-खड़े सुन रहा था। उसे लगा कि यह सब समझना खुद के लिए तो कठिन है ही, पर दोस्त को भी इसमें कुछ अधिक समझ में नहीं आ रहा और मजा भी नहीं आ रहा। उसने दोस्त की तरफ देखकर कहा, ''पढ़ना छोड़कर हम थोड़ी देर रेत में खेलें तो ?''

''मुझे उसमें भी बहुत मजा नहीं आएगा। मुझे पढ़ने दे। तू खेल।''

''हमने साथ खेले जा सकें ऐसे खेल खेलना तय किया था और अब मैं अकेले खेलूँ? इससे अच्छा है कि आप पढ़िए। मैं सुन रहा हूँ।'' सारमेय बैठ गया।

दोस्त ने आगे पढ़ना शुरू किया। ''स्व का शुद्ध स्वरूप यही अगर परम तत्त्व है तो परम को प्राप्त करने के लिए स्व को प्राप्त करना पर्याप्त माना जाएगा? ऐसा प्रश्न जिज्ञासु को होता है। इसके उत्तर में मेरा प्रवचन…'' पढ़ते-पढ़ते दोस्त की नजर सारमेय की तरफ गई तो वह समुद्र पर से बह रही ठंडी लहरों और शांत वातावरण के प्रभाव में सो रहा था।

दोस्त पुस्तक एक तरफ रखकर सारमेय को देखता रहा। फिर कंकड़ मारकर उसे जगाया।

सारमेय जाग गया, फिर थोड़ा क्षोभ से बोला, ''मैं जरा सो गया था।'' और अपने पैरों को खींचकर आलस भरी अँगड़ाई ली।

''अच्छी गहरी नींद में सो रहा था तू। मैं तो आजकल ठीक से सो भी नहीं सकता।''

''क्यों?''

''बस, मुझे अच्छा नहीं लगता। मन में विचार आते रहते हैं। इस संपत्ति का क्या होगा, यहाँ कौन रहेगा, मेरी देख-रेख कौन करेगा, मेरे बाद क्या होगा? तरह-तरह के विचार आते रहते हैं।''

''आप लोगों के पास संपत्ति होती क्यों है? हमारे पास ऐसा कुछ नहीं होता, सिवाय इसके कि कुछ कुत्तों के पास उनका इलाका होता है।''

''वह तेरी समझ में नहीं आएगा। समझने की कोशिश भी न करना। नहीं तो मेरी तरह तेरी नींद भी गायब हो जाएगी।''

''मुझे तो अच्छी नींद आती है। कभी-कभी सपने भी आते हैं।'' सारमेय ने कहा। फिर वह हँस पड़ा। हँसता ही रहा।

''क्यों अकेले-अकेले हँस रहा है?''

''सपने में मैं अपने आप को देखता हूँ। मैं जो करता हूँ, जो आप करते हैं, वह सब, जैसा अभी है, वैसा ही सपने में भी दिखता है। मैं कभी जंगलों में, कभी पहाड़ों में तो कभी किसी और ग्रहों पर भी जा रहा हूँ, ऐसा दिखता है। फिर

जागने पर पता चलता है कि वह तो सपना था और मैं तो यहाँ पृथ्वी पर ही हूँ।''

''इसमें हँसने की क्या बात है?''

''वही कह रहा हूँ, सुनिए तो सही। अभी जागने पर मेरे मन में विचार आया कि अभी जो मैं देख रहा हूँ, वह अगर सपना हो तो? मैं तो शायद कहीं दूर सो रहा हूँगा, शायद किसी अनजान ग्रह पर, किसी दूसरे समंदर के किनारे, जहाँ मेरी असल जगह होगी।'' कहकर सारमेय फिर से हँसने लगा। फिर अचानक रुककर दोस्त के सामने टकटकी बाँधे देखता रहा और खुशी से झूम उठा और बोला, ''मिल गया नया खेल। हम सपना-सपना खेलते हैं।''

''हाँ, सारमेय चल, सपना-सपना ही खेलते हैं,'' शायद यही सच्चा खेल होगा। दोस्त ने आनंदित होकर कहा।

सारमेय भी दोस्त को खुश देखकर खुश हो गया। वह उत्साह में आकर तट पर की रेत में गोल-गोल दौड़ लगाकर वापस आ गया।

दोस्त ने पूछा, ''अब कहो, इस खेल के नियम कैसे रखेंगे?''

''कोई नियम नहीं, बस एक ही नियम। हमें बस ऐसा ही मानना है कि यह सपना चल रहा है। सब सपने में ही करेंगे, सपने में सोना, सपने में जागना, सपने में खाना, सपने में खेलना, घूमने जाना और अपने आप को रख आना किसी दूसरे प्रदेश में।''

''कौन से प्रदेश में?''

''आज रात को आसमान में जब तारे आ जाएँगे, तब यहाँ आएँगे। सबसे अच्छा तारामंडल देखकर उसमें से किसी तारे के ग्रह पर रहने के लिए चले जाएँगे।''

'पर मेरी संपत्ति?''

''वह तो रहेगी, पर सपने में। हो…हो…हो…''सारमेय के आनंद की कोई सीमा न रही हो, इस तरह वह जोर से नाचने-कूदने लगा। दोस्त भी हँसा, नाचा, जोर-जोर से गाने लगा और अपने कीमती कपड़ों की परवाह किए बिना मुट्ठी में भरकर रेत उड़ाई।

सारमेय भी आज तक कभी नहीं दौड़ा था, इतनी तेजी से दौड़ा, गोल-गोल चक्कर लगाए, पानी में तैरा, रेत में मुँह खोंसा। वापस घर जाते वक्त दोनों ने जोर-जोर से चिल्लाकर कहा, ''हे समंदर, हम रात को वापस आएँगे। तब तक

तुझे सलाम।'' फिर दोनों मित्र गाते-गाते घर की ओर चल निकले।

रात को दोनों मित्र वापस समंदर पर आए। ''तुझे नक्षत्रों, तारों में कुछ समझ आता है?'' दोस्त ने पूछा।

''ज्यादा नहीं, शकू को पढ़ाई जाती थी, उतनी बातें मालूम हैं। हमें सबसे खूबसूरत तारामंडल खोजना है, पर कौन सा तारामंडल खूबसूरत माना जाता है, वह मेरी समझ में नहीं आएगा। मुझे तो पूरा आकाश ही खूबसूरत लगता है।''

''तो फिर हमारा नया मुकाम मैं ही ढूँढ़ लेता हूँ। जरा कहो, आकाश में सबसे तेजस्वी तारा कौन सा होता है?''

''सूर्य।'' सारमेय जितना जानता था, वह कह दिया। ''और उसके एकाध ग्रह पर तो हम सपने में आ ही गए हैं।''

''तो अब दूसरे ग्रह शुक्र पर जाकर जल मरना है?'' दोस्त ने हँसते हुए कहा, ''देख, मुझे तो ययाति, मृगशीर्ष, वीणा, हंस, खगाश्च और धनु की आकाश गंगा इतने अच्छे लगते हैं। उनमें से किसी एक को पसंद करते हैं।''

''मतलब, आपने सपने में बस कुछ ही तारे देखे हैं। बंद कमरे में सोने की आदत न होती तो रात भर में जाने कितने तारे देखने को मिलते?'' सारमेय ने कहा।

''पगले, मैं कोई कुत्ता हूँ कि रातभर जागते हुए केवल तारे गिनता रहूँ? ये तो नवरात्रि या दीवाली की रात में बाहर बैठने का मजा आता है, उस वक्त देखता हूँ।''

''वह जो भी हो। अब जगह पसंद कर लो। फिर असल में वहाँ रहने के लिए चले जाते हैं और सपने में यहाँ रहते हैं।''

''चल, हम धनु की आकाश गंगा में रहने के लिए चले जाते हैं। वहाँ कैसा झिलमिलाता हुआ प्रकाश है?'' दोस्त ने कहा।

''जा सकते हैं, पर मुश्किल यह है कि हमें रहने के लिए एक तारे का ग्रह पसंद करना है। एक साथ बहुत सारे तारे नहीं।''

अब दोनों दोस्त गहरी सोच में डूब गए। इतने सारे तारों में से कौन से तारे का ग्रह होगा, यह उन दोनों में से किसी को मालूम नहीं था। फिर अब तो सपना-सपना खेल शुरू हो गया था तो पृथ्वी पर तो अब सपने में ही रहा

जा सकता था। असल में सचमुच रहने के लिए तो कहीं और जाना ही होगा।

आखिर उन्होंने मिलकर तय किया कि फिलहाल तो त्रिशंकु की तरह अंतरिक्ष में ही रुकेंगे और अपने लिए अच्छे स्थान की खोज करते रहेंगे।

समंदर से वापस लौटते हुए दोस्त ने सारमेय से कहा, ''मुझे लगता है कि प्रशांत को यहाँ बुलाकर सब सौंप दूँ। फिर चाहे वह वहाँ हॉलिडे रिसोर्ट बनाए। तेरा क्या कहना है, मैं ठीक कर रहा हूँ?''

सारमेय कुछ पलों तक मौन रहा। उसे लगा कि कह दे दोस्त और उनका पुत्र अकेले ऐसा कोई निर्णय नहीं ले सकते। उन्हें खेत, बाड़ी और समंदर से भी पूछना चाहिए, पर उसे लगा कि दोस्त उसका कहा समझ नहीं पाएगा तो इसका कोई अर्थ नहीं रहेगा।

कुछ सोचकर सारमेय ने जवाब दिया, ''आप ठीक कर रहे हैं या नहीं, यह मैं अकेले नहीं कह सकता। फिर सपने में ठीक है या ठीक नहीं है, ऐसा कुछ तय भी कैसे किया जा सकता है? उसमें तो जो होता है, वह केवल देखते रहने के अलावा हमें कुछ नहीं करना होता। कर भी नहीं सकते।''

''मतलब, तेरा यह कहना है कि सपने के खेल में हमें कुछ करना नहीं है और मैंने प्रशांत को बुलाया है, वह मुझे नहीं करना चाहिए था।''

''मेरा यह कहना नहीं है। मैं तो बस इतना ही कहता हूँ कि आपने प्रशांत को बुलाया है और नहीं बुलाया होता तो भी दोनों घटनाएँ एक ही हैं। रिसोर्ट हो या न हो, वह भी एक जैसा ही है। आप तो आपको सपने में जो सूझा, वह कर रहे हैं। हाँ, जो आपको संतोष प्राप्त करना हो, इसलिए या फिर प्रशांत का मन जीतना हो या किसी और व्यर्थ कारण से आपने यह सोचा होगा तो आपके सपने में खलल पड़ेगा। खेल का आनंद खोकर फिर आप जैसे थे, वैसे हो जाएँगे। सपने में आप कभी कुछ करते नहीं हैं, इस बात को हमेशा याद रखना होगा। खेल का असली मजा इसी में है।''

''तेरी बातें अब कुछ-कुछ समझ में आ रही हैं।'' दोस्त ने कहा और सारमेय को दरवाजे के पास छोड़कर वह हवेली में चला गया।

शाम को दोस्त ने भतीजे को और विश्वकद्रू को अपने घर आमंत्रित किया। उनके साथ हँस-हँसकर बातें कीं, खाना खाया और खाने के बाद उन्हें अपने

घर रात में रुक जाने का आग्रह भी किया। विश्वकद्रू को थोड़ा आश्चर्य हुआ। जाते-जाते उसने सारमेय से कहा, ''मैं सच कहता था, मनुष्यों के बारे में कोई पूर्व धारणा नहीं बाँधी जा सकती।''

सब के जाने के बाद दोस्त ने सारमेय से कहा, ''मुझे लगता है कि मैं मजे में हूँ। प्रशांत और उसके बच्चे आएँगे तो मुझे और मजा आएगा।''

जवाब में सारमेय ने कुछ बोलना चाहा। पर फिर रुककर दरवाजे की ओर वापस चला गया।

10

प्रशांत अकेले ही आया। ''आपने लिखा था, इसलिए मैं आया हूँ। किसलिए बुलाया है, यह भी लिखा होता तो ठीक होता। खैर, मुझे बहुत काम है। मैं अधिक नहीं रुक पाऊँगा। चार-पाँच दिन में वापस लौटना होगा।'' उसने आते ही कहा।

''मैं तुझे रोकना चाहता भी नहीं हूँ। एक-दो बातें करनी हैं, वह आराम से कर लूँ, फिर तुझे जो ठीक लगे, वह करना।'' दोस्त ने शांति से जवाब दिया।

सारमेय को लगा कि प्रशांत को अकेले आया देखकर और उसकी ऐसी बातें सुनकर दोस्त थोड़ा निराश हो जाएगा, पर ऐसा कुछ नहीं हुआ।

फिर एक-दो दिन, पिता-पुत्र दोनों ही सारे बाग-बगीचे और खेतों में घूमते रहे। बाहर से एक-दो आदमी आए, उनसे कुछ मसलतें कीं। प्रशांत खास तौर पर कुछ आवश्यक हो तो ही बोलता।

सारमेय प्रशांत को मिल नहीं पाया था। सुबह प्रशांत जल्दी खाना खा लेता और शाम को सारमेय अँधेरा होने से पहले खाना खाकर दरवाजे पर चला जाता, इसलिए खाना खाने के समय पर भी प्रशांत के साथ बात करने का मौका नहीं मिला।

दोस्त और प्रशांत काम में व्यस्त होते, तब सारमेय अकेला भटकने के लिए निकल पड़ता। एक दिन तो वह विश्वकद्रू के घर भी जाकर आया। दोस्त के भतीजे के साथ पूरा दिन भटकने में उसे बहुत मजा आया। ऐसा अच्छा आदमी दोस्त का अपना भतीजा होने के बावजूद उन्हें क्यों नहीं अच्छा लगता, यह सारमेय की समझ में नहीं आया।

प्रशांत को वापस शहर लौटने की जल्दी थी, परंतु जब दोस्त ने उसे यहाँ जो करना है, वह करने की आज्ञा दे दी, तब उसे थोड़ा आश्चर्य हुआ। प्रशांत ने पिता का मन जानने के लिए थोड़ा और रुकने का निश्चय किया। दोस्त को साथ लेकर वह बगीचों में घूमा। वह यहाँ क्या करना चाहता है, यह बात बार-बार दृढ स्वर से विस्तारपूर्वक कही, जिससे भविष्य में दोस्त और कोई मुश्किल खड़ी न करे।

सारमेय पिता-पुत्र की बातों में नहीं पड़ता। वह अकेले घूमता रहता। एक सुबह भोर ही में वह आम्र और नींबू के बगीचे के सामने बैठा था। अचानक उसे आभास हुआ जैसे यह पूरा वातावरण उदास है। रोज भोर के वक्त ओस पड़ने की शुरुआत होती तो इस बगीचे का प्राकृतिक आनंद, फूलों की सुगंध और पत्तों की चरमराहट के रूप में प्रकट हो जाता। आज ओस तो कब से पड़ने लगी है, पर बगीचा महक नहीं रहा, यह सारमेय ने स्पष्ट रूप से अनुभव किया।

सारमेय ने फिर वातावरण को सूँघकर देखा। अगले दोनों पैर फैलाकर स्थिर, ध्यान लगाकर बैठा। थोड़ी देर के बाद उसे वह परिचित स्वर सुनाई दे रहा हो, ऐसा लगा। आज वह स्वर भी उदास था।

सारमेय को उस स्वर का जवाब देने का मन हो आया, परंतु प्रयास करने के बावजूद वह जवाब नहीं दे पाया। इतने में उसे लगा कि पिछले रास्ते पर कोई चल रहा है। वह एकदम सतर्क होकर खड़ा हो गया और पिछले रास्ते की ओर जाने लगा।

"ऐसे चौंकने की जरूरत नहीं है, मैं ही हूँ।" प्रशांत नजदीक आया।

"सतर्क रहना कुत्तों के लिए महत्त्वपूर्ण होता है।" सारमेय ने स्वाभाविक रहकर जवाब दिया।

"कुत्तों के लिए दरवाजे पर बैठकर पहरा देना भी महत्त्वपूर्ण ही होता है। तू अपना काम छोड़कर यहाँ क्यों भटक रहा है।" प्रशांत ने कहा, "जिस काम के लिए तुझे यहाँ रखा है, वह काम तुझे ईमानदारी से करना चाहिए।"

"मैं यहाँ रहता हूँ, इसलिए यहाँ हूँ। मुझे किसी काम के लिए यहाँ नहीं रखा गया, पर फिर भी मैं जहाँ रहता हूँ, वहाँ कुछ गलत न हो जाए, इसका ध्यान रखना तो कुत्तों के स्वभाव में होता है और अभी मैं यही कर रहा हूँ।" सारमेय ने स्वस्थ रहकर जवाब दिया।

''यहाँ इतनी दूर बैठकर तू किस बात का ध्यान रख रहा है, दरवाजे पर पहरा दिया होता तो फिर अंदर कौन आ सकता था?'' प्रशांत ने पूछा।

''दरवाजे के अंदर रहते हैं वे सब।'' सारमेय ने जवाब दिया, ''मैं यहाँ बैठा नहीं होता तो मुझे पता नहीं चलता कि इन सारे पेड़ों को किसी से अचानक भय उत्पन्न हुआ है। किससे, यह मैं नहीं जानता, पर अगर मैं उन्हें ध्यान से सुनूँ तो मुझे शायद पूरी बात समझ में आ जाएगी।''

''उन्हें सुनेगा यानी किसे?'' प्रशांत ने आश्चर्य से पूछा।

''इन पेड़ों को।'' सारमेय ने सहजता से जवाब दिया।

''पेड़ भी बोल सकते हैं और तू उन्हें सुन भी सकता है? वाह! तुझे तो अपने साथ शहर में ले जाना चाहिए। जादुई कुत्ता देखकर लोग पागल हो जाएँगे।'' प्रशांत ने व्यंग्य किया और सारमेय के सामने एक पत्थर पर बैठा।

''पेड़ बोल नहीं सकते, पर फिर भी वे समझा सकते हैं। मैं उन्हें स्पष्ट रूप से सुन नहीं सकता, पर अनुभव कर सकता हूँ। मैंने इस तरह बहुतों के साथ बातें की हैं।'' सारमेय ने उत्तर दिया।

''ओह!'' प्रशांत ने कहा, ''यह एक और नई बात। अब हे श्वान महाशय, आप मुझे बताइए कि आप अभी तक क्या समझ पाए हैं?''

''हम प्रयत्न करते हैं।'' कहकर सारमेय फिर स्थिर होकर मौन बैठ गया। प्रशांत उसे देखता रहा। थोड़ी देर बाद सारमेय ने सिर ऊँचा करके प्रशांत की तरफ देखकर कहा, ''थोड़े समय पहले ही किसी ने, शायद आपने और दोस्त ने, यहीं खड़े रहकर यह बगीचा निकाल देने की बात की है, ऐसा लगता है।''

प्रशांत के आश्चर्य की सीमा न रही। वह सहसा बोल पड़ा, ''अरे हाँ, रिसोर्ट का मुख्य ऑफिस बनाने के लिए यह पेड़ यहाँ से निकाल देने का हमने कल ही सोचा था। हम यहीं खड़े रहकर, पर हम तो अंग्रेजी में बात कर रहे थे।''

सारमेय हँस पड़ा और बोला, ''पेड़-पौधे कोई भाषा जानते होंगे, ऐसा आपको लगता है? उनका बोली गई भाषा के साथ कोई संबंध नहीं है। मैं आज तक जो समझा हूँ उससे मुझे लगता है कि आपका विचार, भाषा या बोली के रूप में प्रकट होने से पहले ही वह उसके उद्‌गम के प्रदेश में से बहकर सीधा प्रकृति को पहुँच जाता है। इसलिए प्रकृति आपके मन में क्या चल रहा है, वह

समझ जाती है। फिर शायद आप बोलें भी नहीं, पर जो भी आप बोलना चाहते थे, उससे प्रकृति अनजान नहीं रहती। इसी तरह प्रकृति अपनी बात कह भी सकती है। प्रेरणा, भावना या विचारों की अभिव्यक्ति के लिए भाषा की जरूरत सचराचर में किसी को भी नहीं होती।''

''तू क्या कहना चाहता है, वह मुझे पूरा तो नहीं, पर थोड़ा-बहुत समझ में आ रहा है। तू भाषा को एक और सुविधा मानता है।'' प्रशांत ने उत्तेजित होकर कहा, ''हमारे क्लब में एक बहन ऐसी ही किसी बात पर प्रवचन करने आई थी। मुझे उसमें बहुत रस आ रहा था। थोड़ा प्रयत्न भी मैंने किया था, पर मुझे कुछ समझ नहीं आया। असफल हुआ, इसलिए श्रद्धा भी नहीं रही। फिर मैंने छोड़ दिया।''

''यह कोई काम या कला नहीं है कि उसे इस ढंग से सीखा जा सके। मात्र रस होना पर्याप्त नहीं है। जैसे आप बिना बोले भी अपने आपको, अपने मन को सुनते हो, इसी तरह आपको इन सबको सुनना आ जाए तो आप इस तरह बातें भी कर सकते हैं। आपको इन सबका स्वीकार उसी तरह से करना चाहिए जैसे आप अपने आप को स्वीकार करते हो।'' सारमेय ने कहा।

''तब भी उनकी भाषा को समझ लेने के लिए कुछ तो सीखना पड़ता होगा न?'' प्रशांत ने आशंका व्यक्त की। ''कुछ तालीम तो लेनी ही पड़ती होगी।''

''भाषा तो इसके बीच कहीं है ही नहीं। कोई शब्दोच्चार भी नहीं है। सब अपने आप ही पता लगने लगता है।'' सारमेय ने कहा और समझा रहा हो, इस तरह बोला, ''जब आप बोल नहीं सकते, इतने छोटे शिशु होते हैं, तब भी आपकी प्रकृति ठीक न हो तो माँ को पता चल जाता है। आपका प्रिय व्यक्ति अगर उदास हो तो आप को पता चल जाता है, ऐसा यह भी उसी से मिलता-जुलता है।'' बात पूरी कर सारमेय ने माली कितनी सरलता से फूल-पौधों के साथ बात करता था, वह प्रशांत को कह सुनाया। ''एक बार उस माली ने मुझसे ये सब कहा था। मैंने उसकी बात समझने का प्रयास किया। फिर स्वयं करने का प्रयत्न किया। बस फिर यह संभव हो गया।''

प्रशांत कुछ बोले बगैर सोचता रहा। फिर सारमेय से बोला, ''बापू, तेरी राह देख रहे होंगे, आज उन्हें घूमने जाने का समय मिला है।''

सारमेय खड़ा हो गया, प्रशांत भी उठकर खड़ा हो गया और दोनों मौन रहकर दरवाजे की तरफ जाती पगडंडी पर साथ चलने लगे।

दरवाजे पर दोस्त खड़ा था। सारमेय और दोस्त बाहर के मार्ग पर चलने लगे। प्रशांत वहीं रुककर दोनों मित्रों को टीले की ओर जाते देख रहा था। दोनों के नजरों से ओझल हो जाने के बाद प्रशांत धीमे कदमों से फिर बगीचे की ओर चला।

दोपहर को दोस्त खाने की टेबल पर आया तो देखा कि प्रशांत उनकी राह देख रहा है। "तुझे कुछ काम है? दोस्त ने पूछा।"

"मैं आपके साथ खाना खाऊँगा।" प्रशांत ने जवाब दिया और कहा, "मुझे लगता है कि आप उस वकील को बुलाकर दस्तावेज बनवा लें, उसके बाद ही मैं जाऊँ?"

"क्यों, तुझे ऐसा लगता है कि मैं अपना विचार बदल दूँगा?" खाना खाते-खाते बातें शुरू हो गईं।

"आप नहीं, मैं।" प्रशांत ने कहा, "दस्तावेज बनने के बाद भी अगर आपका विचार बदल जाए तो आप उसे फिर नए सिरे से लिखवा सकते हैं। मेरा विचार चाहे जितना बदल जाए, तब भी मैं आपका लिखा हुआ नहीं बदल सकता। मैं तो अपने आप को बाँध रहा हूँ।" प्रशांत ने कहा और दोनों हँस पड़े। सारमेय अपना खाना चाटते हुए दोनों की बातें सुन रहा था।

शाम चार बजे वकील आया। सारमेय उसे दीवानखाने में ले आया। प्रशांत आया तो दोस्त ने कहा, "अब तुझे जो लिखावट तैयार करवानी हो, वह कह दे तो फिर सारे कागज तैयार करवा लिये जाएँ।"

"आपकी विल की लिखावट आपको ही करनी चाहिए।" वकील ने कहा।

"मैं ही कर रहा हूँ। मैं ही दस्तखत करूँगा।" दोस्त ने कहा। वकील ने कागज निकाले और प्रशांत से कहा, "कहिए?"

"यहाँ जो भी संपत्ति है, उसमें खुली जमीन के अलावा किसी भी हिस्से में कोई परिवर्तन न करने की शर्त जिसे मंजूर हो, उसी को यह संपत्ति प्राप्त हो। अपने आप न सूख जाए, तब तक यहाँ का कोई वृक्ष नहीं कटेगा, यह शर्त जिसे मंजूर हो, उसी को यह संपत्ति प्राप्त हो, ऐसा विल बनाना है।" प्रशांत

ने कहा और खड़ा हो गया। बोला, ''मैं कल दोपहर को निकल रहा हूँ।''

रात को तीन बजे कोई बगीचे की ओर गया है, ऐसा लगते ही सारमेय पीछे-पीछे गया। उसने देखा कि प्रशांत ठीक बगीचे के छोर पर, वृक्षों की तरफ मुँह करके, जमीन पर पालथी मारकर शांत बैठा है। बिना कोई आवाज किए सारमेय भी प्रशांत से थोड़ी दूर बगीचे में घास पर बैठ गया। गुजरते वक्त का दोनों में से किसी को होश नहीं था।

थोड़ी देर के बाद रोज की तरह चारों ओर सुगंध फैल गई। नन्हे पौधे से लेकर बड़े-बड़े वृक्ष भी वातावरण को खुशनुमा बनाते हुए झूम उठे। प्रशांत उठ खड़ा हुआ। एक बड़े वृक्ष के पास जाकर झुकी हुई डाली पर उसने हाथ फेरा। लौटते समय उसने देखा कि सारमेय उसे देख रहा है।

धुँधले से प्रकाश में वह सारमेय की ओर गया और बोला, ''मैंने सीखा नहीं है। मैंने जाना है। सीखने से जानना अधिक योग्य है, यह मैं स्वीकार करता हूँ।''

सारमेय और प्रशांत दोनों कुछ देर मौन खड़े रहे। फिर ओस से नम घास पर दोनों मित्र चलने लगे।

पूरा दिन प्रशांत अपने काम में व्यस्त रहा। शाम को बिदा होते वक्त उसने पिता से कहा, ''आप यहाँ अकेले रहते हैं, इससे अच्छा है कि आप भाई को यहाँ रहने के लिए बुला लें। वह भी काका के खेत में अकेले ही रहता है। वह आना चाहे तो ठीक है।'' दोस्त ने कहा।

सारमेय से बिदा लेते वक्त प्रशांत ने कहा, ''मैंने अपनी बात उनसे कही हैं, मुझे लगता है कि वे समझ भी गए हैं, परंतु प्रयत्न करने के बाद भी मैं कुछ सुन नहीं पाया हूँ, पर कहीं गहरे मेरे मन में मुझे लगा कि कोई कुछ प्रतिक्रिया देने की कोशिश कर रहा है। शायद मैं कभी उन्हें सुन पाऊँ।''

सारमेय ने हँसकर कहा, ''परस्पर सुनने का आनंद आपको प्राप्त हो, ऐसी शुभकामना।''

11

वर्षा ऋतु की धुआँधार शुरुआत आँधी, तूफान, बिजली की चमकार और गगनभेदी गड़गड़ाहट के साथ हुई। दोपहर के ढलने तक तो ईशान्य

दिशा में आकाश में छा जाता, धूल भरा, रक्तिम कालिमा लिये एक जोरदार बादल उमड़ा और पलभर में हवेली के आँगन में आकर खिड़की-दरवाजों से टकराते हुए आगे बढ़ा। बगीचे के वृक्ष जैसे उलट-पलट हो जानेवाले हों, इस तरह झुकने लगे। कितने ही कमजोर पौधे और एकाध वृक्ष भी टूटकर धराशायी हो गए।

समंदर पर घूमने जाने के लिए तैयार होकर दरवाजे के बीच खड़ा सारमेय स्थिर खड़ा नहीं रह सका। उसकी आँखों में और बालों में धूल भर गई। सिर हिलाकर, कान फड़फड़ाकर, अपनी पूँछ को स्थिर रखने की कोशिश करता सारमेय अपने निवास की ओर भागने की कोशिश करने लगा तो उसके पैर भी स्थिर नहीं पड़ रहे थे।

कुछ ही पलों में मूसलाधार बारिश टूट पड़ी। रक्तिम कालिमा लिये धूल का बवंडर अब भीगकर शांत हो गया था, पर उसके बाद बरसाती बादलों से आच्छादित आकाश का रौद्र तथा भव्य रूप प्रकट हो रहा था। करीब घंटे भर बरसने के बाद बारिश थम गई।

सारमेय दरवाजे से बाहर निकलकर एक ऊँची चट्टान पर जाकर वातावरण की ताजगी का मजा ले रहा था। उसी क्षण प्रकृति अपनी परम मोहिनी की कल्पना साकार करना चाहती हो, इस तरह पश्चिमाकाश के घने बादलों में से सूर्य ने झाँका। पूर्व दिशा में काले बादलों पर इंद्रधनुष रच गया। अगले ही पल समंदर पर से सागर पंछियों का जत्था उड़ा।

घनघोर बादलों की पृष्ठभूमि में, इंद्रधनुष्य के नीचे उड़ते जाते शुद्ध श्वेत सागर पंछियों की पंक्ति, भीगी हुई धरती, गीली चमकती चट्टानें, उस पर खड़ा दूधिया रंग का रोबदार सारमेय। इन सबने मिलकर कदाचित् देखने को मिलता, ऐसा अप्रतिम दृश्य रच दिया।

दोस्त घर में से बाहर आया और थोड़ी देर अपने स्वप्न जगत् सी पृथ्वी पर प्रकृति का बिखेरा हुआ सौंदर्य अवाक् होकर देखता रहा। फिर सारमेय को आवाज देते हुए बोला, ''सारमेय, ठंड लग रही है, आज हम घूमने नहीं जा पाएँगे। मुझे जरा हरारत सी लग रही है।''

रात को फिर बारिश शुरू हो गई। थोड़ी देर के बाद रिमझिम बारिश होती

रही और एकदम फिर बिजली की तेज चमकार, बादलों की गड़गड़ाहट के साथ फिर मूसलधार बारिश टूट पड़ी।

आधी रात को मेघ तांडव देखता हुआ सारमेय पोर्च के तले जागता हुआ बैठा था। किसी के कदमों की आहट सुनाई दी, गंध महसूस हुई और बिजली कड़की। बिजली के उजाले में विश्वकद्रू आता दिखाई दिया। इतनी तेज बारिश में इस वक्त उसे यहाँ देखकर सारमेय को बड़ा आश्चर्य हुआ। ''क्यों, इस वक्त यहाँ?''

''मेरे मालिक कह रहे थे कि ऊपर तालाब फटनेवाला है। नीचे बाँस के खेतों में पानी भर जाएगा तो बहुत सारे जीव मारे जा सकते हैं, इसलिए मेरे मालिक सबको वहाँ से बाहर लेकर आने के लिए जा रहे हैं। तुझे साथ आना है?''

''हाँ, मैं भी चलूँगा। पर पहले मैं दोस्त को बता दूँ, तू जरा देर रुक यहाँ।'' कहकर सारमेय घर के अंदर गया।

दोस्त बिस्तर में कंबल ओढ़कर जागता हुआ खिड़की के काँच में से बाहर बरसते तांडव का दृश्य देख रहा था। सारमेय ने उससे विश्वकद्रू द्वारा कही हुई बात बताई और कहा, ''मैं उनके साथ जा रहा हूँ।''

''तू अगर मुझे बुलाने आया है तो तुझे निराशा होगी। ऐसी बारिश में मैं बाहर नहीं निकलूँगा। मुझे ज्वर है।'' दोस्त ने सारमेय की ओर देखे बिना कहा।

''तो आप साथ आ रहे हैं या नहीं, यह मैं नहीं पूछ रहा, मैं तो बस आपसे कहने के लिए आया हूँ कि मैं विश्वकद्रू के साथ जा रहा हूँ।''

''ऐसे वातावरण में तू भी न जाए, अच्छा होगा। एक जीप में आप कितनों को ला सकोगे? फिर ऐसी बारिश में कोई अपना घर छोड़ने के लिए तैयार नहीं होगा।''

''जितनों को लाया जा सकेगा, उतने तो बच जाएँगे।'' सारमेय ने जवाब दिया। ''सब शायद जीप में न समा सकें, परंतु अगर उन्हें समय रहते बता दिया जाए तो अपने पैरों से भागकर तो जा सकते हैं न?''

''सपने में अब मरना कैसा और बचना कैसा?'' दोस्त ने करवट लेते हुए कहा।

यह सुनकर सारमेय तनकर खड़ा हो गया। उसकी आँखें आश्चर्य से खुली की खुली रह गईं। कान सीधे खड़े करके वह बोला, ''सपनेवाले खेल का आप ऐसा अर्थ निकालेंगे, यह मुझे मालूम न था। आपने शास्त्र पढ़े हैं। आपको गीता के पाठ पढ़ते मैंने सुना है। कोई बात नहीं, जाने दो, पर मुझे ऐसा लगता है कि सपने के खेल में भी, सपने में भी भागने की छूट किसी को नहीं होनी चाहिए। आप बीमार हैं तो भले ही न आइए, पर मैं तो अच्छा-भला हूँ, मैं इस तरह नहीं भाग सकता। मैं वहाँ जरूर जाऊँगा। चाहे कुछ भी हो जाए।''

दोस्त बिना कुछ बोले सारमेय की तरफ देखता रहा। सारमेय बाहर जाते-जाते दरवाजे पर रुका, फिर पीछे मुड़कर दोस्त से बोला, ''शायद, हो सकता है कि हम आखिरी बार मिल रहे हों।''

''मैं नहीं मानता, हम जरूर मिलेंगे।'' दोस्त ने जवाब दिया।

सारमेय ने बाहर आकर विश्वकद्रू के साथ दौड़ लगाई। भतीजा दोनों की राह देखते हुए जीप में तैयार बैठा था। सारमेय और विश्वकद्रू के जीप में चढ़ते ही वह जीप तेज भगाते हुए बोला, ''मैं जीप रास्ते के एक ओर रखकर तुरंत ही रास्ते के पास वाले खेतों में पहुँच जाऊँगा। तुम दोनों तेज दौड़ सकते हो, इसलिए पीछेवाले खेतों में जल्दी पहुँच सकोगे। वहाँ पहुँचकर सब लोगों को तुरंत भागने के लिए कहना। जो कोई न भागना चाहे तो उनके पीछे पड़कर उन्हें जबरन भगाना।''

ढलान के छोर पर ही रास्ता समाप्त हो जाता था। तालाब अभी फटा नहीं था, फिर भी चारों ओर बारिश का पानी-ही-पानी भरा हुआ था। खेतों में जाती पगडंडियाँ तो सारी गायब हो चुकी थीं। फिर इसी जगह पर मिलने का वादा कर के तीनों अलग हो गए। सारमेय और विश्वकद्रू खेतों में जाने के लिए दौड़ पड़े।

अधिकांश किसानों ने भारी बारिश पहले भी देखी थी। हाँ, तालाब फट सकता है, इतना पानी भर जाने की खबर उन्हें नहीं थी। फिर आज तक कभी तालाब फटने जैसी घटना नहीं हुई थी, इसलिए लोगों को घर छोड़ने की बात गले से नहीं उतर रही थी। मुश्किल से कुछ लोग निकले। विश्वकद्रू और सारमेय उन्हें जीप के पास ले गए। भतीजा भी कुछ स्त्रियों और बच्चों के साथ वहाँ खड़ा था।

"इतने सारे लोगों को तू जीप में कैसे ले जाएगा ?" एक किसान ने भतीजे से पूछा।

"हम चक्कर लगाएँगे।" भतीजे ने कहा, "जो चल सकते हैं, वे चलना शुरू कर दें और कुछ लोगों को जीप में बिठाकर चला गया।"

सारमेय और विश्वकद्रू और लोगों को बुलाने जा रहे थे, वहीं उनकी नजर सामने ढलान पर से आ रहे किसी बड़े वाहन के प्रकाश पर पड़ी। सामने टीले के पास एक ट्रक आकर रुका था, ऐसा लगा। ट्रक की बत्ती जल रही थी और उसमें से एक आदमी उतरकर तेजी से दूसरी तरफ के खेतों में गया।

"चलो, उस तरफ अब और मदद भी आ गई। अब तेजी से काम हो सकेगा।" सारमेय ने कहा, "हम इस तरफ के लोगों को बुला लाते हैं।"

एकाध घंटे में तो सारे खेतों में से सभी लोग ढलान पर आ गए। बारिश रुकने का नाम नहीं ले रही थी। जीप और ट्रक बारी-बारी से दोनों छोर से लोगों को ऊपर ले जाने लगे। करीब चार चक्कर हुए और अभी एकाध चक्कर लगाने जितने लोग बाकी थे और इतने में ही पानी बढ़ने लगा। अँधेरे में भगदड़ मच गई। कीचड़ में दौड़ते-भागते लोग फिसलकर गिरने लगे। जीप आई तो लोग धक्का-मुक्की करने लगे।

विश्वकद्रू का मिजाज छिटका। वह बहुत गुस्से से चीखने लगा। सारमेय को लगा कि क्रोध में आकर यह किसी को काट न ले तो उसने विश्वकद्रू को शांत करते हुए कहा, "हमारे लिए चाहे जैसी भी बाढ़ हो तैरना आसान है। ये लोग तो डूबने के भय से ऐसा कर रहे हैं। तू जरा शांत रहे तो अच्छा होगा।"

सामने की ढलान पर लोग दूर के अंतर पर थे, इसलिए कुछ भी स्पष्ट दिखाई नहीं दे रहा था, पर शोरगुल और चीख पुकार से लग रहा था कि इस ओर जैसी दशा थी, वही हाल उनका भी हो रहा होगा। ट्रक ने ऊपर की ओर जाने के लिए मोड़ लिया, तब आवाजें आनी बंद हुईं।

"लगता है, सब चले गए हैं। हम भी चलते हैं।" सारमेय ने कहा। तभी सामने की ओर जा रहा ट्रक रुक कर वापस आ रहा हो, ऐसा लगा। इस ओर से जीप भी वापस आई। "कोई बाकी तो नहीं बचा है ?" भतीजे ने जीप को वापस मोड़ते हुए पूछा, "जरा ठीक से नजर डालकर देख लो, कोई बाकी न रह जाए।"

''यहाँ तो कोई नहीं है।'' सारमेय ने कहा। ''सामने की ओर से ट्रक वापस क्यों आया है, वह पता नहीं चल रहा। हम उस ओर जाएँ?''

''नहीं जाना, पानी तेजी से बढ़ रहा है, इसलिए लग रहा है कि तालाब छलक गया है, मिट्टी की दीवार टूटते देर नहीं लगेगी।'' भतीजे ने कहा और जीप को ढलान पर से ऊपर ले जाते हुए जोर से आवाज लगाई, ''अब जल्दी आ जाओ, दोनों।''

विश्वकद्रू ऊपर की ओर चला। सारमेय का ध्यान अब भी सामने के किनारे पर था। उसने ट्रक को ढलान के छोर पर रुकते हुए देखा। अगले ही पल तालाब की दिशा से पानी की महाकाय लहर आती दिखाई दी और सारमेय के सिर पर से गुजर गई। बड़ी मुश्किल से जोर लगाकर वह ऊपर आया। अपने आप को सँभालते हुए वह बलपूर्वक टीले की ओर तैरकर चला गया। बाहर निकलते ही उसने ट्रक की दिशा में देखा। कीचड़ भरे पानी में से प्रकाश बिंब चमक रहा था।

''अरे हाय, वह ट्रक डूब गया।'' भतीजे ने भी उसी समय चिल्लाकर कहा।

''आप जाइए। ऊपर के रास्ते से होकर वहाँ पहुँचिए। हम तैर कर जाते हैं।'' सारमेय और विश्वकद्रू दोनों लगभग एक साथ बोले और सामने के किनारे पर जाने के लिए पानी में कूद पड़े।

सारमेय और विश्वकद्रू तैरकर सामने पहुँचे, तब तक ट्रक की बत्ती भी बुझ गई थी। लहराते पानी में किसी तरह तैरकर दोनों ट्रक के पास पहुँचे। ढलान पर खड़ी ट्रक का अगला हिस्सा पानी में डूबा हुआ था। ट्रक के छप्पर पर दो लोग बैठे हैं, ऐसा लगा।

''सारमेय इस तरफ।'' ट्रक के छप्पर पर बैठे दो में से एक ने आवाज लगाई। दोस्त की आवाज पहचानकर सारमेय और विश्वकद्रू तेजी से तैरकर उस तरफ गए और प्रयत्नपूर्वक छप्पर पर चढ़ गए।

''अरे आप तो बुरी तरह से काँप रहे हैं।'' दोस्त को देखते ही सारमेय बोला।

''हाँ, मुझे बुखार था।'' बड़ी मुश्किल से दोस्त ने कहा और मुसकराया।

जीप आई। भतीजे ने और ट्रक चालक ने मिलकर दोस्त को उठाकर जीप में लिटाया। दोस्त का शरीर लगातार काँप रहा था।

"आप लोग तो चले गए थे न, फिर वापस क्यों आए?" भतीजे ने चिंता भरी खीझ के साथ पूछा।

"हम टीले पर पहुँचे ही थे कि हमें किसी ने बताया कि एक गूँगा-बहरा आदमी नीचे रह गया है।" ट्रक चालक ने जवाब दिया।

चल रही जीप के कारण बारिश और ठंडी हवा का जोर अधिक लग रहा था। दोस्त को ओढ़ाया जा सके, ऐसा भी किसी के पास कुछ नहीं था। भतीजे ने अपना तरबतर रैनकोट निकलकर दोस्त को ओढ़ा दिया। सख्त ठंड और तेज बुखार से काँपते दोस्त ने मुश्किल से आँखें खोलीं, सारमेय की ओर देखकर क्षीण काँपते स्वर में बोले, "सारमेय, अब हम शायद आखिरी बार मिल रहे हैं।"

सारमेय ने कोई जवाब नहीं दिया। वह अपनी जगह से खिसककर दोस्त की बगल में उससे चिपककर बैठ गया। थोड़ी देर के बाद दोस्त फिर बुदबुदाया, "कौन रह गया होगा? सारमेय, मैं उसे बचा नहीं सका।"

सारमेय ने गंभीर स्वर में कहा, "आपने प्रयत्न किया था, वह बचा नहीं तो उसका अफसोस न करें।" फिर अधिक स्पष्ट शब्दों में शब्दों को अलग करते हुए दृढतापूर्वक कहा, "सपने में भाई बचना कैसा और मरना कैसा?"

इस बात का दोस्त ने कोई जवाब नहीं दिया। सारमेय ने चिंता से अपना शरीर दोस्त के शरीर से रगड़ा। उसे उष्मा का अनुभव नहीं हुआ। आकाश में बिजली कौंधी। क्षण भर के प्रकाश में सारमेय ने दोस्त के मुख पर छाया हुआ स्मित देखा। बारिश धीरे-धीरे मंद हो चली थी।

12

दरवाजे पर कोई है, ऐसा लगते ही विश्वकद्रू सतर्क होकर उस तरफ दौड़ा। लोहे के जालीदार दरवाजे में से उसने बाहर खड़ी सरमा को देखा। सरमा को शांत, स्वस्थ और निर्भयता से खड़ी देखकर उसने भौंकने का विचार छोड़ दिया और पूछा, "किसका काम है?"

"सारमेय का, गुरुजी उसे बुला रहे हैं।" सरमा ने कहा।

"वह यहाँ नहीं है। कल रात वह यहाँ से भाग गया।"

"सारमेय कभी भाग नहीं सकता।" सरमा ने कहा और दरवाजे के नीचे

से सरक कर अंदर आ गई, ''वह बिना कहे चला गया हो, यह हो सकता है, पर भाग जाना उसके स्वभाव में नहीं है।''

''मेरी कुछ समझ में आए, ऐसा बोल, या फिर मुझे समझा कि तू क्या कहना चाहती है?'' विश्वकद्रू ने कहा।

''मेरा बोलना अगर तेरी समझ में न आए तो कोई आसमान नहीं टूट पड़ेगा।'' सरमा हँसकर बोली, ''मुझे केवल इतना बता दे कि सारमेय की बातों से, वह कहाँ गया होगा, ऐसा तुझे लगता है?''

''सारमेय जो बोलता, उसमें से मुझे आधी-अधूरी बातें ही समझ में आती थीं। तब भी उसने जो बातें की थी, उस पर से वह अपना मूल स्थान खोजने के खेल के बारे में कुछ कह रहा था।''

सरमा मौन रही। मूल स्थान ढूँढ़ने का सारमेय का यह कौन सा नया खेल है, यह उसकी समझ में नहीं आया। कुछ सोचकर उसने पूछा, ''दोस्त है, उसके पास शायद कुछ अधिक जानकारी हो?''

''तो तू दोस्त को भी पहचानती है? पर वे तो अब नहीं हैं। उन्हें तो कब का जला दिया।''

''गुरुजी के एक शिष्य की लड़की ने हमसे कहा था कि सारमेय यहाँ रहता है। दोस्त के बारे में भी उसी ने बताया था।'' सरमा बोली, ''पर अब वह सब अर्थहीन है। सारमेय तो चला गया। वह कब गया?''

''कल दोपहर के बाद से वह नहीं दिखा।'' विश्वकद्रू ने कहा।

''ओह! तब तो मैं उसे पकड़ लूँगी। मुझे जल्दी जाना चाहिए।'' कहकर सरमा चलती बनी।

वह जिस मार्ग से आई थी, उस मार्ग पर तो उसे सारमेय की गंध या आहट नहीं मिल रही थी। इसलिए वह आश्रम की ओर तो गया ही नहीं है, इस बात का सरमा को विश्वास था। आस-पास के कुछ विस्तारों में घूमकर, गंध पहचानकर सारमेय का पीछा करने लगी। सारमेय का पीछा करते वक्त वह नहीं जानती थी कि यह रास्ता कहाँ जा रहा है। उसे बस इतना पता था कि यह मार्ग सारमेय को ले गया है और वह उस मार्ग पर चलने लगी।

सरमा एक राह पकड़कर चले जा रही थी, पर सारमेय कहीं नहीं मिला।

एक स्थल पर कुछ स्त्रियाँ कुएँ पर पानी भर रही थीं। एक ने सरमा को देखकर उसे पुचकार कर बुलाया। पानी पिलाया। दूसरी स्त्री ने उसका मजाक उड़ाते हुए कहा, ''तुझे तो बाई, रोज पुण्य प्राप्त हो जाता है। फिर दो दिन से तुझे अनजान कुत्ते ही मिल रहे हैं? क्या बात है?''

''मुझे कोई पुण्य नहीं चाहिए, आते-जाते जानवर को पानी पिलाना, यह तो धर्म हुआ। इसमें पुण्य कहाँ से आया?'' उस स्त्री ने हँसकर जवाब दिया, ''कलवाला दूधिया रंग का कुत्ता तो तुझे रख लेने का मन हुआ था न?''

''आपने सारमेय को देखा है?'' सरमा ने पूछा। ''दूधिया रंग का···''

''कल करीब इसी वक्त तू जैसा कह रही है, वैसा कुत्ता आया था। इस बाई ने उसे भी पानी पिलाया था, फिर घर से लाकर रोटी भी खिलाई थी।'' उस स्त्री ने जवाब दिया।

''वह किस तरफ गया है?'' सरमा ने फिर सवाल किया।

''भगवान् जाने। अरी क्या कह रहा था वह? घर ढूँढ़ लिया है या ढूँढ़ना है, ऐसा कुछ कह रहा था।''

''मूर्ख है वह।'' सरमा ने कहा, ''उसे पता है कि उसका कोई घर नहीं है, फिर भी पागलों की तरह बात करता है। हाँ, पर किस तरफ गया है?''

''यह सामने के रास्ते पर, नदी के पार।''

सारमेय नदी पार कर गया है, यह जानकर सरमा को लगा कि शायद अब उसे ढूँढ़ना मुश्किल होगा, पर फिर भी वह पानी में उतर गई। तैरकर उस पार पहुँची। सारमेय के सुराग को ढूँढ़ने के लिए किनारे को सूँघती हुई चल रही थी।

शाम तक तो सरमा को कोई मार्ग न मिला। वह थक चुकी थी। घड़ी भर के लिए उसे लगा कि वापस लौट जाए और गुरुजी से कहे कि सारमेय न मिला, पर हार जाना उसके स्वभाव में नहीं था। उसने रात बिताने के लिए जगह ढूँढ़कर सुबह, फिर तलाश में जुट जाने का तय किया। थोड़ा और आगे जाते ही सरमा को एक झोंपड़ी नजर आई। सरमा वहाँ गई। एक स्त्री बाहर अलाव जला रही थी।

''आओ, यहाँ आओ।'' सरमा को देखकर वह स्त्री बोली, ''यहाँ आकर बैठ; मेरे पास।''

अनजान कुत्ते को भी प्यार से बुला रही, उस स्त्री को देखकर सरमा को

थोड़ा आश्चर्य हुआ। वह सावधानीपूर्वक सामने जाकर बैठी और बोली, ''मैंने गड़रिए और बंजारों की स्त्रियाँ देखी हैं। आपकी वेशभूषा उन दोनों से मिलती-जुलती हैं, पर वे लोग आपने जैसा काला कपड़ा सिर पर बाँधा है, वैसा वे लोग नहीं बाँधते। अगर मैं आपका नाम जान लूँ तो शायद समझ सकूँगी कि आप कौन हैं।''

वह स्त्री सरमा की ओर देखकर हँस पड़ी। फिर बोली, ''मैं जो भी हूँ, वह हूँ। तू मुझे गड़रिए की कहे या फिर बंजारन, तू जो चाहे कह सकती है, पर अपना नाम तो बता।''

''सरमा।''

''वाह! बहुत अच्छा नाम रखवाया है तूने तो, पर सुन, इस नाम से मोह नहीं रखना। इससे पहले भी तेरे और कई नाम थे।''

''आप भी अजीब हैं।'' सरमा हँस पड़ी, ''यहाँ जंगल में अकेली रहती हैं और विचित्र बातें करती हैं।''

''सभी अकेले होते हैं, यह तो तू भी जानती है, फिर तूने ऐसा क्यों कहा?'' स्त्री ने कहा, ''तू अकेली क्यों निकल पड़ी है?''

''मैं तो गुरुजी के काम से सारमेय नामक कुत्ते को ढूँढ़ने निकली हूँ।'' सरमा बोली, ''कब से घूम रही हूँ, पर पता नहीं वह कब मिलेगा?''

''जिस दिन तू यह भूल जाएगी कि तू गुरुजी के कहने से ढूँढ़ रही है, उस दिन वह तुझे मिल जाएगा।'' स्त्री ने हँसकर कहा।

स्त्री के मुँह से यह वाक्य सुनते ही सरमा अवाक् होकर उसे देखती रही। उसे कुछ अलग प्रकार की अनुभूति हुई। उसने उस स्त्री की ओर संदेहास्पद नजर से देखा, थोड़ी देर के बाद उठकर आस-पास की जगह सूँघने लगी। फिर बोली, ''मैं उस पेड़ के तले रातभर रुकूँगी। सुबह होते ही चली जाऊँगी।''

''ठीक है।'' स्त्री ने कहा और अपने काम में व्यस्त हो गई। सरमा उसे ध्यानपूर्वक देख रही थी। उस स्त्री का काम करने का, उठने-बैठने का, बातचीत करने का तरीका सरमा ध्यान से देखती रही।

उसने आज तक जितनी स्त्रियों को देखा था और सारमेय ने जिन-जिन स्त्रियों का वर्णन किया था, उनमें से हरेक की एक छवि, जो उसके मन में बस

गई थी, उससे इस स्त्री का चेहरा मिलाने की कोशिश करती रही। उसमें से एक भी चेहरा इस स्त्री के चेहरे से मिलता-जुलता नहीं था।

स्त्री ने ध्यान किया। वह सोने की तैयारी कर रही थी। खटिया बिछाते हुए वह सरमा से बोली, ''तू कब से मुझे निहार रही है, पर सुन, अगर तू मुझे शकू मान रही है तो मैं बता दूँ कि मैं शकू नहीं हूँ।''

सरमा स्तब्ध हो गई। ''आप शकू होंगी, ऐसा मुझे पहले लगा था। आपने कैसे जाना, यह मैं नहीं पूछूँगी, पर मुझे लगता है कि मैंने आपको कहीं देखा है, मेरे मन में आपका चित्र बसा है, ऐसा मुझे लगता है।''

''मिले होंगे किसी जन्म में। पहचान भी रही होगी। उसके बिना तू यहाँ नहीं आई होगी।'' स्त्री ने कहा।

आगे और कुछ बात हो, इससे पहले रास्ते पर कोई वाहन आकर रुका। सरमा चपलता से खड़ी हो गई और उस ओर दौड़ने ही वाली थी, तभी उस स्त्री ने उसे शांत बैठे रहने का इशारा किया। सरमा स्वभाव के विपरीत, भौंके बिना बैठी रही। थोड़ी देर के बाद एक धोती, कुरता और टोपी पहने एक आदमी आया और उस स्त्री को हाथ जोड़े।

''आइए।'' स्त्री ने स्वागत किया। ''उस खटिया को बिछाकर बैठ जाइए। इतनी रात गए कैसे आना हुआ?''

''बाईजी, वे कलकत्ते से पत्र लिखते थे, वे भाई आ पहुँचे हैं। कल सुबह आपके दर्शन को आएँगे।''

''कौन, वे लिखनेवाले?''

''हाँ। हमने उसे साफ-साफ कह दिया था कि बाईजी किसी को भी लिखने की इजाजत हरगिज नहीं देंगी, पर वे मानते ही नहीं। कहते हैं कि मैं बाईजी के सामने धरना दूँगा।'' आदमी ने कहा। सरमा उन दोनों की बातें रसपूर्वक सुन रही थी।

बाई ने कहा, ''अरेरे! भाई, ऐसा कौन सा दुःख टूट पड़ा है कि किसी को भी धरना देना पड़े? जाओ, कह देना उनसे कि मैं लिखने की इजाजत दे दूँगी, पर एक शर्त पर कि वे एक ही बार लिखेंगे और मैं जहाँ कहूँगी, वहीं लिखेंगे।''

"हाँ, माँ। आप इतनी आज्ञा देंगी, तब भी बहुत है। वे बड़ी दूर कलकत्ता से आए हैं।"

"कौन कहाँ से आया है, यह कौन जानता है?" बाई ने कहा और सरमा उसका मुँह ताकती रही।

मेहमान थोड़ी देर बातें करने के बाद चले गए। फिर सरमा उठ खड़ी हुई और आकर खटिया के पायताने के पास बैठ गई। उसकी चपल इंद्रियाँ वातावरण में कुछ अनोखा होने को अनुभव कर रही थीं। सरमा उसे समझने का प्रयत्न कर रही थी। यहाँ का समग्र वातावरण उसे इतना परिचित लग रहा था कि सुबह यहाँ से निकल जाने के बदले रातवाले वे लोग आकर जाएँ, उनके बाद जाने का उसने तय कर लिया।

सुबह-सवेरे बीती रातवाले सज्जन और तीन लोगों को साथ लेकर आ गए। उनमें से एक स्त्री थी, जो आँचल फैलाकर उस बाई के चरण स्पर्श करने के लिए झुकी।

"यह सब रहने दे। शांति से बैठ यहाँ और सिर को ऊपर उठाकर रखना सीख।" बाई ने उसे रोका और सभी से कहा, "आइए।"

थोड़ी देर बातें करने के बाद बाई ने उन कलकत्तेवाले सज्जन को संबोधित कर के कहा, "आप तो बड़े जिद्दी निकले। बताइए, क्या लिखना चाहते हैं आप?"

आपके बारे में जो कुछ जाना है, वह और आज हमारे बीच जो भी बातें होंगी, उन पर लिखूँगा। केवल एक ही बार और वह भी आप जहाँ चाहें, वहीं। कहकर सरमा की ओर देखकर बोले, "यह कुतिया आपकी है?"

"जितने आप मेरे हैं, उतनी ही यह कुतिया भी मेरी है।" बाई ने कहा। फिर सरमा को बुलाकर पेड़ के पीछे रखी हुई झाड़ू लाने को कहा।

सरमा झाड़ू लेकर आई तो तो बाईजी ने झाड़ू उस भाई के हाथ में पकड़ाते हुए कहा, "लीजिए, सब साफ कर दीजिए यहाँ और लिख डालो, जो और जितना लिखना है, इस पूरे आँगन में। जो आपने जाना है, वह और जो हम मिले हैं, वे सारी बातें।"

"यहाँ, जमीन पर, धूल में लिखूँ?"

"तो फिर और कहाँ?" बाईजी हँसते-हँसते बोली, "देख मेरे भाई, मैं तो एक अक्षर भी नहीं पढ़ी हूँ। मैं और मेरे जैसे कितनों ही ने इसी धूल में जो है, वह पढ़ा, सुना है। कागज पर न हमें लिखना आता है, न कागज पर लिखा हुआ पढ़ना आता है।"

सरमा इस कथन को समझने का प्रयत्न कर रही थी, तभी बाई ने आगे कहना शुरू किया, "और हाँ, एक और बात, मिट्टी में लिखने लायक क्या आपको यहाँ कुछ भी मिलेगा? ऐसा कुछ मिल जाए तो ही लिखना।"

सरमा सहित वहाँ जो भी हाजिर था, सभी स्तब्ध हो गए थे। उस भाई ने हाथ में पकड़ी झाड़ू एक तरफ रखते हुए कहा, "हाँ या न कहने से पहले मुझे धूल में लिखना सीखना होगा। उससे पहले मैं चाहे, जो भी उत्तर दूँ, वह गलत ही साबित होगा। मिट्टी में टिक सके, ऐसा जब लिख सकूँगा, तब तक मैं कुछ भी नहीं लिखूँगा।"

"आए हैं तो रोटी खाकर ही जाइए। बातें करते-करते यूँ बन जाएगा खाना।" बाई ने कहा। सरमा चूल्हे पर सिंक रही रोटी की सुगंध लेते-लेते विचारों में डूब गई थी।

मेहमान जाने की तैयारी करने लगे। उनके साथ आई हुई स्त्री ने बाईजी के साथ कुछ बात की। सरमा का ध्यान उस ओर जरा देर के बाद आकृष्ट हुआ। उसे केवल बाईजी का दिया हुआ उत्तर सुनाई दिया। "जो दुःख तुझे है, वही मुझे भी है। मेरी भी कोई संतान नहीं है, तो क्या करूँ? दुनिया में दुःख के अलावा और कुछ भी नहीं है। सब मिथ्या है। इसीलिए संसार में मन नहीं रखना। केवल आत्मा का ही सोचना। ध्यान करना।"

बाईजी की "इस दुनिया में दुःख के अलावा और कुछ भी नहीं है।" यह बात सुनकर सरमा को याद आया कि मामदु के यहाँ और अपने पिल्लों के साथ जंगलों में रहते थे, तब सारमेय कई बार कहता, "आनंद के अलावा और है ही क्या?"

सारमेय मिले तो उससे यह बाई की बात कहने का निश्चय कर सरमा सारमेय की खोज में निकल पड़ी। रात को एक छोटे से गाँव में एक वृक्ष के तले शरीर को गोलाकार में मोड़कर सोते हुए सारमेय को देखा। उसके पास जाकर

सरमा बोली, ''कब से ढूँढ़ रही हूँ तुझे। कितना समय हो गया है, तूने तो किसी की खबर तक नहीं ली?''

''क्यों? सबको अपनी खबर नहीं होती क्या, जो मुझे लेनी पड़े?'' सारमेय ने शांति से जवाब दिया।

कौलेयक ने कहलवाया है, ''यह जन्म मिला है तो कुछ तो ऐसा कर, जिससे अगले जन्म में ऐसा दुःख भोगना न पड़े।'' सरमा ने चिढ़कर कहा।

''मुझे ऐसी बातें समझ में नहीं आतीं। मुझे दुःख-सुख जैसा भी कुछ महसूस नहीं होता। अब तू ही बता, मैं इसका क्या करूँ?''

''सुबह तू मेरे साथ चल। यहाँ नजदीक ही एक बाईजी रहती हैं। संसार को छोड़कर आत्मा के कल्याण का मार्ग वह हमें जरूर बताएँगी।''

सारमेय ने कोई जवाब नहीं दिया। सुबह दोनों वापस उस बाई के पास पहुँचे। ''बाई, मैं सारमेय के बारे में कह रही थी न? यही है सारमेय। उसने केवल आवारागर्दी ही की है। न कुछ पढ़ा, न किसी में मन लगाया, न पूजा-पाठ किया। आप उस बहनजी को समझा रही थीं न कि संसार मिथ्या है, इसे भी समझाइए।''

बाई ने सारमेय की ओर देखा। पल-दो पल स्थिर नजरों से ताकती रहीं, फिर बोली, ''संसार छोड़ने के लिए उसे कहा जाता है, जो संसार में हो। इसका मन तो किसी भी में है ही नहीं, ऐसा तू ही कह रही है।''

आप भी समझ में न आनेवाली बातें करने लगीं। इस सारमेय की तरह ही। मुझे लगा था कि आप हमें ज्ञान देंगी। गुरुजी ने मुझसे कहा था, ''किसी ज्ञानी के पास जाओ तो उसे पूछकर ज्ञान प्राप्त कर लेना चाहिए।''

''तो तू मुझे ज्ञानी मान बैठी है क्या?'' क्या कहा था तेरे गुरुजी ने, जंगल में कोई बाई मिलेगी, वह तुझे ज्ञान देगी ऐसा? ऐसा कहकर बाईजी हँस पड़ी।

नहीं, बिल्कुल ऐसी बात नहीं है, पर एक बार कहा था कि मुझे जितना ज्ञान है, वह सारा तुम्हें दे दिया। अब और किसी को ढूँढ़ ले, जो तुझे आगे का समझाए।

''तो इसलिए तूने मुझे ढूँढ़ लिया?''

''नहीं, आप तो अचानक मिल गईं, तो मुझे ऐसा लगा कि आप मुझे कुछ सिखाएँगी।''

"जब मैं कुछ सीख लूँगी, तब मैं जरूर सिखाऊँगी। अभी तो जो मैं कर रही हूँ, उतना ही तुझसे कहूँगी कि ध्यान कर और नामस्मरण कर। संसार की कोई बात मन में नहीं लाना। मन को भटकने नहीं देना। आगे का रास्ता अपने आप मिलेगा।"

"सारमेय, तुझे कुछ नहीं पूछना?" अब तक मौन खड़े सारमेय की ओर देखते हुए सरमा ने पूछा।

सारमेय ने बाई की ओर देखा और बोला, "आपके पास तो इतना है..."

"तू नहीं सुधरेगा।" सरमा ने बीच ही में टोकते हुए पूछा, "कौलेयक की तरह विवेकपूर्ण भाषा बोलना तुझे कभी नहीं आएगा। इतनी बड़ी बाईजी को आपके पास है, ऐसा नहीं कहते। आपमें है, ऐसा कहते हैं।"

सारमेय ने अपने शब्द फिर से पकड़ते हुए फिर वही प्रश्न किया। आपके पास इतना कुछ है, फिर भी आपने संसार किसलिए छोड़ दिया।

"जो मेरे पास है, उसे मैं आपने आप में लाने की कोशिश कर रही हूँ। जो पास है, वह अंदर आने पर गाँव के बीच जाकर भी रहूँगी। अभी तो मेरे पास संसार था, इसलिए वह छोड़ना पड़ा है।" बाई ने कहा, "सरमा, वैसे तो तुझे कुछ करने की जरूरत ही नहीं है। सारमेय को ले जा अपने गुरु के पास और उसके पास रह जितना रह सके, उतना यह भी बहुत होगा।"

13

"गुरुजी, मुझे तो लगा था कि आप मेरा साधक नाम बदलकर मुमुक्षु रखेंगे, पर आपने तो मेरा पुराना नाम मुझे वापस दे दिया।" कौलेयक एकांत देखकर गुरुजी से शिकायत करने लगा, "मुझे फिर से कौलेयक कहकर पुकारने लगे।"

"तू स्वयं इस पर सोचकर देख, मैंने ऐसा क्यों किया होगा। फिर भी न समझ में आए तो पूछना, मैं अवश्य कारण बताऊँगा।" गुरुजी ने कहा।

कौलेयक थोड़ा दुःखी और निराश हो गया। उसने बहुत सोचा। "कुत्तों की बाबत ऐसा होना सामान्य होता होगा।" इसी के साथ उसे अचानक याद आया कि सारमेय भी एक बार स्वामी कहलाता था, अब वह भी फिर सारमेय कहलाया जाने लगा है। ऐसे विचार आने के बाद उसकी शिकायतें मिट गईं, पर मन में से विचार नहीं गए।

सुबह का ध्यान समाप्त कर कौलेयक उठा तो उसे खबर मिली कि सरमा सारमेय को लेकर वापस आ गई है और गुरुजी के पास है। कौलेयक तुरंत ही गुरुजी के पास जाने के लिए निकल पड़ा। स्वयं के यहाँ होने के कारण अपने आवारा भाई को गुरुजी के साथ बात करने का अवसर प्राप्त हुआ है, इस बात का आनंद उसके मन में छा गया।

कौलेयक पहुँचा, तब गुरुजी और सारमेय पीपल के वृक्ष के तले खड़े होकर बातें कर रहे थे। सारमेय का वाक्य कौलेयक के कानों में पड़ा, ''मैं तो शायद गिलहरी, खरगोश वगैरह पकड़ना सिखा सकूँगा। इससे ज्यादा पढ़ना-लिखना मैं नहीं सिखा सकूँगा और अपने आश्रम के खेत में तीतर, खरगोश पकड़ना...।''

''सहजं कर्म कौन्तेय सदोशमपि न त्यजेत्'—गुरुजी ने हँसते-हँसते कहा, ''जो तुम्हारा प्रकृति प्रदत्त स्वभाव है, उसे तो मैं नहीं बदल सकूँगा। तू यहाँ रुकना चाहे तो तुझे, पिल्लों को और आश्रम को परस्पर उपयोगी काम हो सकता है। कौलेयक को भी थोड़ी मदद मिलेगी।''

कौलेयक ने गुरुजी की बात का जोरदार विरोध किया। उसने कहा, ''इन पिल्लों को निरामिष रहना सिखाते-सिखाते मेरी नाक में दम हो गया है। वे संस्कारी बनें, ऊर्ध्वमुख बनें, परमात्मा को प्रिय बन सकें, इसके लिए मैंने अपनी आधी उम्र खर्च कर दी है। उनके सामने अब कोई शिकार करने के बारे में बोले भी तो यह मैं किसी कीमत पर हरगिज नहीं होने दूँगा।''

''मैं ऐसा नहीं करूँगा भाई, आखिर वे तेरे प्रिय शिष्य हैं, जिसमें उनका भला हो, वही तू करता होगा।'' सारमेय ने जवाब दिया।

''हाँ, वे मुझे प्रिय तो हैं ही। मुझे जो पिल्ले अधिक प्रिय हैं, उनके लिए मैं क्या-क्या नहीं करता? उस जिज्ञासु की बात ही ले लो, पहले मैंने उसे मॉनिटर बनाया था और अब वह शिक्षक है। मैं उनके पीछे कितनी मेहनत करता हूँ।''

''कौलेयक, अगर तुझे मेहनत कम करनी हो तो तू तेरे साथ रहते सारे पिल्लों को उनके गुण और दोषों के परे जाकर सभी से एक जैसा प्रेम कर। तू किसी को भी कुछ बनाना छोड़ दे। मॉनिटर वगैरह बनना, उन पर छोड़ दे। फिर देखना, तुझे इतनी मेहनत नहीं करनी पड़ेगी। सब अपने आप होने लगेगा।''

''माफ करना गुरुजी, पर आप कभी-कभी आप ही के द्वारा दिए गए उपदेश

से अलग बातें कर रहे हैं, ऐसा आभास मुझे होता है। नहीं, सुप्तस्य सिंहस्य वाला श्लोक आपने ही हमें जाने कितनी बार सुनाया है।''

गुरुजी ने कौलेयक की बात का कोई जवाब नहीं दिया। सारमेय की ओर देखकर बोले, ''आज तू यहाँ रुक जा, कौलेयक या सरमा तुझे आश्रम दिखाएँगे। फिर तू जो तय करेगा, वह मुझे कहना।''

''ठीक है।'' सारमेय ने संक्षेप में उत्तर दिया और कौलेयक के साथ चला गया।

''मैं तुझे आश्रम का मुख्य भाग दिखाऊँगा। खेतों की ओर तू सरमा के साथ जाना। शाम को मेरे वर्ग में आना। पिल्लों के साथ थोड़ी अच्छी-अच्छी बातें करना।'' सारमेय को आश्रम के ध्यान खंड की ओर जाते हुए कौलेयक ने कहा।

''बहुत बड़ा विस्तार है। साधक भी यहाँ बहुत रहते हैं। चलो, किसी साधक से मिलते हैं।'' सारमेय ने चारों ओर निगाह फेरते हुए कहा।

''विस्तार तो बड़ा ही है। साधक भी बहुत हैं। हरेक अपनी-अपनी तरह से साधना करता है। सुबह-शाम गुरुजी के प्रवचन होते हैं। सुनना अनिवार्य नहीं है, पर अधिकांश साधक यह प्रवचन नियमित सुनते हैं और काम की बातों को अपनी पुस्तिका में अंकित कर लेते हैं। गुरुजी कब क्या कहेंगे, यह पहले से तय नहीं होता। देखो न, कल ही उन्होंने घोषित किया है कि आश्रम में जितने परमहंस हैं, उनकी एक लिस्ट उन्होंने बनाई है। आज उसकी घोषणा की जाएगी। शायद अभी प्रवचन के समय ही घोषित करेंगे। इसलिए आज कोई भी साधक अपने निवास पर या रास्ते पर दिखाई नहीं देगा।''

''परमहंस यानी क्या?''

''साधना की एक अवस्था है।''

सारमेय ने सिर हिलाया। उसकी समझ में कुछ नहीं आया है, ऐसा लगते ही कौलेयक ने कहा, ''तू यहाँ रहेगा तो तुझे यह सब मालूम हो जाएगा। तुझे साधना करनी हो तो मैं तुझे सिखाऊँगा।''

''मुझे यह आवश्यक नहीं लगता।'' सारमेय ने उत्तर दिया। दोनों जा रहे थे, वहीं उन्हें बरगद के नीचे प्रवचन देते गुरुजी और श्रोतागण दिखाई दिए। ''क्या हम वहाँ जा सकते हैं?'' सारमेय ने पूछा।

"पहले से जाकर बैठे होते तो अच्छा होता। प्रवचन चल रहा हो, उस वक्त हमारा उनके बीच जाना कुछ साधकों को अच्छा नहीं लगेगा। हम थोड़ा पास जाकर उस आम के पेड़ के नीचे बैठकर सुन सकेंगे।"

"सुनते हैं थोड़ी देर।" सारमेय ने कहा।

दोनों आम्रवृक्ष के तले जा पहुँचे, गुरुजी का स्वर सुनाई दिया, "मैंने कल सुबह के प्रवचन में जो लिस्ट बनाई थी, वह अब मैं पढ़वाता हूँ। मीरा, तू खड़ी हो जा और पढ़ इसे।"

"इस मीरा का नाम तो लिस्ट में पहला ही होगा। वह तो गजब की साधना करती है। बड़ी सी, अंदर से ठंडी गाड़ी लेकर आश्रम में आती है, पर यहाँ बरतन माँजने में या झाड़ू लेकर सफाई करने में उसे जरा भी हीनता महसूस नहीं होती।" मीरा को खड़े होते देखा, कौलेयक ने उसकी पहचान करवाई।

मीरा ने लिस्ट हाथ में ली और पढ़ना शुरू किया। आश्रम में कौन-कौन परमहंस की अवस्था को प्राप्त हुआ है, वह नाम जानने के लिए आप सभी उत्सुक होंगे। मैं नहीं हूँ, क्योंकि गुरुजी ने यह लिस्ट मुझसे ही तैयार करवाई है। सबसे पहला नाम सरमा का है। बहुत से लोग उसे नहीं पहचानते होंगे। सरमा आश्रम के खेतों की रक्षा करती शुनि का नाम है। मीरा अटकी। साधकों में सन्नाटा छा गया। कौलेयक का चेहरा तमतमा गया। सारमेय शांतिपूर्वक जैसे कोई कथा सुन रहा हो, इस तरह सुन रहा था।

मीरा ने आगे पढ़ना शुरू किया, "बाँके। इसे तो आप सभी जानते होंगे। आश्रम में रसोई करता है। सूरदास। हम सबका यह अंध मित्र हर रोज फूल देने आता है। चौथा व्यक्ति है भवानभाई, जिसे यहाँ किसी ने नहीं देखा। वे यहाँ कभी नहीं आते। वृद्ध हैं और नारियल की खेती करते हैं।" मीरा फिर अटकी, और पूछने लगी, "आगे पढ़ूँ?"

गुरुजी ने उसे रुकने का इशारा किया। लिस्ट एक ओर रखकर मीरा बैठ गई। फिर गुरुजी ने कहा, "अंतरयात्रा में जो कुछ समझना है, इसमें आज के इस पाठ का बहुत महत्त्व है, इसलिए आज हम और कोई बात नहीं करेंगे।"

धीरे-धीरे सभा विसर्जित हो गई। कौलेयक बुदबुदाया, "मैंने कहा था न तुझसे कि गुरुजी कभी-कभी समझ में नहीं आनेवाला बरताव करते हैं। यही

है, उसका एक उदाहरण। आह! सरमा परमहंस? मुझे उसे बधाई देनी होगी।''

सारमेय को आश्रम दिखाना छोड़ कौलेयक खेतों की ओर चला। सरमा बाद में घुस आए सूअरों को नुकसान न करने के लिए समझा रही थी। ''अरे ओ परमहंसी, यहाँ आ। तुझे एक शुभ समाचार देता हूँ।'' कौलेयक ने चिल्लाकर कहा।

सरमा आकर आदरपूर्वक खड़ी हो गई। ''आज से तेरा नाम परमहंसों में आ गया है।'' कौलेयक ने नकली खुशी व्यक्त करते हुए कहा। सरमा कुछ भी न समझ पाई हो, इस तरह उसे देखती रही। फिर पूछने लगी, ''कुतिया हंस कैसे बन सकती है?''

कौलेयक ने सुबह के प्रवचन में घटी घटना विस्तार से कह सुनाई और कहा, ''गुरुजी कभी-कभी ऐसा मजाक करते रहते हैं। साधक या मुमुक्षु तो ठीक, पर जिसे जिज्ञासु अवस्था की भी खबर न हो, उसे परमहंस नाम दे देते हैं। यह मजाक ही तो है न?'' सरमा ने कोई प्रतिक्रिया व्यक्त नहीं की और अपने काम पर चली गई। कौलेयक और सारमेय आगे बढ़े।

''यह गुरु मंदिर है,'' एक गोलाकार कमरे की ओर सारमेय को ले जाते हुए कौलेयक ने कहा, ''हमारे गुरुजी जिस पंथ का अनुसरण करते हैं, उस पंथ के आदि गुरु के पार्थिव अंश यहाँ पूजा में रखे गए हैं।''

''मतलब? तुझे जरा विस्तार से समझाना पड़ेगा। पार्थिव अंशों जैसे शब्दों का अर्थ समझाना पड़ेगा।''

''पार्थिव यानी पृथ्वी पर का। अंश का मतलब अंश। आदि गुरुजी जब जीवित थे, तब जो चीज-वस्तुएँ वे उपयोग में लेते थे, वे सब और उनकी देह के साथ संलग्न ऐसे कुछ, जैसे बाल या तत्सम कुछ अंश, ऐसा सबकुछ है। हम मानते हैं कि बड़े गुरुजी इन अंशों में आज भी सूक्ष्म रूप से विद्यमान है।''

सारमेय सोच में डूब गया। वह कुछ नहीं बोला। दोनों चलते रहे। रसोईघर की, वाचनालय की, बाग-बगीचों की सारी व्यवस्था देखकर सारमेय को बड़ा मजा आ रहा था। वह वाचनालय में रुक गया। कौलेयक ने अपने काम पर जाते हुए कहा, ''शाम को दरवाजे के पासवाले मैदान में आ जाना, पिल्लों को विविध ज्ञान की तालीम लेते हुए देखना बड़ा ही रोचक होगा।''

ज्ञान की तालीम कैसे दी जा सकती है, इस बारे में सशंक बनकर सारमेय वाचनालय में से निकलकर खेतों की ओर चला गया। वहाँ गुरुजी किसी के साथ बात कर रहे थे। सारमेय को देखकर गुरुजी बोले, ''चल मेरे साथ, थोड़ा घूम आते हैं।''

सारमेय गुरुजी के साथ चलता रहा। दोनों मौन रहकर पूरे विस्तार में घूमते रहे। दरवाजे के पास पहुँचे तो कौलेयक पिल्लों को इकट्ठा कर उनकी परीक्षा ले रहा हो, ऐसा लगा। गुरुजी और सारमेय वहाँ गए। गुरुजी को देखकर कौलेयक और उसके शिष्य स्वस्थ दिखने और दिखाने की कोशिश में अस्वस्थ हो गए।

''क्या हो रहा है कौलेयक?'' गुरुजी ने पूछा।

''संख्या बढ़ गई है, इसलिए एकाध नए शिक्षक की जरूरत महसूस हो रही है। इन्हीं में से किसी को पसंद कर आगे ले जाने के लिए सोच रहा हूँ।'' कौलेयक ने नम्रता से जवाब दिया और पूछा, ''आप कोई सुझाव देंगे?''

''इस सारमेय से कहो कि या वह यहीं रह जाए या फिर तुझे कोई अच्छा शिक्षक ढूँढ़कर दे।'' गुरुजी ने कहा।

''मैं?'' सारमेय ने क्षोभित होकर पूछा, ''आप तो जानते हैं कि मैं तो…''

''मैं जानता हूँ, पर तू प्रयत्न तो कर। तू अगर रुकना न चाहे तो इन पिल्लों में से किसे शिक्षक बनाया जा सकता है, वह बता। तुझे केवल सुझाव देना है, निर्णय तो कौलेयक का ही रहेगा।''

''हाँ, अगर तू सुझा सके तो तो बहुत ही अच्छा है।'' कौलेयक ने कहा।

''ठीक है,'' कहकर सारमेय पिल्लों की टोली के पास गया। फिर बोला, ''कल मेरे साथ टीले पर घूमने कौन-कौन आना चाहता है? जो आना चाहता हो, वह अपना मुँह ऊँचा करे।''

''पढ़ने के लिए बस्ता लाना होगा?'' पिल्लों ने महत्त्वपूर्ण प्रश्न पूछा।

''नहीं, कुछ भी साथ नहीं लेना है। खाना-पीना भी वहीं मिलेगा। केवल पैर, कान, आँख और मन। इसके सिवा और कुछ भी लाने की जरूरत नहीं है।'' सारमेय ने हँसकर जवाब दिया।

कुछ पल ऐसे ही बीत गए। हरेक पिल्ले के मुख के भाव बदलते रहे। फिर एक साथ सभी के कान सतर्क हो गए, पैरों के बीच आवश्यक दूरी रखकर चारों

पैरों पर खड़े होकर आकाश की ओर मुँह करके असीम शून्य के पार से किसी को आवाज देकर बुला रहे हों ऐसे प्रलंब स्वर से चिल्लाए, ''चलो···ओ···ओ··· ।''

''बस, बस, बस।'' सारमेय ने कहा, ''कल सूरज उगने के साथ सभी यहाँ आ जाना। साथ ही निकल चलेंगे।'' सारमेय ने कहा और गुरुजी के साथ आगे चला। दोनों ने एक मैदान में प्रवेश किया। कुछ बच्चे वहाँ खेल रहे थे। गुरुजी ने बच्चों से थोड़ी मनोरंजक बातें कीं। फिर अपने निवास की ओर चले गए। सारमेय वहीं रुककर बच्चों को खेलते हुए देखता रहा। एक पल उसे भी टोली में मिल जाने का मन हो आया। सारमेय देख रहा है, यह समझ आते ही सारे बच्चे उसके पास आ गए। एक बालिका ने बड़े रोब से पूछा, ''ए कुत्ते, हम यहाँ खेल रहे हैं, तू क्यों आया है यहाँ?''

''आप सब यहाँ हैं, इसलिए।''

''मतलब ? तू हमारे पीछे-पीछे ही आता रहेगा ?'' उसने फिर कठोर स्वर से पूछा।

एक और छोटे बच्चे ने उस बालिका की बात का अनुमोदन करते हुए कहा, ''ऐसा ही होगा। कुत्ते तो पीछे लगते ही हैं। पालतू हो तो मालिक के पीछे-पीछे घूमते रहते हैं।''

तीसरे को यह सब सुनकर कुछ याद आ गया। वह उछल-उछलकर तालियाँ बजाते हुए कहने लगा, ''हमारे रास्ते पर वह लाल रंग का कुत्ता कैसे गाड़ियों और साइकिलों के पीछे दौड़ता रहता है, नहीं ?''

''किसी के भी पीछे जाना मुझे अच्छा नहीं लगता।'' सारमेय ने कहा, ''मुझे तो साथ चलना और साथ खेलना अच्छा लगता है।''

सारमेय की बातचीत करने की अदा बच्चों को बहुत अच्छी लगी। एक, जरा श्याम वर्ण का, तंदुरुस्त लड़का मौन रहकर सारमेय की ओर ताक रहा था। सारमेय ने उसकी तरफ ध्यान से देखा। वह लड़का धीरे-धीरे सारमेय के पास आया। उसके शरीर पर हाथ फेरते हुए दो पल मौन ही खड़ा रहा। फिर झिझकते हुए पूछा, ''तू हड्डियाँ चबाता है ?''

''हाँ, मैं सबकुछ खाता हूँ।''

''सर्वभक्षी'' एक जरा बड़े लड़के ने हाल ही में सीखे हुए नए शब्द का

प्रयोग किया। सब हँसने लगे। वह साँवला लड़का और झेंप गया। फिर कोई निजी बात कह रहा हो। इस तरह सारमेय के कान के पास मुँह ले जाकर बोला, "सुन, हड्डियाँ नहीं चबाते, कभी अगर उसमें भूत बैठा होगा तो तेरी बराबर खबर लेगा। अब न खाना, ठीक है ?"

सारमेय हँस पड़ा। उसने कोई उत्तर नहीं दिया। वह बालक के सामने टुकुर-टुकुर देखता रहा अपनी कही हुई बात पर सारमेय को विश्वास नहीं हो रहा है, ऐसा लगते ही बालक ने पूछा, "तू भूत वगैरह को नहीं मानता क्या ?"

"तू भी कहाँ मानता है ?"

बालक निर्दोष हँसा। कुछ सोच में डूब गया फिर पूछा, "तू मेरा दोस्त बनेगा ?"

"हाँ, बिल्कुल पक्का दोस्त बनूँगा। मुझे सारमेय कहते हैं। तेरा क्या नाम है ?"

"मेरे तो बहुत से नाम हैं। असली नाम है, अजन्म्य, प्यार से लाला या बंटी, मामा-मामी मुझे भानजा कहते हैं, शाला में सब नंबर थर्टीन कहा करते हैं, पर तू किसी भी नाम से मुझे पुकार, मुझे एतराज नहीं है।" उस श्याम लड़के ने कहा।

"ठीक है, तो फिर हमारी दोस्ती पक्की।" सारमेय ने कहा, "जब तक तू यहाँ रहेगा, मैं तुझे मिलता रहूँगा।"

"कोई कुत्ता मेरा दोस्त बने तो यह मुझे बहुत अच्छा लगेगा। मैं कभी-कभी तुझे अपने घर भी ले जाऊँगा। मेरी माँ भी तुझे पसंद करेगी। वह जब छोटी थी, तब उसके यहाँ भी एक कुत्ता उसका दोस्त बनकर रहता था। स्वामी।"

सारमेय चौंक पड़ा, हँसा और प्यार से पूँछ हिलाने लगा।

14

ढलान पर सुबह की सुनहरी धूप बिखरी थी। दूर से देखने पर घुटनों तक लंबी घास में घुसकर, सिर नीचा कर चर रही भेड़-बकरियाँ दिखाई नहीं देती थीं। सिर्फ उनकी पीठ पर बैठे काले कोशी या कौवे घास पर सरक रहे हों, ऐसा लग रहा था। कभी-कभार सिर को ऊपर उठाती बकरियों के सींग और चमकती आँखों पर धूप झिलमिला जाती।

तलहटी में एक जगह लहराती घास में पिल्लों के द्वारा मचाई गई हलचल स्पष्ट नजर आ रही थी। घास के बीच बाहर झाँक रही सारमेय की रोएँदार पूँछ की गतिविधि से यह स्पष्ट दिखाई दे रहा था कि वह शांत स्थिर कदमों से पिल्लों को टीले के ऊपर ले जा रहा था।

शांत वातावरण में गूँजता हवा का संगीत, कभी किसी गड़रिए के मुँह से निकला गीत या भेड़-बकरियों का मिमियाना, पक्षियों की चहचहाहट और घास में अटककर गिरते-पड़ते, लुढ़कते पिल्लों की कूँ कूँ के सिवाय वातावरण में चारों ओर नीरवता व्याप्त थी।

आधा रास्ता पार करते ही सारमेय ने सबको रोककर एक सूचना दी। "अब यहाँ से सभी को अपने आप ऊपरवाले टीले की चोटी पर जाना है। अगर कोई रास्ता भूल जाए तो ऊपर जो काली चट्टान दिखाई दे रही है, वहाँ पहुँचकर औरों की राह देखेगा।" और फिर कुछ पिल्ले अलग राह पर चल दिए। कुछ पिल्लों ने आपस में कौन पहले चोटी पर पहुँचता है, इसके लिए शर्त लगाई।

सारमेय जरा तेज कदमों से आगे चलकर गड़रिए के कुत्तों के साथ कुछ बात करके आगे चल दिया। वह ऊपर पहुँचा तो कुछ पिल्ले हाँफते हुए औरों की राह देखते हुए बैठे थे।

एक के बाद एक, सब आ गए। फिर सारमेय ने कहा, "झरने पर जाकर पानी पी लो, फिर सभी को यहाँ आकर थोड़ी देर आँखें बंद कर शांति से बैठना है। उसके बाद हम बातें करेंगे।"

"यानी भगवान् का ध्यान करना है न, आश्रम में कौलेयक गुरुजी ने सिखाया है वैसे ही न?" एक चितकबरी पिलौटी बोली।

सारमेय ने कहा, "नहीं। केवल आँखें बंद कर चुपचाप बैठना है।"

सब पिल्लों ने पानी पीने के लिए भाग-दौड़ मचा दी। कुछ यूँ ही ऊधम मचाने लगे। कोई किसी को धमका रहा था। कोई पानी में खेल रहा था। दो-एक पिल्ले आपस में यूँ ही झगड़ पड़े।

एक चित्तीदार पिल्ला ध्यान से यह सब देख रहा था। उसने एक गिरे हुए पिल्ले को उठाकर खड़ा किया, दूसरे पिल्लों को ऊधम कम करने के लिए सलाह दी, जरा शांति बनाए रखने को कहा और कुछ पिल्लों को झरना कहाँ

से निकल रहा है, यह दिखाया, किसी ने कुछ पूछा तो उसका भी जवाब दिया।

सारमेय ने पास बुलाकर उसका नाम पूछा। सब पिल्ले वापस आकर शरीर को तानकर आँखें बंद कर मौन बैठ गए। कोई आँखों को हलका सा खोलकर देखने की कोशिश कर रहा था। किसी को हँसी भी आ रही थी, पर धीरे-धीरे सब शांत हो गया।

''अब सुनो,'' थोड़ी देर बाद सारमेय ने मौन भंग करते हुए कहा, ''ऊपर आने का सबसे कठिन रास्ता कौन सा है, यह कौन बताएगा?''

उनमें से अधिकतर ने स्वयं जिस मार्ग से आए थे, उसी को कठिन बताया। उस चित्तीदार ने अपना मुँह ऊपर कर कहा, ''मैं जिस रास्ते पर से आया था, वह बहुत उबड़-खाबड़ था, मैंने साँप भी देखा, मैं यहाँ पहली बार आया हूँ।''

''पगले, कठिन रास्ते के बारे में पूछ रहे हैं। तूने क्या देखा, क्या नहीं और यहाँ कितनी बार आया है, यह कोई नहीं पूछ रहा।'' बगल में बैठे एक पिल्ले ने धीरे से एक ठोसा मारकर उस चित्तीदार से कहा।

''मुझे मालूम है।'' जवाब मिला।

''अभी आप सब आँखें बंद करके शांत बैठे थे, तब आपको क्या दिखाई दिया?'' सारमेय ने फिर प्रश्न किया। कोई जवाब नहीं मिला, इसलिए प्रश्न फिर से दोहराया।

''पर आपने तो आँखें बंद करने को कहा था, फिर दिखाई कैसे दे?'' एक ने कहा। टोली में हलके-हलके हँसी के फव्वारे फूटे।

''पर पता है, मुझे तो बंद आँखों से भी दिखाई दे रही थी, गिलहरी।'' दूसरे ने कहा।

''रोटी।'' तीसरा बोला।

''घास में फँसा हुआ लालिया।'' बगल में बैठे हुए लालिया की ओर तिरछी नजर डालते हुए एक और चितकबरे ने कहा।

लालिया कब से कुछ कहना चाहता था, पर शोर-बकोर में उसे बोलने का मौका ही नहीं मिल रहा था। अपना नाम सुनते ही वह चौकन्ना होकर बोल पड़ा, ''गाड़ी की खिड़की में से बाहर निकला हुआ सिर।''

''तुझे?'' एक निष्क्रिय को संबोधित करके सारमेय ने पूछा।

जैसे सोते से पकड़ा गया हो, इस तरह वह थोड़ा झिझका, फिर एकदम जल्दी से बोल पीडीए, ''भगवान्।''

सब खिलखिलाकर हँस पड़े। केवल वह चित्तीदार नहीं हँसा। उसने सबसे पूछा, ''क्यों, भगवान् नहीं दिख सकते?''

''नहीं।'' एक साथ सभी ने जवाब दिया। फिर और भी जवाब आने लगे, जिनमें कुछ इस तरह का संदर्भ था। ''आश्रम में कोई कहता है कि दिखता है, एक पैर पर खड़े होकर, बिना कुछ खाए-पिए ध्यान-मग्न होकर तपस्या करने पर दिखाई देते हैं। हम एक बरस से रोज ध्यान कर रहे हैं, पर हमें तो कभी नहीं दिखा। गुरुजी को दिखाई देते हैं। हम अधिक ऊधमी हैं, इसीलिए हमें नहीं दिखाई देते। भगवान् तो जब हम मरनेवाले होते हैं, तभी दिखाई देते हैं। मेरे दादाजी को भी दिखाई दिए थे।''

सारमेय दो पल के लिए असमंजस में पड़ा रहा। तभी वह निष्क्रिय बोला, ''मैं सच कह रहा हूँ। मुझे जो दिखाई दिया, वही मैंने कह सुनाया है, बस! इसके आगे कुछ नहीं।''

''तो बता, कैसे दिख रहे थे वे?'' उस चित्तीदार ने पूछा।

''सजे-धजे।'' जवाब मिला।

वातावरण कुछ पल के लिए शांत और गंभीर हो गया। सारमेय सभी के चेहरे देख रहा था। थोड़ी देर के बाद वह बोला, ''अच्छा, चलो अब बताओ, जब इस टीले पर चढ़ रहे थे, तब रास्ते में किसी को गड़रिए के कुत्ते मिले थे?''

''मुझे।'' एक नन्हे से पिल्ले ने उत्तेजित होकर तुरंत जवाब दिया।

''फिर क्या हुआ? जरा कहो तो।'' सारमेय ने पूछा।

वह नन्हा पिल्ला कुछ कहता, इसके पहले ही वह चित्तीदार कुत्ता बोल पड़ा, ''मुझे पता है, ऐसे समय जमीन पर औंधे गिरकर पैर ऊँचे कर कूँ-कूँ कर के रोना, ताकि वह हमें ऐसे ही चले जाने दे।''

तिलकधारी ने चित्तीदार से पूछा, ''क्या तुमने ऐसा किया था?''

''हमें तो गड़रिए के कुत्ते मिले ही नहीं थे। वह नन्हा कह रहा है कि उसे मिला था।'' चित्तीदार ने जवाब दिया और हँसने लगा।

''तो फिर जिसे मिले थे, उसे बताने दो न? उसके बाद तुझे जो कहना

हो, वह कहना।'' कहकर तिलकधारी ने नन्हे को बोलने के लिए इशारा किया।

अब जरा विस्तार से पूरी बात बतानी होगी, यह सोचकर नन्हा जरा झिझक रहा था। सब पर सरसरी निगाह फेरकर उसने तिलकधारी की ओर देखा और सारमेय की ओर मुड़कर जवाब दिया, ''मैं डर गया था, पर फिर भी मैंने बड़ी मुश्किल से अपनी पूँछ ऊँची कर रखी थी। बस, फिर मैंने उनसे कहा कि मैं इन भेड़-बकरियों को परेशान करने नहीं आया हूँ। हम तो घूमने जा रहे हैं और मुझे लड़ना नहीं है, यह भी मैंने कहा।''

''फिर ?'' सारमेय ने पूछा।

''उन्होंने कुछ नहीं किया, जरा सा गुर्राकर चले गए।'' नन्हे ने एक साँस में सारी बात कह डाली।

''गप्पीदास'' एक आवाज आई। सचमुच ऐसा हुआ होगा, यह मानने के लिए कोई तैयार नहीं था। कुछ पल यूँ ही आवाजें होती रहीं, फिर तिलकधारी ने उसकी ओर देखकर स्नेह भरा स्मित किया। सारमेय मौन रहकर सबकुछ देख रहा था।

''अब हम खेलेंगे, घूमेंगे, खाएँगे और खूब मौज करेंगे। कोई झगड़ा नहीं करेगा। रात को हम सब वापस लौट चलेंगे। कल सुबह आश्रम में जब सब इकट्ठा होंगे, तब सभी को आज की बातें बतानी होंगी।'' सारमेय ने कहा।

रात को सब देर से वापस लौटे। लौटने में देरी करने पर सारमेय को कौलेयक ने डाँट लगाई। उत्तर में सारमेय ने अफसोस व्यक्त करते हुए कहा, ''चाँदनी में टीले पर से उतरने में सभी को बहुत मजा आया।''

''ठीक है। अब सुन, गुरुजी ने कहलवाया है कि सारमेय के लौटते ही वह उनसे मिले।'' कौलेयक ने कहा।

सारमेय गुरुनिवास की ओर चल दिया। निवास के बाहर ही रेत बिछाए हुए मोहल्ले में झूले पर गुरुजी बैठे थे। सारमेय को देखकर उन्होंने कहा, ''तो फिर यहाँ रुकने के बारे में तूने क्या सोचा है ?''

सारमेय ने गुरुजी की बात का जवाब देने के बदले अपनी बात कही, ''आपने जो काम मुझे सौंपा था, वह मैंने कर दिया है। कल सुबह हम सब एकत्रित होनेवाले हैं।''

''एकत्रित होकर तुम क्या करनेवाले हो ?''

''मैं उन पिल्लों से चार प्रश्न पूछनेवाला हूँ। उन्होंने क्या सुना, वे क्या बोले, उन्होंने क्या देखा और उन्होंने क्या जाना ?''

''अच्छा है।'' गुरुजी ने कहा, ''तू तो बहुत घूमा है। बहुत लोगों से मिला है। अब जो प्रश्न तू पिल्लों से पूछनेवाला है, वही प्रश्न मैं तुझसे पूछता हूँ। तो बता, अब तेरा क्या जवाब है ?''

एक पल की भी देर लगाए बिना सारमेय ने कहा, ''अगणित ध्वनियों के बीच सुनने योग्य लगा, वह मैंने सुना है, मैंने सदा जो कहना चाहा, वही कहा है, दृष्टि के सम्मुख जो भी आया, वह मैंने ध्यानपूर्वक देखा है और अंत में मैंने यह जाना है कि मैं कुछ नहीं जानता।''

''सारमेय, यहाँ रुकने के बारे में तूने क्या सोचा है, इस प्रश्न का उत्तर अब तक नहीं दिया। मेरा सुझाव है कि तू यहाँ रुक जा।'' गुरुजी ने कहा।

''उस बारे में मुझे आपसे दो प्रश्नों के उत्तर पूछने हैं।'' सारमेय ने अब भी रुकने के बारे में जवाब देना टाल दिया।

''पूछ, पर तुझे समाधान मिलेगा या नहीं, इसका आधार तो तुझ पर ही है। मैं तुझे कुछ देने के लिए बाध्य नहीं हूँ।''

''प्रथम तो मुझे यह जानना है कि उस गुरु मंदिर में बड़े गुरुजी के पार्थिव अंश रखे गए हैं, उनमें वे हैं ?''

''जब वे जीवित थे, तब भी वे उनमें नहीं थे, ऐसा मुझे कई बार लगता।'' गुरुजी ने उत्तर दिया।

''अगर आपने स्पष्ट रूप ने न कहा होता तो फिर मुझे पूछना पड़ता, पर अब ऐसा नहीं पूछूँगा।'' सारमेय ने कहा। गुरुजी केवल मुसकराए और बोले, ''हाँ, तेरा मानना बिल्कुल सही है।''

''अब दूसरा प्रश्न, यहाँ तक पहुँचने के बाद भी आपको आश्रम, शिष्य वगैरह, ये सब क्यों होने चाहिए ?''

''यह सब मेरे पास हैं, ऐसा तुझे लगता है ?'' गुरुजी ने प्रतिप्रश्न किया।

सारमेय ने कोई उत्तर नहीं दिया। वह अपने निवास पर गया तो कौलेयक ने उससे कहा, ''गुरुजी कह रहे थे कि मैं तुझे यहाँ रोक लूँ। सारमेय, रुक जा,

वैसे भी तूने अपनी सारी जिंदगी आवारागर्दी करने में ही बिताई है, अब बाकी बचे दिनों में कुछ साधना कर ले तो अच्छा होगा।''

''ऐसा करने की आवश्यकता मुझे नहीं लगती।'' सारमेय ने उत्तर दिया।

कौलेयक उसके सामने देखता रहा। फिर बोला, ''तूने शुरू से ऐसा ही किया है। अब यह तो बता कि शिक्षक पद के लिए तूने किसे चुना है?''

''कल सुबह मैं पिल्लों से कुछ प्रश्न पूछनेवाला हूँ। वे क्या उत्तर देते हैं, वह गुरुजी को पहुँचाएँगे और फिर वे जिसे कहें, उसे तू शिक्षक बना देना।''

''क्यों, तुझे कहने में क्या एतराज है? तुझे जो योग्य लग रहा हो, उसे तू स्वयं ही शिक्षक बना दे, तो मुझे माथा-पच्ची नहीं करनी पड़ेगी।''

''किसी को कुछ बनाना मुझे अच्छा नहीं लगता।'' सारमेय ने उत्तर दिया।

''वे आगे बढ़ें, यह तुझे पसंद नहीं है?''

''कुछ बनकर आगे बढ़ें, इससे अच्छा उनका विकास हो, ऐसा मेरा कहना है।''

''बनना, आगे बढ़ना और विकास होना, सब एक ही तो बात है?'' कौलेयक ने कहा।

''नहीं, यह अलग है, बिल्कुल अलग। मैंने भाषा सीखी होती तो तुझे शब्दों के अर्थ और प्रमाण के साथ समझा सकता।'' सारमेय ने कहा।

''सरमा भी तेरे बारे में पूछ रही थी। अगर रुकनेवाला नहीं है तो उससे मिलकर जाना। फिर कभी अगर तुझे ढूँढ़ने की जरूरत पड़ जाए।''

''अच्छा। जाने से पहले उससे मिलकर जाऊँगा।'' सारमेय ने कहा।

सुबह सभी एकत्रित हुए। सारमेय ने अपने प्रश्न पूछे। ''कल तुमने क्या देखा, क्या कहा, क्या सुना, वह बताओ।''

पिल्लों ने अपने-अपने जवाब दिए। अधिकांश बीते दिन सुनी हुई बातें, बोले गए शब्द, देखे हुए स्थान और नई जानी हुई बातें याद कर-करके कहानी कह रहे हो, इस तरह बातें कीं।

उस तिलकधारी की बारी आई तो उसने सब सुन सकें, इस तरह कहा, ''पवन की सरसराहट, झरनों की कलकल, आप सभी की बातें और बहुत कुछ मैंने सुना। मैंने तुमसे पूछा, तुम्हें जवाब दिए, अकेले-अकेले बातें कीं ऐसा

सबकुछ मैंने कहा, टीले पर मुझे ऐसी कितनी ही चीजें देखने को मिलीं, जो मैंने आज तक नहीं देखी थीं और एक नई बात जानी कि जब हमें कोई सिखाता नहीं है, तब भी हम बहुत कुछ सीखते रहते हैं।''

कौलेयक और सारमेय गुरुजी के पास गए। सारी बातें सुनकर गुरुजी ने कहा, ''कौलेयक, तू निश्चिंत होकर अपना काम तिलकधारी को सौंप सकता है। उसको यह काम कैसे करना है, वह उस पर ही छोड़ दे। वह अगर पूछे तो रास्ता दिखाना।'' फिर सारमेय की ओर देखकर बोले, ''तो तू नहीं रुकेगा, जा रहा है? ठीक है, जा।''

जाते-जाते सारमेय ने गुरुजी के चरण स्पर्श नहीं किए, यह कौलेयक को अच्छा नहीं लगा। विदा लेते समय गुरुजी ने तुझे आशीर्वाद भी नहीं दिया, यह तेरे अविवेक का परिणाम है। तुझे अपने मन में भक्तिभाव का विकास करना चाहिए।

कौलेयक ने सारमेय को बिदा किया। सारमेय खेतों की ओर चल निकला। सरमा भीनी क्यारियों में लेटकर आराम कर रही थी। सारमेय की ओर देखते ही बोली, ''जा रहा है, अब कहाँ जाएगा?''

जवाब में सारमेय ने कहा, ''अभी तो शकू के घर जाना है। फिर पता नहीं कहाँ? सरमा, दोस्त के साथ एक बार सपने-सपने का खेल-खेल रहा था। दोस्त तो अपने मूल स्थान पर जाग चुका होगा। मुझे घर ढूँढ़ना है। मैं कहाँ सोया रहकर सपना देख रहा हूँ, यह प्रश्न मेरे मन में से जाता नहीं है।''

सरमा बोली, ''सारमेय, तू घर ढूँढ़ने निकला है, यह जानकर भी मुझे तुझसे यही बात कहनी है कि मैं तेरी तरह सपना-सपना नहीं खेल रही। इसलिए मैं यहाँ हूँ। जहाँ हूँ, वहीं। मैं अपने आप में से कहीं बाहर जाती नहीं हूँ, इसलिए मेरे पास सबकुछ अपने आप आता है। जिसे तू अपना मूल घर कह रहा है, उसने भी मुझे ढूँढ़ लिया है। तू जब तक दोस्त के साथ सपना-सपना खेल रहा था, तब तक सब ठीक था, पर अब तू जाग और सपने को त्याग दे। सारमेय, तू अच्छी तरह जानता है कि कुत्तों के लिए तो नींद में भी जागना बिल्कुल सरल है। तू अपना सपना पूरा होते ही जहाँ जागेगा, वहीं तू पाएगा कि तू जहाँ है, वही तेरा घर है।''

सारमेय ने सरमा की बात शांतिपूर्ण ढंग से सुनी। फिर पूछा, ''सरमा यह बात तुझे अपने आप समझ में आ गई है या किसी ने सिखाई है?''

मैंने मामदु को इस तरह के अर्थवाले गीतों को गाते सुना है। वह पुलिस के साथ जा रहा था, तब मैंने उससे पूछा था कि वह कहाँ जा रहा है? तो उसने कहा था, ''हम कहीं नहीं जा रहे। हम तो अपने में ही हैं।''

सारमेय कुछ नहीं बोला और चल दिया। बाहर निकलकर वह खड़ा हो गया। शकू के घर जाना हो तो पहले अजन्म्य को ढूँढ़ना होगा, ऐसा सोचकर वह उसकी शाला की ओर गया। शाला में छुट्टी हो चुकी थी, पर अभी बच्चे शाला छोड़कर गए नहीं थे। सारमेय दरवाजे के पास आकर खड़ा हो गया। कुछ ने उसे पहचान लिया, पर सब घर जाने की जल्दी में थे। आखिर अजन्म्य आता दिखाई दिया। उसने सारमेय को देखकर पूछा, ''तू मिलने के लिए आया है या साथ घर चलने?''

''तुझे दोनों में से जो अच्छा लगे, वह करने के लिए।'' सारमेय ने जवाब दिया।

''तू घर आएगा तो मुझे अधिक अच्छा लगेगा।''

''चलो।'' सारमेय बोला और अजन्म्य के साथ चला गया।

''मेरा नाम अजन्म्य क्यों रखा होगा, ऐसा विचार तुझे नहीं आता?'' अजन्म्य ने पूछा।

''नहीं,'' सारमेय ने चलते-चलते उत्तर दिया, ''तुझे ऐसा विचार क्यों आया?''

''हमारे शिक्षक कह रहे थे अजन्म्य का मतलब जो जन्मा न हो और मैंने तो जन्म लिया है, इसलिए।''

''हम शकू से पूछेंगे। वह जानती होगी। वह पढ़ी-लिखी है।''

''अरे, तू मेरी माँ को जानता है?'' अजन्म्य ने पूछा और तुरंत ही थोड़ा उत्तेजित होकर बोला, ''स्वामी?''

''हाँ, स्वामी। उस दिन तू कह रहा था न कि एक कुत्ता तेरी माँ का दोस्त था। मैं वही हूँ।'' सारमेय ने कहा। अजन्म्य खुशी से उछल पड़ा।

शहर के मध्य में बनाए सुंदर तालाब के चारों ओर बने फुटपाथ पर दोनों मित्र बातें करते हुए चल रहे थे। ''देख वह खंभा दिखाई दे रहा है न, उसे ट्रैफिक सिग्नल कहते हैं। वहाँ पहुँचने पर रास्ते पर सफेद रंग से सड़क पर पट्टे

बनाए हुए दिखाई देंगे। वहाँ खड़े होकर सामनेवाले खंभे पर की लाइट देखनी होगी। उसमें लाल-हरे रंग की लाइट होती है। लाल लाइट हो तो रास्ते पर नहीं जा सकते। हरी लाइट लगने पर ही जाया जा सकता है। नहीं तो हम कुचले जा सकते हैं।'' अजन्म्य ने एक साँस में सबकुछ जल्दी-जल्दी कह डाला।

''अच्छा। हम बिल्कुल वैसा ही करेंगे। शहर में ऐसे कई नियम पालने पड़ते हैं।'' सारमेय ने जवाब दिया।

''वैसे तो तुझे बहुत पता है। तू किसी का पालतू क्यों नहीं बन जाता?'' अजन्म्य ने पूछा।

इस प्रश्न का कोई जवाब दे पाता, इसके पहले ही सारमेय को रीढ़ की हड्डी में भयानक दर्द महसूस हुआ। जैसे कि रीढ़ की हड्डी टूट रही हो, ऐसी तीव्र वेदना होने लगी। किसी ने पीछे से उसे चिमटे में पकड़ लिया है, ऐसा लगते ही वह बचने के लिए भागने की कोशिश करने लगा। ठीक उसी क्षण उसका शरीर हवा में ऊँचा उठा लिया गया। वह कुछ समझ पाता, कुछ कर पाता, उसके पहले ही फुटपाथ के पास खड़ी एक ट्रक पर लगाए गए पिजड़े में जा गिरा।

अजन्म्य ने पीछे मुड़कर देखा और चीख उठा, ''अरे-अरे, यह हमारा कुत्ता है, पालतू है।''

''तो फिर उसके गले में पट्टा डालकर क्यों नहीं रखते?'' उस चिमटेवाले ने कहा, ''अवारा कुत्ते रेबीज फैलाते हैं, इसलिए बिना पट्टेवाले सभी कुत्तों को पकड़ने का अभियान चलाया जा रहा है।''

''पट्टा है। हमारे घर पर ही इसका पट्टा है। माँ ने कपाट में सँभाल कर रख दिया है। आप उसे छोड़ दीजिए तो हम उसे पट्टा पहना देंगे...'' अजन्म्य आगे कुछ न कह सका। वह चिमटेवाला तो आगे चल दिया। अजन्म्य उसके पीछे-पीछे रोते-रोते कहता जा रहा था, ''उसे छोड़ दो...उसे छोड़ दो...''

''हम उसे नहीं छोड़ सकते। कल आकर उसे छुड़ा लेना।'' चिमटेवाले ने कहा और ट्रक का दरवाजा खोलकर उसमें चढ़ गया।

स्वयं कुछ न कर पाने की हताशा के कारण क्रोधित अजन्म्य बेचैन हो गया था। एकाध पत्थर उठाने के लिए उसने आस-पास देखा, पर शहर के तालाब के किनारे पर उसे एकाध पत्थर भी न मिला। ट्रक के शुरू होते ही अजन्म्य ट्रक

के पीछे-पीछे दौड़ने लगा। वह चिल्ला-चिल्लाकर कहता रहा, "स्वामी, कल हम तुझे छुड़ा लेंगे। मैं कल आऊँगा। आय प्रॉमिस…"

"अजन्म्य, वचन मत दे। दुःखी भी मत होना।" सारमेय ने भी चिल्लाकर कहा, और फिर कहने लगा, "तू भी क्यों बद्ध हो रहा है?"

अजन्म्य ने यह सुना, पर वह कुछ समझ नहीं पाया। वह रोते-रोते थोड़ी दूर तक दौड़ता रहा। उस खंभे के पास पहुँचा, तब तक तो ट्रक अन्य वाहनों की भीड़ में खो चुका था। अजन्म्य खंभे से टिककर वहीं बैठा रोता रहा। खंभे पर लाल-हरी बत्तियाँ बारी-बारी से जलती-बुझती रहीं।

15

खाना, यह कुत्तों के लिए साँस लेने जितना ही आवश्यक होता है, इस बात के लिए कौलेयक बहुत स्पष्ट था, परंतु आज नए आए हुए एक साधक ने उसे खाने के बारे में, जो बातें पढ़कर सुनाईं, वे कौलेयक ने पहली बार जानी थीं। "स्थूल शरीर जो खाता है, उसमें से ऊर्जा प्रकट होती है। स्थूल शरीर को क्रियाएँ करने के लिए ऊर्जा की आवश्यकता होती है। उसी तरह से सूक्ष्म शरीर को भी ऊर्जा की जरूरत होती है…"

कौलेयक फिर पूरे समय उस साधक का उपदेश याद करता बैठा रहा। स्वयं के एकाध प्रवचन के द्वारा यह ज्ञान पिल्लों को देने की इच्छा मन में रखते हुए वह करीब-करीब रटने लगा था। दूसरे ही दिन जिज्ञासु को बुलाकर तिलकधारी के एकाध तालीम वर्ग के बीच अपना प्रवचन रखने की सूचना दी।

यह संदेश वर्ग में पहुँचाने के साथ ही जिज्ञासु जान गया कि तिलकधारी को या पिल्लों में से किसी को भी यह नया कार्यक्रम अनुकूल नहीं लगा है, परंतु अपने गुरु को ऐसी क्षुल्लक बात कहना उन्होंने टाल दिया। "आपका प्रवचन का कार्यक्रम तय कर दिया गया है।" इतना ही उसने कहा।

सभी पिल्लों को पंक्तिबद्ध, पूँछ व्यवस्थित तरीके से रखकर बैठाया गया। फिर कौलेयक को बुलाया गया। साधक ने जो पढ़कर सुनाया था, उसे याद करते हुए कौलेयक ने बोलना शुरू किया। "अन्न में से जो ऊर्जा प्रकट होती है, वह पर्याप्त नहीं होती और अशुद्ध होती है। हर रोज के प्रश्नों के

उत्तर खोजने में हमारी ऊर्जा बहुत खर्च हो जाती है। इसलिए शरीर में ऊर्जा का अभाव रहता है।''

''इसीलिए हम बीमार पड़ जाते हैं, क्यों ?'' प्रवचन में बीच में नहीं बोला जाता, यह बात चित्तीवाले को कभी समझ नहीं आती।

''नहीं, ऐसी स्थिति में हम कभी अंदर की यात्रा नहीं कर सकते।'' कौलेयक ने कहा और अपने उत्तर का असर देखने के लिए रुक गया।

चित्तीवाले सहित सभी पिल्लों को यह समझते देर न लगी कि गुरु कौलेयक किसी ऐसी जगह के बारे में बात कर रहे हैं, जिसके बारे में इस पृथ्वी पर कोई जानता नहीं है, पर फिर भी सब मौन बैठे रहे।

एकाध घंटे में ज्ञानयात्रा की बात समाप्त हुई। प्रवचन करते वक्त स्वयं कौलेयक के मन में कुछ संदेह उत्पन्न हुए थे। कुछ जिज्ञासु ने खड़े कर दिए थे।

''रात को समय मिला तो फिर से उस साधक के पास बैठकर उससे किताब की बातें सुनेंगे। तू भी आना। मजा आएगा। बहुत ऊँची बातें हैं...'' जैसे कुछ वाक्य बोलकर कौलेयक चला गया।

गुरुजी ने कौलेयक को जाते देखा। वह कहाँ से आ रहा है, यह जानने के लिए उसकी चाल-ढाल और मुख भावों का अवलोकन करने के अलावा गुरुजी को और कुछ खास नहीं करना पड़ा। उन्होंने कौलेयक को अपने पास बुलाया और कहा, ''मैंने तुझसे कहा था कि तिलकधारी को अपना काम उसी के मुताबिक करने देना। जातभाइयों को पढ़ाने के तेरे उद्‌देश्य की पूर्ति के लिए उसको अपनी तरह से काम करने देना आवश्यक है।''

''मुझे आपकी सूचना याद है। मैं तिलकधारी को उसकी तरह से ही काम करने देता हूँ। हाँ, अगर कभी जरूरत पड़े तो...''

''प्रवचन देने चला जाता हूँ।'' गुरुजी हँसकर बोले, ''आज कौन सी ज्ञानगंगा बहा आए हो ?''

''बस, कुछ खास नहीं। पिल्लों की ऊर्जा बरबाद होती रहती है, अशुद्ध होती है। इस कारण...''

गुरुजी को उसपर दया आ रही हो, इस तरह वे कौलेयक की तरफ देखते रहे। दो क्षण बाद वे कुछ भी बोले बगैर उसे वहीं अकेला छोड़ चल दिए।

कौलेयक को गुरुजी के ऐसे प्रतिभावों की आदत थी। वह हताश होकर अपने निवास की ओर चला गया।

कौलेयक को बहुत समय से लग रहा था कि आश्रम में रहकर वह अपना और विकास नहीं कर पाएगा। गुरुजी आज जिस तरह से उसके सामने से उठकर चले गए, उसके कारण वह स्वयं को बहुत अपमानित सा महसूस कर रहा था। उसका मन भर आया। अगर वह स्वयं कुत्ता न होता तो उसने अब तक दूसरा आश्रम स्थापित करने का सोच लिया होता। निवास पर पहुँचते ही इस हताशापूर्ण अशांति की स्थिति में से बाहर आने के लिए वह ध्यानमग्न हो गया। जब जागा तो हर बार की तरह इस बार भी उसने थोड़ी राहत महसूस की।

शाम को जिज्ञासु ने उसे उस साधक से कुछ बातें पूछनी है, यह याद दिलाया। गुरु-शिष्य उससे मिलने के लिए चल दिए। साधक पाठ पढ़ रहा था। उसने दोनों कुत्तों का स्वागत किया। अपने पास बैठाया और जोर-जोर से पढ़ना शुरू किया।

''दिव्य जैसे अंदर के जगत् में प्रवेश करने के अति सूक्ष्म ऊर्जा, जिसे प्राण कहते हैं, उसकी आवश्यकता होती है।'' पढ़कर साधक ने पूछा, ''प्राण तो होना चाहिए न ?''

दोनों श्रोताओं ने सिर हिलाकर 'हाँ' कहा।

''प्राण शुद्ध हो तो ऊर्ध्वमुखी बना जा सकता है। इसे ऊर्ध्वरेतस कहते हैं। जीव निचले स्तर को छोड़कर ऊपर के स्तर की ओर गति करता है।'' साधक ने अब पढ़ना छोड़ प्रवचन देना शुरू कर दिया था।

इस पूरे प्रवचन में कौलेयक को दो शब्द बहुत पसंद आ गए। एक 'प्राण' और दूसरा 'ऊर्ध्वमुख'। उसे स्वयं के प्राणवान होने में कोई संदेह नहीं था। बस, अब ऊर्ध्वमुख होना बाकी था। इस कल्पना से वह रोमांचित हो उठा। वैसे तो पुस्तक में यह भी लिखा था कि ''प्राण जब ऊपर चढ़ता है तो चित्त अंदर जाता है।'' यह कैसे होता है, यह उसकी समझ में बिल्कुल नहीं आ रहा था।

साधक कौलेयक ने सोचा कि अभ्यास के द्वारा ही यह सब संभव होता होगा। इसलिए उसने अधिक समय तक ध्यान का अभ्यास करने का तय किया। लगातार दो दिन तक ध्यान-मग्न बैठे रहने पर भी और बहुत सोचने पर भी उसे

यह रहस्य समझ में नहीं आया। इसलिए वह गुरुजी के पास गया और अपने प्रश्न उनके सम्मुख रख उनसे पूछा, ''गुरुजी, इसमें क्या रहस्य है, यह मुझे समझाइए।''

''तू यह सब न भी जाने, तब भी तेरा कोई नुकसान नहीं होनेवाला। मैं तो कहता हूँ कि तू इन सब बातों में न ही पड़े तो अच्छा होगा।''

पर फिर भी कौलेयक अपनी जिद पर अड़ा रहा। इसलिए गुरुजी ने कहा, ''हम सांसारिक व्यवहार में, क्लेश में, द्वेष में और अनावश्यक विचारों में रहते हैं, इसलिए हमारा प्राण अशुद्ध रहता है। उसमें राग-द्वेष, हिचकिचाहट, झुंझलाहट, दुःख, सभी कुछ रहता है। जिन भागों को मिलाकर तेरा यह शरीर बना है, उसी का एक भाग तेरा यह भावशरीर भी है। यह भावशरीर अगर स्वस्थ न हो तो उसे शुद्ध करना होता है। अगर ऐसा करना संभव हो जाए तो ऊर्ध्वमुख बना जा सकता है। हृदय में प्रेम, दया, अन्य का विचार, करुणा प्रकट होती है। अब समझ में आया?''

''हाँ, मैं सुन रहा हूँ।'' कौलेयक ने जवाब दिया।

''तेरी इस भावदेह को स्वस्थ वातावरण मिले, ऐसा कुछ कर। ऐसा करने से निरामय, स्तब्धता, ज्ञान और दर्शन का तुझे अनुभव होगा। तेरे सामने यह विशाल जगत् है, उसे देख। प्रकृति निस्स्वार्थ है, उससे मिल। उसका दर्शन कर। उसे अनुभव करना सीख, फिर तेरे अंदर से ही तुझे इस बात का जवाब मिलेगा। बस, अब इतना समझ ले और प्रयत्न कर। अब तू जा।''

कौलेयक को लगा कि गुरुजी का सुझाव मानना चाहिए। अपना प्राण ऊर्ध्वमुख बने तो वह स्वयं कितने ही श्वान बंधुओं को भी तार सकेगा। जगत् पर कोई भी उपकार किए बिना उसे छोड़कर जानेवालों में उसका अपना नाम न हो, ऐसी तीव्र इच्छा के कारण उसने तय किया कि वह घूमने जाएगा, प्रकृति को नजदीक से देखेगा, समझने का, अनुभव करने का प्रयत्न करेगा और इस तरह से अपने प्राणों को शुद्ध करेगा। प्राण शुद्ध बनेगा तो तो सूक्ष्म बनेगा और ऊर्ध्वमुख बनेगा। ऊँचे-ऊँचे प्रदेश की तरफ गति होगी। जैसे-जैसे यह होगा, वैसे-वैसे चित्त भीतर की ओर जाएगा। वाह! कैसी सुंदर कल्पना?

यह सब किस तरह होगा, कब होगा और जब होगा तो पता कैसे चलेगा, इस बारे में गुरुजी से फिर कभी पूछने का विचार कर कौलेयक अपने निवास

पर लौट आया। वहाँ तिलकधारी उसकी राह देख रहा था। कौलेयक ने उसका स्वागत किया और पूछा, ''कहो, क्या कहना है?''

''एक खबर देने आया हूँ। हम एक जलप्रपात देखने के लिए जानेवाले हैं। एक दिन में जाकर वापस लौट आ सकते हैं, इतनी ही दूरी पर है।''

''हाँ, पर ध्यान रखना होगा। नदी में नहाने मत जाना।''

''वहाँ जाने के बाद नहाने का मन तो हरेक का करेगा ही। अगर नहाएँगे नहीं तो जलप्रपात तक जाने का कोई अर्थ नहीं रहेगा।''

''क्यों, इतना निग्रह भी नहीं रख सकते, नहाने में जोखिम नहीं लगता?''

''पानी में तैरना तो हमें जन्म से ही आता है, हाँ प्रवाह में खिंच न जाएँ इसका ध्यान रखना होगा। यह ध्यान मैं रखूँगा।''

कौलेयक ने थोड़ा विचार किया। फिर पूछा, ''मैं भी अगर आपके साथ चलूँ तो?''

''हाँ, आइए न, पर आप चल सकेंगे?'' तिलकधारी के मुख पर विरोध का कोई भाव कौलेयक को नहीं दिखाई दिया।

''ठीक है। प्रकृति के दर्शन के लिए कब जानेवाले हो?'' कौलेयक ने प्रवास का सुंदर विशिष्ट नाम रख दिया।

''सबसे कह देता हूँ। एकाध-दो दिन में तय कर लेंगे। तय होते ही आपको खबर कर दूँगा।'' तिलकधारी गया।

कौलेयक को पहली बार अचानक आनंद का अनुभव हुआ। वह स्वयं भी सारमेय की तरह पिल्लों के साथ घूमने जा सकेगा, इस विचार मात्र से उसे कुछ अलग रोमांच हो आया। पहली बार उसने अपनी, तिलकधारी की या फिर गुरुजी की किसी बात का अर्थघटन करने को टाल दिया।

उस पुस्तक पढ़नेवाले साधक से कौलेयक ने अपने इस नए अनुभव के बारे में बताया तो जवाब मिला, ''भावदेह में जब कोई विकार नहीं होते, तब हम अपने भीतर एक अलौकिक शांति का अनुभव करते हैं। दूसरी तरह से देखें तो जब ऐसी शांत और स्वस्थ अवस्था में अधिक-से-अधिक जिया जाता है, तब सारे विकार सहज ही शांत हो जाते हैं। इसलिए ऐसी अवस्था अधिक-से-अधिक समय तक टिकाए रखने का प्रयत्न सदा करते रहना चाहिए।''

कौलेयक यह वचन सुन बोला, "बंधु, इसीलिए तो मैं प्रकृति के दर्शन के लिए जा रहा हूँ।" और फिर मन-ही-मन खुश होता हुआ, वहाँ से चल दिया।

16

सारमेय को लेकर जाते ट्रक शहर से बाहर खँडहर जैसी दीवार से घिरी एक इमारत के पास आकर रुका। एक जालीदार पिंजरे जैसी बाड़ी के दरवाजे पर आकर खड़ा हो गया। उसमें एक-एक करके ट्रक में रखे छोटे-छोटे पिंजरों को खोला गया। छोटी सी जगह में कैद किए गए, घबराहट के मारे थर-थर काँपते हुए, पैरों में अपनी पूँछ दबाए हुए कुत्ते अब कहाँ जा रहे हैं, क्यों जा रहे हैं, यह सब सोचे या समझे बिना बाड़ी में कूदते रहे। डर और आशंकाओं से घिरे, अचानक अपना इलाका खो बैठे ये कुत्ते एक-दूसरे के सामने देखकर भौंकना भी भूल गए थे।

"इसे बाहर ही बाँध देना। शायद इसे छुड़ाने के लिए कोई आएगा। वह लड़का कह रहा था कि यह उसका कुत्ता है।" चिमटेवाले ने कहा। सारमेय वाला पिंजरा बाहर रख दिया गया और सारमेय को खुले में बाँध दिया गया। बगल में ही एक कुत्ता और बँधा था। उसने दीनभाव से सारमेय पर दृष्टी डालते हुए पूछा, "ऐ, तू मेरे लिए प्रार्थना कर सकता है?"

"मुझे प्रार्थना करना नहीं आता।" सारमेय ने कहा। वहीं उसकी नजर उसके गले में पहने पट्टे पर पड़ी। उसने आश्चर्य से पूछा, "अरे! तेरे गले में तो पट्टा पड़ा हुआ है। फिर पट्टा है तो नाम भी होगा। तो फिर तुझे यहाँ क्यों ले आए?"

"मेरा नाम अलर्क है। मेरा मालिक कहता है कि मुझे रेबीज होनेवाली है। हमारे डॉक्टर ने भी ऐसा ही कहा है।" कहते-कहते अलर्क भावुक हो गया और आँखों में आँसू भरकर बोला, "अब तू ही बता, क्या तुझे लगता है कि मेरे जैसे खानदानी कुत्ते को क्या पागल होना अच्छा लगेगा? मैंने मालिक से बहुत बार कहा भी कि मैं कभी पागल नहीं बनूँगा। हाँ, मुझे रेबीज हो सकती है, पर इसमें मैं क्या कर सकता हूँ, पर मालिक ने नहीं सुना, ऊपर से कहा, वह सब एक ही है। अब तू ही बता, क्या यह सब एक ही है?"

''नहीं, एक नहीं है, तेरा पागल होना और तुझे रेबीज हो जाना, दोनों अलग-अलग बातें हैं, पर यह समझना मनुष्यों के लिए कठिन है। तू अफसोस मत कर। शायद तू ठीक भी हो जाए।''

अलर्क दीनतापूर्वक हँसा और बोला, ''भला, रेबीज भी किसी की ठीक हुई है? तू शायद जानता नहीं है या फिर तू पढ़ा नहीं है।''

''ऐ, तू उसके साथ बात मत कर। वह पागल हो गया है।'' चिमटेवाले ने बिना किसी कारण सारमेय को एक डंडा मारा। सारमेय ने भयानक वेदना का अनुभव किया, पर वह जरा भी ऊँह किए बिना स्थिर बैठा रहा। उस चिमटेवाले को बड़ा आश्चर्य हुआ। वह कुछ पल वहीं खड़े रहकर उसे देखता रहा। फिर चला गया।

''भाई,'' अलर्क ने धीरे से कहा, ''दुनिया में एक तू ही है, जिसने मान लिया कि मैं पागल नहीं हूँ, पर सुन, मैं मरनेवाला तो हूँ ही। जब मैं मर रहा हूँगा, तब तू मेरे पास ही रहना। इतना तो तू कर ही सकता है?''

''यहाँ मुझे कब तक रहने देंगे, यह मुझे पता नहीं है।'' सारमेय ने जवाब दिया, ''पर अगर मैं यहाँ रहा तो कहीं नहीं जाऊँगा।''

''डॉक्टर मलिक से जब मेरे रोग के बारे में जो वर्णन कर रहे थे, वह अगर सच हुआ तो मैं अब धीरे-धीरे अपना होश खो बैठूँगा। सुबह सूर्य के उदय होते ही मुझे भयानक प्यास लगने लगेगी, पर मैं पानी पी नहीं सकूँगा। फिर मैं पागलों की तरह सबको काटने दौड़ूँगा। हो सकता है कि तुझे भी…'' अलर्क ने दुःखी होकर कहा, ''अगर ऐसा हुआ तो तू मुझे दोष नहीं देना। मैं जान-बूझकर ऐसा कुछ नहीं करूँगा। तू अनजान है, फिर भी मुझे लगता है कि तू अच्छा कुत्ता है। तुझे काटना मुझे कभी अच्छा नहीं लगेगा, पर जिसे रेबीज हो जाए, उसे शायद काटना ही पड़ता हो।''

''मैं चाहूँगा कि अगर तुझे रेबीज हो भी जाए, तब भी इस वर्णन जैसा कुछ भी तेरे साथ न हो। तुझे कोई तकलीफ न हो।'' सारमेय ने पहली बार कोई इच्छा व्यक्त की। 'मैं चाहूँगा' कहते वक्त उसके स्वर में कोई विशिष्ट दृढता, अनोखी गूँज उठ रही थी। अपने ही स्वर की यह नई अनोखी गूँज सुनकर सारमेय स्वयं भी आश्चर्यचकित हो गया।

''जैसा तू चाहता है, वैसा हो जाए तो कितना अच्छा हो? पर लोग कहते हैं कि इस रोग में मैंने जैसा कहा है, वैसा ही होता है।''

''नहीं होगा वैसा।'' सारमेय के मुँह से अचानक निकल गया, ''सब को एक जैसा हो, ऐसा जरूरी नहीं है।'' सारमेय ने कहा, ''अब तू सो जा। आराम करेगा तो तुझे भी अच्छा लगेगा और इस तरह के विचार भी नहीं आएँगे।''

अलर्क अर्धमूर्च्छित अवस्था में सोया था। सारमेय रातभर उसके पास जागते हुए बैठा रहा। सारमेय के मन में अलर्क के लिए प्रार्थना करने के लिए स्वयं ने न की, क्योंकि यही विचार बार-बार सता रहा था। उसे लगा, जैसे जन्म से लेकर आज तक कोई अज्ञात प्रेरणा उसे मार्गदर्शित कर रही थी। इसी प्रेरणा के चलते वह किसी के साथ सही अर्थों में जुड़ नहीं पाता, तो क्या सारमेय का अपना कोई अस्तित्व ही नहीं है?

बचपन की जो भी याद थी, उन घटनाओं में वह स्वयं कहाँ था, यह सोचकर देखने के लिए सारमेय ने अपनी आँखें बंद कर लीं। सारमेय को भीतर से कोई आवाज सुनाई दी। वह अपनी ही आवाज को ध्यान से सुनने लगा। ''मेरा मन हरेक छाप को ग्रहण करता है। आँख से दृश्य दिखाई देता है। कान से सुना जा सकता है। नाक से मैं श्रेष्ठ तरीके से सूँघ सकता हूँ। हाँ, स्वाद के बारे में मुझे ठीक से कुछ समझ नहीं आता, पर मुझे कोई छुए तो आँखें बंद होने पर भी मैं उसे पहचान लेता हूँ। मैं हूँ, मैं यहीं हूँ।''

अचानक सारमेय की आँख खुल गई। वह विचारशून्य होकर बैठ गया। बहुत देर के बाद अवकाश में से आता, वही अश्रव्य स्वर सारमेय के कानों पर पड़ा। बरसों से सुनाई देता यह स्वर आज क्या कह रहा है, यह सुनने के लिए सारमेय ने कान सतर्क किए, पर कुछ स्पष्ट सुनाई नहीं दिया।

सुबह होने पर भी अलर्क जागा नहीं, इसलिए सारमेय ने उसके पास जाकर उसे सूँघकर देखा। सारमेय का हृदय धक रह गया। वह कुछ सोच पाता या किसी से कुछ कह पाता, इसके पहले ही शकू की आवाज उसके कानों में पड़ी। ''स्वामी, इतने वर्षों के बाद फिर तेरे गले में पट्टा डालना पड़ेगा, क्योंकि तो ही मैं तुझे ले जा सकूँगी।'' सारमेय ने पीछे खड़ी शकू के सामने देखा। शकू की आँखों में दुःख और आनंद की मिश्रित भावनाएँ छलक रही थीं।

सारमेय ने पीछे मुड़ना चाहा, पर वह सरलता से पीछे मुड़ नहीं पाया। कमर से अचानक लटक गया। ''ओ माँ रे, क्या हालत कर दी है इन लोगों ने तेरी?'' शकू चीख उठी। ''लोग इतने निर्दयी क्यों होते होंगे?''

जनसमाज ने उन्हें जो सुझाया, वह उन्होंने किया है। ''शकू, खड़ी हो जा और एक काम कर। तुझे अगर प्रार्थना करनी आती हो तो इस अलर्क के लिए प्रार्थना कर। वह मर रहा है। उसने मुझे प्रार्थना करने के लिए कहा था।'' सारमेय ने कहा।

''मैं सब करूँगी। पहले तू यह पट्टा पहन ले तो मैं तुझे यहाँ से ले जाऊँ।'' शकू बोल पड़ी और सारमेय के पास बैठ गई और लगभग उसके गले से लिपटकर धीरे बरसों पहले जो पट्टा उसने सारमेय के गले से उतार लिया था, वह उसे पुनः पहना दिया।

''जरूर पहनूँगा और तेरे साथ भी आऊँगा, पर अभी नहीं। अलर्क की इच्छा थी कि अंतिम समय में मैं उसके पास रहूँ।''

''ठीक है,'' शकू ने कहा। अलर्क के पिंजरे के पास आकर प्रार्थना करने लगी। रातवाला चौकीदार वापस आ गया था। उसने अपने साथी से कहा, ''जीवदया समिति वाली लगती है। उससे सँभालकर रहना।''

शकू की प्रार्थना समाप्त हुई। अलर्क ने वह सुनी हो तो अच्छा, ऐसा विचार सारमेय के मन में उठा और शांत हो गया। कुछ ही पलों में अलर्क इस जगत् में बोला हुआ कुछ भी न सुन सके, इतनी दूर पहुँच गया था।

सारमेय को छुड़ाने की सारी काररवाई पूर्ण करके शकू, फिर उसके पास आई और बोली, ''तुझे पहले तो अस्पताल में और फिर अरण्यव्रत में छोड़ आने का मैंने सोचा है। वहाँ तुझे अच्छा लगेगा।''

''मुझे तो यहाँ भी अच्छा लग रहा है।'' सारमेय ने जवाब दिया।

''यहाँ, इस मौत के कुएँ में भी तुझे अच्छा लग रहा है, क्यों? तो ठीक है, पर तू अरण्यव्रत में रहेगा तो मुझे अच्छा लगेगा। बस? उसका संचालक संजय मेरे साथ कॉलेज में पढ़ता था। अब सेवा का काम करता है।''

17

पूर्व की तरफ की खाई में अनेक पुष्प और वनस्पति की दृश्य लीला के बीच से बह रही नदी, उसके पार क्षितिज तक नजर पहुँचे, तब तक विशाल फैली हुई गिरि शृंखला, दूर के बर्फाच्छादित शिखरों पर बैठे हुए बादल और रंग बदलती हुई शाम का अस्त होता प्रकाश।

शकू और सारमेय टीले के किनारे पर लगी कँटीले तार की बाड़ी के पास बैठे थे। ''सारमेय, दूर सामने की ओर देख। इन पहाड़ों पर शाम ढले तेजी से बदलते रंगों का अद्‌भुत नजारा देखने के लिए ही मैं यहाँ आती हूँ। तू यहाँ रहेगा तो जान पाएगा कि यहाँ का वातावरण कितना आह्लाददायक होता है।''

''रंगों के बारे में कुत्तों को अधिक समझ नहीं होती है। एक या दो रंगों को देख भड़कने से ज्यादा कुछ समझ नहीं आता। फिर दूर देखना हमारे बस की बात नहीं है, पर तू उदास नहीं होना, मैं स्थल की सुंदरता का आग्रही नहीं हूँ। मैं कहीं भी रह सकता हूँ। बिल्कुल वैसे-ही-जैसे अन्यत्र रहता आया हूँ।''

दोनों बातें कर रहे थे, उतने में ही संजय वहाँ आ गया। ''मैं बस अभी-अभी ही आया हूँ। आते ही मालूम हुआ कि आप लोग सुबह ही आ गए हैं। कैसे हैं आप सब, अजन्म्य कैसा है?''

हम सब ठीक हैं। अजन्म्य का यहाँ आना अभी बाकी ही रहेगा। अभी उसकी परीक्षा बाकी है। उसे छुट्टियों में भेज दूँगी। कहकर शकू ने सारमेय की ओर संजय का ध्यान आकर्षित करते हुए कहा, ''इसे लाई हूँ। तू यहाँ रख ले तो यह जल्दी ठीक हो जाएगा, ऐसा लगा, इसलिए यहाँ ले आई हूँ। म्युनिसिपालिटीवालों ने करीब-करीब इसे मार ही डाला है।''

''ठीक है। तू जब तक चाहे, यहाँ रह सकता है।'' कहकर उसने सारमेय का चेकअप किया और पूछा, ''क्या तू खड़ा हो पा रहा है?''

''खड़ा हो तो जाऊँगा, पर बेचारी पीठ को बहुत सहना पड़ेगा।''

पीठ को वेदना होगी, यह जवाब सुनकर संजय पल भर के लिए अचंभित होकर सारमेय की ओर देखता रहा। फिर शकू की ओर देखा और पूछा, ''तुझे कहाँ से मिला?''

''मेरे बचपन का साथी है।'' शकू ने जवाब दिया।

संजय ने एक बड़े से वृक्ष के तले घास का बिछौना बनवाकर सारमेय को वहीं सोते रहने की हिदायत दी। ''तुझे खाना भी यहीं मिल जाया करेगा। जब तक मैं न कहूँ, तू खड़े होने का प्रयत्न भी नहीं करेगा।''

''ठीक है।'' सारमेय ने संक्षिप्त उत्तर दिया।

सुबह शकू आ गई। उसने कहा, ''आज दोपहर को मैं जा रही हूँ। संजय कहता है, वैसा करोगे तो जल्दी ठीक हो जाओगे। अजन्म्य कह रहा था कि सारमेय ने पट्टा क्यों निकलवा दिया था? जो उसने पट्टा न निकलवाया होता तो वे लोग उसे नहीं पकड़ते।''

''अजन्म्य के साथ मुझे रहना था, इसीलिए तो हम तेरे यहाँ आ रहे थे। तभी मैं पकड़ लिया गया।'' सारमेय ने कहा और फिर पूछने लगा। ''वह मुझसे पूछ रहा था कि उसका नाम अजन्म्य क्यों रखा है?''

''अजन्म्य का नाम मैंने नहीं रखा है। वह जब मुझे मिला, तब एक छोटी सी चिट्ठी में किसी ने उसका नाम लिखा हुआ रख छोड़ा था। वह मुझे अपने नाम की चिट्ठी के साथ मिला था।''

सारमेय मौन रहा। कुछ पल ऐसे ही शांत बीत गए, फिर शकू ने बात को बदलते हुए कहा, ''मुझे तेरी चिंता हो रही है, सारमेय। तू ठीक से चलने लगे तो मुझे खबर जरूर भिजवाना।''

शकू ने जाने से पहले सारमेय की पीठ पर हाथ फेरा। स्पर्श में मात्र अस्तित्व के उपरांत चिंता का भी अनुभव होते ही सारमेय ने कहा, ''शकू, मेरी चिंता करके तू मुझे बाँध रही है और स्वयं भी बँध रही है। हम जैसे बाड़ी में रहते थे, वैसे ही हमेशा के लिए नहीं रह सकते?''

''शायद मनुष्यों के लिए यह इतना आसान नहीं है। समय बीतने के साथ बहुत सी छाप छोड़ जाता है।'' शकू ने जवाब दिया।

वृक्ष के तले बैठा सारमेय अजन्म्य के प्रश्न के बारे में सोचता रहा। स्वयं पट्टे से बँधे बिना भी मुक्त नहीं रह पाया है, यह एहसास होते ही उसकी चिंता बढ़ने लगी। अजन्म्य भी उसे बाँध गया। नहीं तो वह नन्हा सा बालक ट्रक के पीछे रोते हुए दौड़ता क्यों रहता?

सारमेय को लगा कि अब शकू को भी उसकी चिंता सताएगी। वह स्वयं

शकू को मिलने किस कारण से जा रहा था? वह स्वयं भी कहीं-न-कहीं बँधा हुआ है, ऐसा एहसास उसे होने लगा। उसने बहुत सोचा। सोचता रहा। आखिर उसने तय किया कि आज तक उसने अपने मन में जो आया, वही क्या है। अब एक प्रयोग के तौर पर ही सही, पर दूसरे की बात को स्वीकार कर और दूसरे को अनुकूल आचरण करके देखना चाहिए।

सारमेय सोचता ही रहता, पर तभी वहाँ संजय आ गया। उसने सारमेय के सामने भोजन रखा और स्वयं सामने एक पत्थर पर जा बैठा और कहने लगा, ''सारमेय, हम अरण्यव्रत नामक संस्था चलाते हैं। गिरिजनों की सेवा का काम करते हैं। इसलिए मैं तुझसे रोज-रोज मिलने नहीं आ सकूँगा।''

''इसकी कोई आवश्यकता भी नहीं है।'' सारमेय ने कहा, ''मेरी पीठ ठीक हो जाएगी तो मैं भी इन सेवा के कामों में जुड़ सकूँगा। यहाँ क्या-क्या काम किए जाते हैं?''

''संस्था की चीजें सँभालकर रखना, गौशाला की निगरानी करना, मेहमानों की देख-रेख करना, आध्यात्मिक वातावरण बनाए रखना, हिसाब रखना और संस्था के हितैषी, मित्रों के द्वारा भेजी गईं भेंट गिरिजनों को बाँटना आदि। इस तरह के, अनेक प्रकार के सेवा के काम।''

''इनमें कितने सेवा के काम कहलाए जाते हैं, यह मैं नहीं बता सकता, हाँ, एक बात कह सकता हूँ कि जिसे आप संस्था के हितैषी कह रहे हैं, उन्हें गिरिजनों के हितैषी कहना चाहिए।'' सारमेय ने विचारपूर्वक कहा, ''मनुष्य प्रत्येक घटना या बरताव का वह जैसा चाहे, वैसा ही अर्थघटन क्यों करता है, यह मेरी समझ में नहीं आता। हम कुत्ते ऐसा नहीं करते। मुझे लगता है कि लोग गिरिजनों के लिए कुछ भेजते हैं, उन्हें तू अपनी संस्था के हितैषी समझे तो यह तेरा भ्रम है। असल में वे लोग वह भेंट तुझे केवल इस कारण से भेजते हैं, क्योंकि वे घर-घर पहुँचाने के लिए स्वयं नहीं आ सकते।''

''यह अर्धसत्य लगता है।'' संजय ने जवाब दिया, ''कुछ लोगों को तो यह भी नहीं मालूम कि हम कहाँ और कैसे, क्या काम कर रहे हैं। वे लोग तो केवल संजय कर रहा है न, तो कुछ अच्छा ही कर रहा होगा, केवल इतने विचार या अनुभव से भेंट वस्तुएँ भिजवाते रहते हैं। इस कारण अगर मैं उन्हें संस्था के हितैषी मानता हूँ तो वह गलत नहीं है।''

"तू ऐसा स्वीकार करता है, उसी पल तू बँधता जाता है। इतना ही नहीं, भेजने वाले को और पानेवाले को भी तू बाँधता है। देनेवाले और लेनेवाले के बीच तुझे क्यों कर आना चाहिए, यह मुझे समझाओगे ? संजय, मैं तेरे साथ काम करूँ, तब भी मैं किसी के साथ बँधना पसंद नहीं करूँगा। तू भी इसी तरह से काम कर सकता है। तुझसे यह जरूर हो पाएगा, इतना मेरी समझ में आ रहा है।" सारमेय ने कहा और संजय के मुखभावों का निरीक्षण करने लगा।

संजय कुछ नहीं बोला। उसने पलभर सोचा, फिर खड़े होते हुए बोला, "मुझे लगता है कि मुझे तुझे यहाँ रोकना ही होगा। चाहे तुझे अच्छा लगे या न लगे।"

"ठीक है, मैं रुकने के लिए तैयार हूँ, पर तेरी हर बात में मैं हर वक्त सहमत रहूँगा, यह नहीं सोचना।"

"पहले तू ठीक हो जा। फिर और बातें करेंगे।" कहकर संजय चला गया।

सारमेय को ठीक होते पंद्रह दिन लग गए। उसकी पीठ की पीड़ा तो जाती रही, परंतु उसका सीधा चलना या दौड़ना थम गया। जल्दबाजी में खड़े होने पर या फिर एकदम दौड़ने की कोशिश करने पर पिछले दोनों पैर फिसलकर लटक जाते।

संजय ने सारमेय से जब कहा कि अब वह पहले की तरह कभी दौड़ नहीं पाएगा और उसे अब धीमे कदमों से ही चलना होगा, तब उसने जवाब दिया, "कोई बात नहीं। आज तक मुझे मेरे पैर हर जगह पर ले जाते, अब मैं पैरों को लेकर जाऊँगा।"

अरण्यव्रत में काम करने में सारमेय को मजा आने लगा था। सेवा के काम या फिर डॉक्टर के चेकअप के कैंप, ध्यान-भजन जैसे कार्यक्रम अधिकांशतः संस्था में ही किए जाते। इसलिए संस्था के बाहर जाकर लोगों से मिलना या किसी दूसरे स्थल पर जाकर काम करना सारमेय के हिस्से में अधिक नहीं आता।

सारमेय अपने खाली समय में अपने आस-पास की छोटी-छोटी सेवा समितियों के कार्यकर्ताओं के साथ जाता। ये संस्थाएँ भी गिरिजनों के बच्चों को पढ़ाने, खेती के काम में सहायता करने, अभावों के वक्त अनाज बाँटने, घर बनाने में मदद करने, पानी का संग्रह या फिर खेत, क्यारियाँ ठीक करने जैसे

काम करनेवालों को प्रोत्साहन के रूप में आर्थिक मदद या सरकारी मदद पहुँचाने जैसे अनेक काम करती थीं।

सारमेय जैसे-जैसे इन सबसे परिचित होता गया, वैसे-वैसे उसे इन जगहों पर रहकर गिरिजनों के लिए काम करनेवालों के साथ काम करना अच्छा लगने लगा। स्वयंसेवक दूर पहाड़ी जंगलों में जाते, तब सारमेय भी लँगड़ाता हुआ साथ जाता।

खेतों में बोए गए पौधों को या गाँव में बन रहे मकानों का निरीक्षण करते, या नाप लेकर सहायता करते स्वयंसेवक के साथ अब सारमेय भी जाने लगा। टूटे पैरों से इतना चलकर काम करने के विषय में अगर कोई उससे पूछता तो वह कहता, ''पहले मुझे सबके साथ चलने में काफी दिक्कत होती थी। मैं धीरे-धीरे चलता था, पर अब ऐसा नहीं करना पड़ता।''

एक शाम शकू बच्चों को भेंट करने के लिए एक ट्रक भरकर सामान लेकर अरण्य व्रत में आई। संस्था में संजय हाजिर नहीं था। व्यवस्थापक ने सारी वस्तुएँ उतरवाईं, तब तक सारमेय ने वहाँ खड़े होकर उस पर नजर रखी।

शकू के वापस जाने के बाद व्यवस्थापक ने सारमेय से कहा, ''अब इन्हें अलग-अलग करके रखना होगा। इसके लिए जगह बनानी होगी।''

''कपड़ों के लिए श्रेष्ठ जगह तो शरीर है और फिर इन्हें करीने से सजाकर रखने की जरूरत ही क्या है? कल ही सुबह आस-पास के विद्यालयों में कहलवा दें तो बच्चे आकर अपनी जरूरत के मुताबिक ले जाएँगे।''

''इसका मतलब है यहाँ भीड़ इकट्ठा करना।''

''ऐसा जरूरी नहीं है। जिसे जरूरत नहीं होगी, वह नहीं आएगा। कुछ संस्थाओं में जब हम अनाज बाँटने जाते हैं, तब जहाँ जरूरत नहीं होती, वे लोग अनाज लेने नहीं आते और कोई दूसरी बार लेने भी नहीं आता।''

''वे लोग करते होंगे ऐसा। मुझसे यह न होगा। मैं जिम्मेदार व्यक्ति हूँ। तू ही बता, ऐसी सुंदर चीजें क्या हम किसी को भी यूँ ही मुफ्त में दे देंगे?''

''आप मुझसे पूछ रहे हैं तो कहूँगा कि हाँ, मुफ्त में आया है तो मुफ्त में ही बँटेगा।'' सारमेय ने कहा और पूछा, ''नहीं तो और कैसे देंगे?''

''संस्था का जो थोड़ा-बहुत काम करते हैं, उन लोगों को या उन लड़के-

लड़कियों को देखकर उस हिसाब से देंगे। जैसा जिसका काम और संस्था के प्रति जैसी जिसकी भावना, वैसे उसको देंगे।''

सारमेय पलभर के लिए कुछ नहीं बोला। फिर उसने पूछा, ''ऐसा नियम संजय ने बनाया है?''

''नहीं, मैंने। संस्था अच्छी तरह से चले, यह देखने की जिम्मेदारी संस्था के कर्मचारी के रूप में मेरी भी तो है।'' व्यवस्थापक ने कहा।

''मुझे लगता है कि इस नियम के बारे में आपको संजय से बात तो करनी चाहिए।'' सारमेय ने कहा। व्यवस्थापक ने इसे मान्य रखा और दूसरे दिन प्रार्थना समाप्त होने के बाद उसने संजय से शकू के यहाँ से आई हुई वस्तुओं के बारे में और स्वयं वितरण के बारे में सोची गई सारी व्यवस्था के बारे में बात की।

''ऐसे छोटे-छोटे कामों के लिए मुझे परेशान करने की आवश्यकता नहीं है।'' संजय ने कहा, ''मुझे नेत्र चिकित्सा का शिविर लगाना है। उसके लिए बहुत से लोगों से मिलना है। तुम्हें जैसे ठीक लगे, वैसे करो।''

सारमेय सामने बैठा उनकी बातें सुन रहा था। उसने कहा, ''संजय, यह बात छोटी नहीं है। संस्था में काम करने के बदले मुआवजा देने का क्या अर्थ होता है, वह तुम्हारी समझ में नहीं आएगा। मैं कुत्ता हूँ, इसलिए जानता हूँ कि मालिक जब रोटी दिखाता है, तब पूँछ को स्थिर रखना जगत् का सर्वाधिक कठिन कार्य है। मुझे स्पष्ट रूप से समझ में आ रहा है कि भेंट में आई हुई चीजें इस तरह संस्था में काम करवाकर देने की व्यवस्था मुक्त वनवासियों के मन में कभी उत्पन्न नहीं हुई होगी, वह भाव जगाएगी। मैं मानता हूँ कि उन्होंने वनों में, जंगलों में या खेतों में या घरों में समष्टिगत काम किया हो तो उसे ही पर्याप्त माना जाना चाहिए।''

''मतलब तेरा कहना है कि उन्हें मुफ्त पाने की आदत डालनी चाहिए।''

''मैंने ऐसा नहीं कहा है। मैं केवल इतना कहना चाहता हूँ कि किसी भी दाता के द्वारा दी गई चीज पर हमारा कोई अधिकार नहीं है। किस तरह देना चाहिए, यह तय करने का भी नहीं। हम तो केवल साधन बनकर काम करें, यही हमारे लिए श्रेष्ठ होगा।'' सारमेय ने कहा।

संजय ने पल भर सोचा और कहा, ''जो लोग अनाज और दवाएँ बाँटते

हैं, उन्हें ही ये चीजें भी भिजवा दो। वे दवाओं के साथ ये चीजें भी बाँट देंगे। सारमेय, तुझे साथ जाना हो तो भी साथ चले जाना।''

थोड़े दिनों के बाद शकू फिर से आई तो व्यवस्थापक ने उसे सारी बात कह सुनाई और कहा, ''लो, अब हमारे संजय भाई कुत्तों की सलाह मानने लगे हैं। ऐसा कभी देखा नहीं था।''

''सलाह, फिर वह चाहे कुत्ते ने दी हो या बंदर या रीछ ने, सुनकर समझकर मान लेने में हर्ज ही क्या है?'' शकू ने हँसकर कहा।

''सारमेय की सलाह में कोई दम है, ऐसा मैं नहीं मानता। फिर उसकी सलाह न मानें तो वह अधिक-से-अधिक रूठकर चला जाएगा और क्या करेगा?''

''वह वनों में जाए और फिर वनवासियों से कहे कि काम करने पर तुम्हें ज्यादा-से-ज्यादा एकाध चीज मिल सकती है। चोरी करने पर या लूटने पर पूरी गठरी भी पा सकते हो।''

''तो सारमेय ऐसा पापी भी है?'' व्यवस्थापक ने आश्चर्यचकित होकर कहा, ''और फिर भी वह तुम्हारा दोस्त है?''

''वह न तो पापी है, न ही पुण्यात्मा। वह नखशिखांत केवल कुत्ता है। पाप और पुण्य तो मनुष्य के अपने लिए खड़े किए हुए भ्रम मात्र हैं। प्राणियों को यह कैसे स्वीकार्य होगा? और फिर संजय को जाहिर काम की बजाय संस्था का काम करवा कर मदद करनी हो तो वह व्यवस्था भी मदद करनेवाले को मंजूर होनी चाहिए न?'' शकू ने कहा और पूछा, ''अभी सारमेय कहाँ है?''

''वह नीचेवाली खाई में गया है। उन समितिवालों के साथ चीजें बाँटने के लिए! अब दो-तीन दिन के बाद ही लौटेगा।''

''वह आए तो उसे कह देना कि मैं उसे लेने के लिए आई थी। अजन्म्य बहुत बीमार है और सारमेय को याद कर रहा है।'' कहकर शकू वापस चली गई।

18

''गुरुजी, यहाँ अंधकार है। दूर चमकते तारे और सूर्य के बिंब के सिवा बाकी का पूरा अवकाश काला, घना अँधेरा है। गुरुजी, सारमेय मिले तो कहना

कि सरमा ने जाना है कि अंधकार ही शाश्वत है। प्रकाश उत्पन्न करना पड़ता है। अंधकार करना नहीं पड़ता। वह होता ही है।'' बुखार से तप्त सरमा बड़बड़ा रही थी। ''आप सब कहते हैं कि मेरी आँखें चली गई हैं, पर मुझे तो यह सब दिखाई दे रहा है। हजारों, अरबों बरस पहले जैसा देखा था, वैसा ही आज भी है। अरण्य, गिरि श्रृंखलाएँ, मेघाच्छादित आकाश के उस पार, चंद्र, सूर्य, ग्रह, नक्षत्र और असंख्य आकाश गंगाएँ, इन सभी से सुदूर घने अंधकार में मुझे मैं स्वयं ही खड़ी दिखाई दे रही हूँ। यहाँ मैं ही सरमा हूँ, मैं ही कौलेयक हूँ, सारमेय हूँ, गुरुजी भी मैं ही हूँ। ओहोहो···वह मैं ही हूँ और यह मैं अदृश्य हो गई। बोलते-बोलते जैसे थक गई हो, इस तरह सरमा अचानक रुक गई और सिर को झुका दिया।

''मया ततमिदमं सर्व जगद्व्यक्तमूर्तिना···'' गुरुजी ने उसके कान में कहा और सरमा की देह स्थिर हो गई।

''कौलेयक, सारमेय कहाँ है, तू जानता है?'' गुरुजी ने पूछा और कहा, ''उसकी तलाश कर और सरमा का आखिरी संदेश उस तक पहुँचा दे।''

''जी।'' कौलेयक ने उत्तर दिया, परंतु उसका मन गुरुजी को सरमा के सन्निपात जैसे बड़बड़ाने को संदेश की तरह इतना महत्त्व देने योग्य क्यों लगा होगा, इसका निवारण ढूँढ़ता रहा। सारमेय भी ऐसी बड़बड़ सुनकर जरूर हँसेगा, ऐसे विश्वास के साथ वह सारमेय को खोजने निकल पड़ा। सारमेय को बहुत दिनों के बाद मिलने का मौका आया है और इस बीच उसने स्वयं जो ज्ञान प्राप्त किया है, उसे भी सारमेय के सामने प्रदर्शित कर सकेगा, यह विचार भी उसके मन में आ गया।

आश्रम और नगर छोड़कर आगे जाते ही छोटे-छोटे गाँवों में भी बिल्कुल अनजान लोग उसे सारमेय मान लेते। उसके हालचाल पूछते और अब वह ठीक से चल पा रहा है, इसके लिए आनंद व्यक्त करते। कौलेयक के अचरज की सीमा न रही। वह सारमेय नहीं है, ऐसा कहने के साथ ही निपट गँवार और अज्ञानी सारमेय इतना प्रसिद्ध कैसे हो गया, ऐसा प्रश्न भी करता।

''वह तो हमारा दोस्त है। वह कई बार आता है। समिति के लोगों के साथ घूमता है।'' यह सब सुनने के बाद कौलेयक को लगने लगा कि अब उसे भी

आश्रम में बैठना छोड़ जगत् के कल्याण के हेतु बाहर, लोगों के बीच जाकर काम करने का समय आ गया है।

घने जंगलों में पहुँचकर कौलेयक एक झरने के पास पीपल के वृक्ष के तले आराम फरमा रहे सारमेय से मिला और सरमा का आखिरी संदेश कह सुनाया। सारमेय ने कोई उत्तर नहीं दिया।

बात जारी रखते हुए कौलेयक ने कहा, ''वैसे तो आखिरी समय में उसे बहुत तेज बुखार था, उस कारण यह सन्निपात था और क्या? पर गुरुजी ने आज्ञा दी थी, इसलिए तुझे यह संदेश पहुँचाने मैं यहाँ आया था। इसी बहाने तुझसे मुलाकात भी हो गई।''

इस बात पर भी कोई उत्तर देना सारमेय को योग्य नहीं लगा। वह मौन रहकर बहते झरने को देखता रहा। थोड़ी देर बाद घिसटते हुए खड़ा हो गया और झरने के बीच जाकर आसमान की ओर ताकते हुए मौन खड़ा रहा। फिर वापस लौट आया।

''सरमा सचमुच अच्छी थी। मैंने उसकी आत्मा की मुक्ति के लिए प्रार्थना भी की है।'' तुझे भी प्रार्थना करनी चाहिए। कौलेयक ने कहा।

''मुझे ऐसा करना जरूरी नहीं लगता।'' सारमेय ने शांत, दृढ स्वर में कहा।

''यहाँ आते हुए मार्ग में तेरे विषय में सुनता तो मुझे लगता कि तू सुधर गया है, पर अभी भी तेरे विचार, विवेकहीन बरताव तो वैसे का वैसा ही है, इस बात का मुझे दुःख है।'' कौलेयक ने कहा, ''आश्रम में रहकर ज्ञान की प्राप्ति करते-करते मैं कहाँ-से-कहाँ पहुँच गया हूँ, यह अगर मैं तुझे बताऊँ तो तुझे आत्म वंचना होगी, पर सुन, जिन्होंने श्री प्रभु का साक्षात्कार किया है, ऐसे कुछ नाम भी मेरे खास मित्र हैं। अब मैं स्वयं शिष्यों को दीक्षा देने के लिए, ज्ञानबोध करवाने के लिए और मुक्ति का मार्ग बताने के लिए समर्थ हूँ।'' कौलेयक ने कहा।

''ऐसा महान् भाई मुझे मिला, इसका मुझे बहुत आनंद है।'' सारमेय ने स्मित किया और निर्लिप्तता से कहा।

''केवल आनंद व्यक्त करने से क्या होता है? तू मेरे साथ चल, मैं तुझे दीक्षा दूँगा। तू भी समर्थ बन। दोनों साथ मिलकर श्वानवंश को कल्याण के मार्ग

पर ले चलें। हमारे हाथ से कितनी ही आत्माओं का कल्याण हो सकता है। ऐसे समय हाथ-पर-हाथ धरे बैठे रहना यह ईश्वर द्वारा हमें सौंपे हुए कर्तव्य की अनदेखी करने जैसा है।''

''आत्मा के विषय में मैं कुछ नहीं जानता। इसी तरह उसके कल्याण के बारे में भी।'' सारमेय ने जवाब दिया।

कौलेयक किसी निर्णय पर जा पहुँचा हो, इस तरह बोला, ''तू साथ दे या न दे, परंतु जो श्वान आत्मकल्याण या मोक्ष के मार्ग पर चलने की इच्छा रखते हों, उन्हें मुझे दीक्षित करना चाहिए, मार्गदर्शन देना चाहिए। ज्ञानी होने की हैसियत से यह मेरा कर्तव्य है। मैं अब गुरुजी की आज्ञा लेकर आश्रम छोड़ना चाहता हूँ।''

''कुछ छोड़ने के लिए या कुछ नया करने के लिए किसी की आज्ञा लेने की क्या आवश्यकता है?'' सारमेय ने प्रश्न किया।

''तू नहीं समझेगा। खेतों और गड़रिया और बकरियों के साथ आवारागर्दी···'' कौलेयक ने वाक्य अधूरा छोड़ दिया और जाने के लिए उद्यत हुआ। सारमेय थोड़ी दूर तक उसके साथ चला। जाते समय कौलेयक ने उसकी टूटी पीठ के बारे में दु:ख व्यक्त किया। उसका भी सारमेय ने कोई जवाब नहीं दिया।

वापस आश्रम में लौटकर कौलेयक ने अपना नया विचार गुरुजी के सामने रखा और जाने के लिए आज्ञा माँगी।

गुरुजी पलभर मौन बैठे रहे फिर बोले, ''मुझसे न ही पूछे तो अच्छा हो। तुझे क्या करना चाहिए, यह तेरे सिवाय और कोई तय न करे, यही ठीक रहेगा। हम इतना समय साथ रहने के बाद मैं यह समझ पा रहा हूँ कि मैं तुझे कुछ करने या न करने के लिए सलाह दे सकता हूँ, पर आज्ञा देने के लिए समर्थ नहीं हूँ।''

कौलेयक खुशी से फूला नहीं समाया। एक तो गुरुजी ने उसके आश्रम छोड़ जाने पर कोई विपत्ति खड़ी नहीं की और उससे खास तो उन्होंने उसे ऐसा समर्थ शिष्य माना है, जिसे आज्ञा करने में गुरुजी ने स्वयं को असमर्थ पाया। उसे लगा जैसे उसने गुरुजी को धन्य कर दिया है और ऐसा मानते हुए वह खुश होता हुआ, वहाँ से चल दिया और दूसरे काम में व्यस्त हो गया।

शाम को ही उसने अपने प्रिय शिष्य जिज्ञासु को दीक्षित किया। कुछ पिल्लों के पालक भी उसके अनुयायी बनने के लिए प्रेरित हुए। तिलकधारी भी अपने

श्वान गुरु का अनुयायी बने, ऐसा प्रयत्न भी जिज्ञासु ने किया, पर उसने जरा विचित्र उत्तर दिया, ''मैं तो शिक्षक हूँ। मुझे सदा मुक्त, सतत विद्यार्थी बनकर रहना चाहिए। मैं दीक्षा नहीं ले सकूँगा।''

शाम को आश्रम त्यागकर अपने मार्ग पर निकलने से पहले कौलेयक गुरुजी के पास गया। उसने कहा, ''प्रभु, मुझे आज्ञा दें। मैं भटक न जाऊँ और योगभ्रष्ट न हो जाऊँ, ऐसा आशीर्वाद और शक्ति मुझे दीजिए।''

''नहि कल्याणकृतक्कश्चिद् दुर्गतिं तात गच्छति।'' गुरुजी ने उसके सिर पर हाथ रखकर कहा, ''तू अपनी मति और गति के अनुसार सारे सुखों को प्राप्त कर।''

अपना एक समय का पालतू कुत्ता अनेक जीवों के उद्धार के हेतु सुपंथ पर चलने के लिए उद्यत हुआ है, यह जानकर मालिक खुशी से फूले नहीं समा रहे थे। उन्होंने तुरंत ही कौलेयक को अपने घर पधारने के लिए निमंत्रण भेजा। कौलेयक अपने मालिक का निमंत्रण टाल नहीं सका। वह अपने शिष्य वृंद के साथ मलिक के यहाँ गया।

स्वयं के बैठने के स्थान पर सद्भाविनी का मालिक के साथ खींचा गया बड़ा सा फोटो लगा हुआ देखकर कौलेयक गद्गद हो गया। उसने शीश झुका, पूँछ को सीधी रखकर मन-ही-मन कहा, ''माँ, तेरे कहे अनुसार मैंने पट्टे की लाज रखी है, तेरा नाम रोशन किया है। सद्भाविनी का बड़ा पिल्ला आज गुरुपद को प्राप्त कर सका, यह सब तेरे आशीष का ही फल है माँ।''

गुरु कौलेयक के पीछे उसके हरेक शिष्य ने एक के बाद एक आकर माँ और मालिक के फोटो के सामने पल दो पल रुककर पैरों को फैलाकर मस्तक झुकाकर नमन किया और फिर सारे बैठ गए।

कुछ मेहमान और कुछ नए नजारे को देखने आए हुए लोगों की उपस्थिति में मलिक ने कौलेयक के विचार, उसकी गुरु निष्ठा, मालिक निष्ठा वगैरह की तारीफ की और कहा, ''मैं मानता हूँ की कौलेयक कुछ परिणामलक्षी करने के लिए निकला है। ऐसा काम केवल घूमते रहने से नहीं होगा। इसके लिए उसे कोई निश्चित स्थान चाहिए। यदि कौलेयक को पसंद हो तो हमारे फार्म पर ही एक सीमा पर उसकी व्यवस्था की जा सकती है। निष्काम जीव को और

अधिक सुविधाएँ तो नहीं चाहिए होंगी। कँटीली तार की बाड़ लगा देते हैं।''

किसी की सहमति या असहमति का तो प्रश्न ही नहीं था। पंद्रह-बीस मिनट में तो कौलेयक और उसके शिष्य उस स्थान पर जाने के लिए निकल भी पड़े। दरवाजे के पास पृथा खड़ी थी। उसने कौलेयक को विदा करने के बदले पूछा, ''कौलेयक, सारमेय कहाँ है, तुझे पता है?''

''हाँ, आपको कुछ काम है?''

''मेरे पास उसके लिए कुछ है।''

''आप कहें तो मैं उसे पहुँचा दूँगा या आप उसे कहलवा दें तो वह स्वयं आ जाएगा। वह अरण्यव्रत में रहता है।'' कौलेयक ने कहा, ''पर क्या बात है, कुछ खास··· ?''

मालकिन ने उसकी सूचना या उसके प्रश्न का कोई प्रतिभाव नहीं दिया। कौलेयक ने जाते-जाते अपने शिष्यों को उपदेशात्मक स्वर में कहा, ''मनुष्य का स्वभाव है, जो सामने होता है, उसकी कोई कीमत नहीं होती और जो नहीं होता उसे पाने के लिए छटपटाता रहता है।''

गुरु की बात सुनने के अलावा और कुछ कहना शिष्यों को भी योग्य नहीं लगा। मौन चलते रहे।

ऊँचे वृक्षों से घिरे मैदान में, पश्चिम छोर पर, टीले की तलहटी में, एक बड़े से खुले खेत में, एक सुंदर तालाब के पास छोटी सी जगह की सफाई की गई। तार की बाड़ बना दी गई। और घास के छोटे-छोटे श्वानघरों से स्थल की शोभा बढ़ गई। मालिक आकर स्थल देखकर संतोष व्यक्त कर चले गए।

एक बार मालकिन भी आई, उन्होंने कौलेयक से दो बातें कहीं। प्रथम तो कौलेयक ने स्वयं को स्थल मिलने पर आनंद व्यक्त किया, तब मालकिन ने कहा, ''हाँ, पर कौलेयक कुछ पाने के लिए कुछ खोना भी पड़ता है। कभी-कभी बहुत अधिक।'' इन शब्दों का अर्थ कौलेयक जानता था, पर समझता नहीं था। दूसरी बात मालकिन ने घर जाने से पहले कही, ''हो सके तो एकाध बार अपने गुरु को या फिर सारमेय को कुछ दिनों के लिए रहने के लिए, यहाँ बुलवा सके, ऐसी कोई व्यवस्था कर।''

गुरुजी को यहाँ बुलाने की इच्छा तो कौलेयक को भी थी, परंतु वह न आ

पाए तो उस स्थिति में सारमेय को बुलाने का मालकिन का सुझाव उसे कुछ अच्छा नहीं लगा। उसने अपने मालिक की तरह ही सोचा, 'बेचारी को समझ कम है।'

पृथा ने जाते-जाते फिर पूछा, "सारमेय अभी भी अरण्यव्रत में ही है न, यानी अपने संजय के यहाँ?"

"जहाँ तक मैं जानता हूँ, वह वहीं है। उसकी कमर टूट गई है और कहीं जाना हो तो उसे भयंकर वेदना सहनी होगी और फिर और भी तकलीफें, इसलिए कहीं जाता नहीं होगा।" कौलेयक ने कहा।

"ओह माँ रे। यह सब कैसे हुआ?" पृथा ने चिंता से पूछा।

कौलेयक जितनी बात जानता था, वह बताकर फिर बोला, "वह शकू, जिसके खेत पर सारमेय पहरा देता था, वह उसे संजय के पास छोड़ गई है।"

पृथा और रुके बिना वहाँ से चली गई।

19

दो परिचित व्यक्तियों की गंध पहचानते ही सारमेय की आँखें चमक उठीं। उसने सिर ऊपर उठाया। एक गंध के साथ राम या हनुमानजी का नाम और दूसरी गंध के साथ पायल की झंकार सुनने के लिए सारमेय ने अपने कान खड़े कर लिये और आगे के पैरों पर ऊँचे होकर दरवाजे की ओर से आते हुए मार्ग की ओर देखने लगा।

जब वह मालिक के यहाँ रहता था, तब अधिकांशत हवेली के अंदर रहती, कभी-कभार बाहर निकलती, कदाचित् ही स्वयं को गोद में खिलाती या खाने के लिए देती स्त्री को आते देख सारमेय को बड़ा आश्चर्य हुआ।

माली उस स्त्री के पीछे चला आ रहा है, ऐसा भी उसे नहीं लगा। पायल न पहनी होने के बावजूद उस स्त्री के हर कदम पर जैसे अभी झंकार होगी, ऐसा लग रहा था। बरसों बीत जाने पर भी बचपन में देखा था, वही भावपूर्ण चेहरा, स्नेह से छलक रही आँखें, मुश्किल से खुलते होंठ और शांति प्रदान करनेवाला स्मित अब भी वैसा ही है, यह देखते हुए सारमेय फिर अपने पैर फैलाकर शांत बैठ गया।

वह स्त्री सारमेय के पास पहुँचती, उससे पहले बाहर से संजय आ गया।

"पृथा बुआ, आप?" संजय ने उसके हाथ में से लाल रंग का कढ़ाई किया हुआ थैला अपने हाथ में लेने का प्रयत्न करते हुए पूछा।

"थैला मेरे पास ही रहने दे। बाकी का सामान गाड़ी में है, उसे ड्राइवर उतरवा लेगा। मुझे सारमेय से थोड़ा काम है।" पृथा ने कहा।

"सारमेय से, आप उसे कैसे पहचानती हैं?" संजय ने आश्चर्य व्यक्त करते हुए पूछा।

"उसका जन्म ही हमारे घर हुआ है भाई। जब तू बचपन में नीता की शादी के अवसर पर हमारे यहाँ आया था, तब सद्भाविनी ने दो पिल्ले दिए थे। उन्हीं में से एक है यह सारमेय। तू जिसे अपने साथ ले जाना चाहता था, वही है यह।" पृथा ने जवाब देकर सारमेय से पूछा, "तूने अब तक अपना परिचय संजय को नहीं बताया है?"

"ऐसा करना मुझे आवश्यक नहीं लगा।" सारमेय ने कहा।

"ओह," संजय ने कहा और जरा शिकायत की, "वह सब ठीक है बुआ, पर आप उसे मिलने के लिए आई हैं, वैसे मुझे भी तो मिलने के लिए आ सकती थीं। इतने सालों में आप मुझसे मिलने कभी नहीं आई हैं।"

"बिना किसी कारण घर से निकलना मुझे अच्छा नहीं लगता। बेटा, अभी मुझे सारमेय का काम है, इसलिए आई हूँ, इसी तरह कभी तेरा काम होता, तब तुझसे मिलने भी जरूर आती।"

"आपसे बातों में जीतना मुश्किल है, पर अब मैं आपको यहाँ से जाने नहीं दूँगा।"

"कभी किसी के कहने से कोई रुका है भला?" पृथा बोली।

माली यहीं कहीं होगा, ऐसा लग रहा है, परंतु दिखाई नहीं दे रहा, इसलिए सारमेय चारों ओर व्याकुलता से देख रहा था। पृथा ने सारमेय के पास बैठकर उसके शरीर पर हाथ फेरते हुए कहा, "उसे मत खोज, भाई, अब वह नहीं आएगा।" फिर थैले में से माली के कपड़े और ताँबे का कलश सारमेय के सामने रखकर बोली, "उसके बारे में तू बहुत कुछ जानता है, इसलिए मैं कुछ नहीं कहूँगी, पर अपने आखिरी समय में वह तुझे बहुत याद कर रहा था। आखिरी रात को उसने मुझसे कहा था कि सारमेय मिला होता तो अच्छा होता।"

सारमेय की नजर स्थिर हो गई। वह मौन रहकर शून्य में ताकने लगा। पृथा कह रही थी, "अपने पीछे कुछ भी करने के लिए वह मना कर गया है, पर मेरा मन नहीं मान रहा। मेरी सास उसे गंगा किनारे से लेकर आई थी। मैं उसे वहीं छोड़ने जा रही हूँ। खबर मिली कि तू अरण्यव्रत में है तो सोचा कि यह काम तुझसे ही करवा लूँ। तू साथ चलेगा?"

सारमेय कुछ नहीं बोला। वह केवल पृथा की ओर देखता रहा।

पृथा ने फिर कहा, "मैं जानती हूँ कि ऐसा कुछ करने का कोई अर्थ नहीं है। वैसे तो किसी भी चीज का कहाँ कोई अर्थ होता है? फिर माली ने भी मुझसे कभी नहीं कहा कि वह मर जाए तो उसे गंगा के किनारे वापस पहुँचा देना। वह तो जहाँ रह रहा था, वहीं था, पर मैंने अपने संतोष की खातिर इसे गंगा में विसर्जित करने के लिए सँभालकर रखा है। बोल, तू साथ चलेगा?"

'नहीं' कहने जा रहा सारमेय एकदम से रुक गया। उसे माली, माली के साथ बिताया हुआ समय, अपनी मस्ती, उधम, सभी याद आने लगे। बाँधकर रखा जा सके, ऐसे समय पर भी माली ने उसे सदा मुक्त रखा था। स्वयं सारमेय से असीम प्रेम करने के बावजूद कभी अपने प्रेम का बोझ सारमेय के सिर पर नहीं डालनेवाले माली ने ही उसे अश्रव्य स्वर सुनने के लिए, पहचानने के लिए प्रेरित किया था।

इस विचार के साथ ही सारमेय को गुरुजी की याद आ गई। उन्होंने अगर चाहा होता तो किसी भी काम के बहाने वह उसे आश्रम में रोककर रख सकते थे, पर उन्होंने भी ऐसा नहीं किया, उन्होंने भी उसे मुक्त ही रखा था।

अब सारमेय की स्मृतियाँ जाग उठीं। स्वयं पहली बार जब बाहर निकला था, तब घर के बाहर चबूतरे पर बैठकर अपने हाथ से रोटी खिलानेवाली स्त्री भी उसे याद आ गई। उसने सारमेय की चिंता की थी, पर उसे पालतू बनाने की चेष्टा नहीं की थी। उसके गले पर कस रहा पट्टा ढीला कर उसे जाने दिया था। फिर शकू ने बालसुलभ अधिकार भाव से उसे अपने साथ ही रखा था, पर आखिर में सारे अधिकार त्यागकर, उसके गले का पट्टा निकाल कर उसे मुक्त कर दिया था।

आज यह पृथा! हाँ, आज···। जन्म के समय स्वयं की और माँ की देख-रेख करनेवाली स्त्री पृथा थी, वह तो आज संजय के साथ उसकी बातचीत से सारमेय

को मालूम हुआ था। उसे याद आया कि मालिक के पूरे घर में सभी व्यक्ति उसे कुछ-न-कुछ सिखाने के लिए तत्पर रहते थे। सारमेय की शिकायत आने पर उसे सजा देने, सलाह देने का अधिकार जताने के लिए हर व्यक्ति तैयार रहता था, पर यह एक स्त्री ऐसी थी, जो सारमेय की बड़ी-से-बड़ी शिकायत सुनकर भी केवल स्मित करती। केवल यही एक थी, जो सारमेय को कभी कोई सलाह, सूचना नहीं देती और यही एक स्त्री थी, जिसके साथ एक ही घर में रहने के बावजूद उसके, ''सुनती हो, बुआ, माँ, भाभी, बहू, काकी, मामी'' जैसे नाम में से असली नाम कौन सा है, वह तय नहीं कर पाया था।

अनेक नामों से पहचानी जानेवाली, अनेक संबोधनों से पुकारी जानेवाली, अपना असली नाम त्याग कर संबोधनों और संज्ञाओं में मिल चुकी पृथा। उसने स्वयं भी अपना असली नाम शायद बरसों के बाद सुना होगा, संजय के मुख से। वह भी पृथा बुआ। संबंधवाचक।

अचानक सारमेय को लगा जैसे कहीं से कोई अदृश्य डोर आकर लिपट गई है, पर फिर भी वह उस डोर से बँधा नहीं है। स्वयं के जन्म के बाद पालन और विकास में कितने लोगों का सहयोग है? जीवन में पहली बार सारमेय को लगा कि वह विमुक्त नहीं है।

पृथा ने सारमेय की विचारमग्न मुद्रा देखी। उसके खड़े हुए सतर्क कान पर अपना हाथ फेरकर उसे थपथपाया और कुछ भी कहे बिना खड़े होकर संजय को संबोधित करके बोली, ''चल भाई, तेरी इच्छा थी न कि आकर एक बार तेरा अरण्यव्रत देख लूँ। चल, दिखा मुझे।''

20

शाम की ढलती धूप में नदी की ओर जाते मार्ग पर चलते हुए पृथा ने संजय से कहा, ''कल तेरे साथ बात करनी थी, वह रह ही गई। तेरे फूफाजी तेरी शादी के बारे में पूछ रहे थे। तू और मल्लिका तो काफी समय से एक-दूसरे को जानते हो। फिर देर किस बात की है?''

सारमेय भी साथ घूमने निकला था। वह इन दोनों की बातें ध्यान से सुन रहा था।

"मल्लिका?" संजय ने दीर्घ साँस लेते हुए कहा, "फूफाजी की बात मैं समझता हूँ, पर मैं रहता हूँ, उतनी सुविधाओं में वह रह पाएगी, ऐसा मुझे नहीं लगता।"

"तेरे यहाँ कौन सी सुविधाएँ नहीं हैं?" पृथा ने हँसते हुए पूछा।

"जो कुछ भी हैं, वे मेहमानों के लिए, अन्य सदस्यों के लिए हैं। मेरी मान्यताएँ अलग हैं। जीने के लिए जितना आवश्यक हो, उससे ज्यादा मुझे कुछ नहीं चाहिए।" नदी के तट पर पहुँचते हुए संजय ने कहा और तीनों रेत में बैठ गए।

पृथा बोली, "संजय, तू यह बात सारमेय के सामने कह रहा है, यह याद रखना। वह अभी कहेगा कि जीवन के लिए जरूरी वस्तुओं में हवा, पानी और भोजन के अलावा और कुछ भी महत्त्वपूर्ण नहीं है, हाँ, तेरे और मेरे लिए वस्त्र भी महत्त्वपूर्ण है, पर हमारे पास इन सब के अलावा भी बहुत कुछ है।"

पृथा जरा सा रुककर नदी की ओर देखते हुए फिर कहने लगी, "तुझसे कहने का मुझे पूर्ण अधिकार है कि अपने आप को कभी धोखा मत देना। तू जैसा है, वैसा ही रहे तो मल्लिका तो क्या; किसी को भी तेरे साथ रहने में कोई असुविधा नहीं होगी। उलटे और अधिक आनंद और गर्व होगा। संजय पेड़ के तले रहे या महल में, यह महत्त्वपूर्ण नहीं है। संजय रहता है, यह महत्त्वपूर्ण है।" पृथा संजय के मुख पर दृष्टि गड़ाए बैठी रही।

संजय भी पृथा के चेहरे की ओर देखते हुए कुछ सोच रहा हो, इस तरह मौन बैठा रहा। पृथा मुसकराई। सारमेय ने बारी-बारी से दोनों की आँखों में देखा। उसे लगा कि पृथा की आँखें पारदर्शक हैं। सामने बह रही नदी के जल से भी अधिक निर्मल, जिसके आरपार मन को भी पढ़ा जा सके, ऐसी। संजय की आँखों में जिज्ञासा, इच्छा, करुणा और बुद्धि का दर्शन हो रहा था, जिसमें सतत कोई खोज चल रही है, ऐसा भी सारमेय को लगा।

"शायद आप कहती हैं उस तरह, बुआ।" संजय ने कुछ सोचकर जवाब दिया। "अभी इस वक्त मैं अपने आप से भी वफादार नहीं हूँ, यह संभव है, पर जैसा आपने कहा, वैसा भी मैं बन जाऊँ, तब भी मल्लिका को यहाँ ठीक से सँभाल सकूँगा, ऐसा मुझे नहीं लगता। मुझे बहुत झिझक हो रही है। हमारे

विचारों में बहुत मतभेद आ गए हैं। साथ पढ़ते थे, तब हमारे बीच में प्रेम था। अब शायद नहीं है।''

यह सुनकर पृथा गंभीर हो गई। उसने स्नेह से संजय की पीठ पर हाथ रखा और कहा, ''जब तुम दोनों की बात हो रही हो, उस समय तू प्रेम की बात मत कर। तुम दोनों के बीच प्रवर्तित समझ के बारे में ही बात कर। फिर सारी मुश्किलें हल हो जाएँगी।'' कहकर पृथा रुक गई। संजय को सोचने दिया। संजय नदी की ओर देखते हुए सोच में डूबा रहा। सारमेय ने आगे के पैर फैला दिए और उन पर सिर रखकर आँखें मूँद लीं।

थोड़ी देर के बाद रेत में से कंकड़ बीनते हुए पृथा बोली, ''तू यहाँ जंगलों में किसी ध्येय को लेकर काम कर रहा है और मल्लिका भी जीवन को समझने के लिए प्रयत्न कर रही है। इसीलिए कह रही हूँ कि तू प्रेम शब्द का उपयोग केवल तुम दोनों के संदर्भ में नहीं करना। समस्त जगत् के संदर्भ में तू प्रेम की बात करेगा तो तुम्हें समझ आएगा कि प्रेम तो सदा होता ही है। आकाश की तरह वह सर्वव्यापी है। बादलों से ढका हो, रात के अंधकार में छुपा हो या बंद कमरे में से दिखाई न देता हो, तब भी आकाश हो ही नहीं, ऐसा होता है क्या? प्रेम तो होता ही है। उसे करना या मिटा देना संभव नहीं है। दूसरे शब्दों में कहूँ तो अपेक्षा, द्वेष, भय, क्रोध, बैर सभी का नाश होने के बाद जो शेष रहता है, उसे पाने का प्रयत्न करना चाहिए।''

सारमेय शांतिपूर्वक सारी बातें सुन रहा था। पृथा बोलती जा रही थी। ''कोई भी व्यक्ति या समाज हमारे साथ सहमत हो, हमारा हित चाहे हमारे साथ हो या फिर उसके विरुद्ध बरताव करे, उसका साथ न दे, उस भावना को और कुछ भी कहा जा सकता है, पर प्रेम नहीं।''

''बुआ, आप जैसा कह रही हैं, ऐसे विचार मेरे मन में भी अनेक बार आते हैं, पर मैं क्या करूँ? आप ऐसा कीजिए, यहाँ रुक जाइए। आप साथ और मेरे सामने रहेंगी तो आपका ज्ञान मुझे आप कहती हैं, उस अवस्था तक जरूर पहुँचा देगा।''

''एक तो मुझे कोई ज्ञान नहीं है और अगर हो, तब भी सामने रहने से या साथ रहने से भी किसी को कुछ दिया जा सकता है, इस बात को मैं नहीं

मानती। प्रकृति ने हम सबको अलग-अलग अस्तित्व दिया है। समान रूप से बरताव करना हमारे लिए कैसे संभव है ?'' पृथा ने सहजता से मुसकराते हुए कहा, ''सारमेय तेरे साथ है ही। वह क्या कम ज्ञानी है ?''

सारमेय ने आँखें खोलीं। फिर गंभीरता से बोला, ''पृथा, मुझे तो मेरे अज्ञान को पहचानने जितना भी ज्ञान नहीं है और मैं स्वयं जिस विषय के लिए सशंक हूँ, ऐसे किसी विषय पर मैं नहीं बोलता। तू मुझे इसमें मत बाँध।''

बाँधने की बात सुन पृथा ने जरा क्रोध भरे स्वर में कहा, ''सारमेय, बचपन में तुझे शायद कभी खिलाया भी है।'' पृथा का स्वर जरा और कठोर हो गया। ''तू स्वामी हुआ, उसके बाद बारंबार मुझे तेरी खबर मिलती रही है। अखबार में फोटो देखकर सद्‌भाविनी के कहने से मैं शकू के यहाँ गई थी, उस वक्त शकू ने मुझसे जो कहा, वह मुझे तुझसे कहना चाहिए या नहीं, यह मैं तय नहीं कर पाई थी, पर आज लग रहा है कि कहना ही पड़ेगा।'' कहकर वह जरा सा रुकी।

कुछ पलों के बाद एक-एक शब्द अलग कर पृथा ने कहा, ''उस वक्त शकू ने मुझसे कहा था कि मैं स्वामी को जाने देना नहीं चाहती थी, पर मुझे लगा कि उसे बंधन के भय से मुक्त होना अभी बाकी है। इसलिए मैंने उसे नहीं रोका।''

सारमेय को झटका सा लगा। वह सोच में डूब गया। उसे याद आया कि अजन्म्य को ट्रक के पीछे दौड़ते देखकर स्वयं ने उसे ''तू बँधना नहीं'' ऐसा कहा था। शायद शकू ने यह जानकर ही अजन्म्य को उससे दूर रखा होगा।

अरण्यव्रत में आने के दूसरे दिन उस खाई के किनारे बैठकर चिंता कर रही शकू से स्वयं ने कहा था, वह भी सारमेय को याद आ गया, ''ऐसा करके मुझे बाँधना नहीं।''

आँखें या चेहरा देखकर मन को जान सकने की कुत्तों की शक्ति के बारे में सारमेय को जरा भी संदेह नहीं था। उसे पूर्ण विश्वास था कि स्वयं के उन शब्दों को सुनने के बाद भी शकू के मन में कोई प्रतिभाव उत्पन्न नहीं हुआ था। सारमेय मौन रहा। शकू की बात समझने की उसने कोशिश की, पर उसे क्षोभ, दुःख, या अन्य कोई भावना महसूस नहीं हुई।

समय बीतता रहा। बहुत देर तक सारमेय, पृथा और संजय तीनों मौन बैठे रहे। थोड़ी देर के बाद पृथा ने खड़े होकर नदी के पास जाकर अंजलि में भरकर

पानी पिया। शाम ढल चुकी थी। जंगल के वातावरण में ठंड बढ़ने लगी। पृथा अब भी जल में ही खड़ी थी। चाँदनी छा गई। नदी का शीतल पानी चाँदनी के प्रकाश में जगमगा उठा। अब पृथा धीरे-धीरे लौट रही थी। संजय और सारमेय भी खड़े हो गए। वृक्षों के पत्तों में से छनकर बिखर रही चाँदनी पर कदम भरते हुए तीनों अरण्यव्रत की ओर चले।

दरवाजे पर पहुँचते ही व्यवस्थापक ने तीनों को देखा। सारमेय पर नजर पड़ते ही उसने उसे आवाज देकर पुकारा। पृथा और संजय से अलग होकर सारमेय व्यवस्थापक के ऑफिस के पास गया।

व्यवस्थापक ने कहा, "शकू बहन आई थीं। उनका लड़का बहुत बीमार है। शायद आखिरी वक्त है। तुझे याद कर रहा है, ऐसा कहने और तुझे अपने साथ ले जाने के लिए आई थी। जल्दी में थी, इसलिए रुकी नहीं। लौटती बस में वापस चली गई। मैंने तुझे देखते ही यह संदेश तुझे दिया है।"

"शकू कब आई थी?"

"दो दिन हुए। तू तो यहाँ था नहीं। तू कब आया?"

"आज ही, आज दोपहर को ही।" सारमेय ने दरवाजे की ओर जाते-जाते कहा।

"अरे-अरे, तू कहाँ जा रहा है?" व्यवस्थापक ने पूछा। सारमेय को जवाब देना जरूरी नहीं लगा। वह पीछे देखे बिना चला गया।

अरण्यव्रत के दरवाजे से थोड़ी दूर जाकर आगे कैसे जाया जाए, यह सोचते हुए सारमेय जरा रुका। वहीं एक ऊँट गाड़ीवाले ने सारमेय को देखा। गाड़ी रोककर उसने पूछा, "अरे ओ सारमेय, इस समय कहाँ चल दिया है?"

"शहर जाना है। हो सके तो आज रात ही नहीं तो सुबह तक, पर मुझे जल्द-से-जल्द शहर पहुँचना है।"

गाड़ीवाला हँस पड़ा। "इन टूटे पैरों से चलकर तो तू पहुँच चुका। चल, गाड़ी में चढ़ जा। रास्ते में कोई वाहन मिल जाए तो तुझे उसमें चढ़ा दूँगा तो तू जल्दी पहुँच सकेगा।"

सारमेय गाड़ी में बैठा। गाड़ीवाला उससे बातें करने लगा। "तुम कुत्तों के लिए अच्छा है। जब मन हुआ, चल दिया। साला, हम लोगों के लिए यह

संभव नहीं होता। सच है…" गाड़ीवाला बोले जा रहा था। सारमेय सुनता जा रहा था। उसे यूँ मौन बैठे देखकर गाड़ीवाले ने कहा, "अरे कुछ तो बोल, जरा रास्ता तो कटे।"

"बोलने की जरूरत रास्ता कट जाए, इसलिए ही होती है ?" सारमेय ने पूछा।

"और इसके सिवाय बोलने की जरूरत ही क्या है ? यह पूरी दुनिया बोलती रहती है, वह कभी किसी दूसरे के हित के लिए बोल रही हो, ऐसा मुझे तो कभी नहीं लगा। कोई रास्ता काटने के लिए बोलता है तो कोई जीवन काटने के लिए। बाकी काम की बातें करनेवाले तो पहुँच गए प्रभु के धाम। बस, तेरे-मेरे जैसे कुछ बचे हैं…।" गाड़ी वाला जोर-जोर से हँसने लगा।

सारमेय ने कोई जवाब नहीं दिया, इसलिए फिर आगे कहने लगा, "और बातें बड़ी अजीब-अजीब करते हैं। हमसे एक बात कहते हैं, खुद के लिए दूसरी।" गाड़ीवाला कहकर रुका। फिर जैसे ऊँट के साथ बात कर रहा हो, इस तरह बोला, "क्यों भाई, सच है कि नहीं, तूने देखा है किसी को, जो खुद से कहते हो वही बात किसी और से कहते ? देखा हो तो बता, उसे जाकर देखें तो सही।" जवाब दे रहा हो, इस तरह ऊँट ने आवाज निकाली।

थोड़ी देर कोई कुछ नहीं बोला। फिर गाड़ीवाला गंभीर होकर सारमेय की तरफ मुड़कर अपनी ही बात को आगे जोड़ते हुए कहने लगा, "जो मैं खुद से कहूँ और तुझसे नहीं, ऐसी बातें रास्ता काटने के लिए ही कही जाती हैं। इसका और क्या अर्थ निकलता है भला ?"

सारमेय केवल मुसकराया और इतने में ही मुख्य रास्ते पर गाड़ी पहुँच गई। सारमेय को दूसरे वाहन में चढ़ाने के लिए गाड़ीवाला रुका रहा। सारमेय को वाहन में चढ़ाकर गाड़ीवाले ने कहा, "चल भाई राम-राम। रास्ते में तूने जो नहीं कहा है, वह मैंने सुना है। ऐसे ही कभी मिलते रहना।"

ऊँट गाड़ी और सारमेय का वाहन अलग-अलग दिशाओं में जाने लगे। थोड़ी दूर तक ऊँट गाड़ी और गाड़ीवाला दिखाई दे रहे थे। फिर असीम आकाश में चमकते तारों के बीच, सामान पर बैठा हुआ सारमेय घने अंधकार में जैसे कुछ खोज रहा हो, इस तरह देखता रहा।

शहर आया, तब तक सुबह हो चुकी थी। सारमेय अजन्म्य की शाला के पास वाहन में से उतर गया। वहाँ से लँगड़ाते हुए शकू के घर की ओर चला। तालाब के किनारे आते ही उसे ट्रक के पीछे-पीछे दौड़ता, रोता हुआ बालक अजन्म्य याद आने लगा। वह उस बालक की स्वयं से मिलने की इच्छा पूरी करने के लिए जा रहा है। इस तरह जाना जरूरी है या नहीं और स्वयं ठीक कर रहा है या नहीं, यह सोचना उसने छोड़ दिया।

21

गुरुजी के निधन की बात सुनकर कौलेयक पर जैसे आसमान टूट पड़ा। प्रवचन के लिए जाने की तैयारी करना छोड़ तुरंत उसने प्रार्थना सभा करके गुरु के लिए प्रार्थना की। फिर गुरु के धाम जाने के लिए निकल पड़ा। कुछ और जिज्ञासु भी उसके साथ थे। वे सब आश्रम पहुँचे तो वहाँ उपस्थित सभी लोगों ने उन्हें घेर लिया।

दोपहर को गुरुजी को समाधि देने के बाद आयोजित सभा में भी कौलेयक का उल्लेख होने लगा। ''यह जीव भी गुरु का अंतेवासी था। निम्न कोटि का जीव होने पर भी हमारे गुरुजी की कृपा से ऊर्ध्वमुख होकर इस कक्षा तक पहुँच गया है।'' किसी ने किसी से कहा, ''इस कक्षा'' मतलब कितनी और कौन सी, यह कल्पना सुननेवाले ने अपने आप कर ली।

कौलेयक की आँखें भर आईं। उसे आकाश की ओर मुँह करके जोर से रुदन करने की इच्छा हो आई, पर स्थल काल की मर्यादा का पालन करते हुए वह अपनी इच्छा को दबाए सभा में बैठे साधकों के पीछे अपनी मंडली के साथ बैठ गया। साधकों ने श्रद्धांजलि दी। गुरु के गुणगान गाए। कुछ साधकों ने स्वयं की रचित कविताएँ भी गाईं।

सभा में कुछ निर्णय भी लिये गए। उनमें से कुछ लिखित स्वरूप में थे। कुछ अलिखित निर्णयों में गुरुजी को सदा विद्यमान मानना, मृत न समझना, उनका स्वत्व, सत्त्व, जो इस आश्रम की भूमि पर और वातावरण में है, उसे विधि के अनुसार अन्यत्र ले जाया जा सकता है, ऐसा जुनूनपूर्वक मानना और जहाँ भी संभव हो, वहाँ उसे ले जाकर गुरु के आश्रमों की शृंखला खड़ी करना, ऐसे निर्णय मुख्य थे।

ऐसे निर्णयों के कारण ही कौलेयक को गुरुजी, जो कपड़ा बचपन में पहनते थे, उसे उनके श्वान केंद्र पर रखने के लिए दिया गया। कपड़ा लेकर कौलेयक वापस लौटा। फिर जिज्ञासु को लेकर अपने मालिक के पास जाकर कपड़े की प्रतिष्ठा करने का आयोजन करने के लिए विनती की। आखिर कौलेयक जहाँ रहता था, वह जमीन तो इस मालिक की ही थी।

''अरे वाह, तुझे गुरुजी का कपड़ा मिला?'' मालिक ने अपनी खुशी जाहिर की और अपने पास की चाँदी की डिबिया दिखाते हुए कहा, ''मुझे तो गुरुजी हमेशा जिसे अपने पास रखते थे, वह डिबिया मिली है।''

दोनों बातें कर रहे थे, उसी समय पृथा सफर से लौटी। गुरुजी के निधन की बात सुनकर वह बोली, ''हाँ, मुझे पता है।''

''तो फिर तू समाधि समारोह में क्यों नहीं आई?'' पति ने पूछा।

''मैं उत्तरकाशी गई थी। वहाँ से पहुँच सकूँ, यह संभव नहीं था। फिर आपके रहते मेरी जरूरत भी क्या थी?''

''उस माली की अस्थियाँ बहाने के लिए, क्यों?'' व्यंग्य में बोला गया वाक्य सुनाई दिया। पृथा के चेहरे की एक भी रेखा बदली नहीं। उसने उसी स्वस्थता से जवाब दिया, ''हाँ।''

कौलेयक ने पूरा वार्त्तालाप सुना। उसे लगा कि गुरुजी की समाधि यात्रा में मालकिन को उपस्थित रहना चाहिए था, परंतु स्वयं की उपस्थिति में मालकिन को सुनना पड़ा, इस बात का संकोच भी उसे हो रहा था। उसने जिज्ञासु की ओर देखा। वह भी मौन रहकर ये सारी बातें सुन रहा था।

कौलेयक ने थोड़ा झिझकते हुए कपड़ा पृथा की ओर बढ़ाकर उसे स्थापना करने के अपने विचार से अवगत कराया। फिर कहा, ''आप पहुँच पातीं तो एकाध बहुमूल्य स्मृति चिह्न आपको भी दिया जाता। मालिक वहाँ उपस्थित थे, इस कारण उनके हिस्से में स्मृति चिह्न के रूप में चाँदी की डिबिया आई।''

पृथा ने कपड़ा हाथ में लेकर देखा। फिर उसे लौटाते हुए बोली, ''मुझे कुछ भी दिया जाता, तब भी उसे सँभालकर रखने, जितनी भक्ति मुझमें प्रकट होना संभव नहीं था, इसलिए मैं कुछ लेती ही नहीं।'' सुननेवाले पृथा के इस कथन का कोई अर्थ निकालते, इसके पहले पृथा अंदर चली गई। जाते-जाते

उसने पूछ लिया, ''गुरुजी की वस्तुएँ पाकर आपको संतोष तो मिला है न?''

पृथा के सवाल से जिज्ञासु के अलावा दोनों श्रोताओं के मन में तीव्र प्रत्याघात ने जन्म लिया, पर दोनों शांत रहने के आदी थे। जिज्ञासु को लगा कि मनुष्य प्राणियों से अधिक कठिन भाषा का प्रयोग करते हैं। पृथा ने जो बात कही, वह अगर किसी और प्राणी को कहनी होती तो वह सीधे कह देता, ''गुरु को जो न पा सका, उसे गुरु के कपड़े, डिबिया से संतोष करना पड़ेगा।''

कौलेयक की कपड़ा प्रतिष्ठा की बात स्वीकार करना कठिन नहीं था। मालिक के लिए तो कौलेयक अपना ही था। अन्य ट्रस्टियों को कपड़े की पवित्रता अक्षुण्ण रहने के बारे में संदेह था। इसलिए उसका निवारण करने के लिए पूजा विधि के लिए या किसी अन्य काम के लिए कपड़ा मंदिर के क्षेत्र में स्नानादि क्रिया से पवित्र हो, ऐसे जीव को ही प्रवेश दिया जाना चाहिए, ऐसा नियम बनाया गया।

खेत के उस रमणीय कोने में छोटे-छोटे श्वान घरों के बीच जरा बड़ी सी मंदिर की आकृति बनवाई गई और ससम्मान गुरु के कपड़े की स्थापना करने के वक्त वहाँ किसे-किसे निमंत्रण दिया जाना चाहिए, इसकी सूची बनाई गई। सभी मेहमान कहाँ रहते हैं, वह पता था। केवल एक जीव ऐसा था, जिसका कोई घर या ठिकाना नहीं था। कौलेयक ने पृथा से पूछा, ''आप बाहर गई थीं। आपको मालूम है सारमेय कहाँ होगा?''

''वह अरण्यव्रत छोड़कर चला गया है, इतना मुझे पता है, पर वह कहाँ गया है, यह मैं नहीं जानती। आखिर में उसे शकू बुलाने के लिए आई थी। शायद उसके यहाँ गया हो। मैं उसकी खबर निकलवाती हूँ।'' पृथा ने कहा।

सारमेय उस वक्त सरोवर के किनारे स्वयं जहाँ गाड़ी में पकड़ लिया गया था, वहाँ से विचारमग्न चला जा रहा था। थोड़ी देर बाद वह मार्ग के ट्रैफिक सिग्नल के पास से मुड़कर पूछता हुआ शकू के घर पहुँचा।

घर में अजन्म्य, शकू और एक नर्स इतने ही लोग थे। अजन्म्य क्षीण आवाज में बोला, मम्मा, स्वामी आ गया।

शकू ने पीछे मुड़कर सारमेय की ओर देखा और उसे आने के लिए सिर हिलाकर इशारा किया। सारमेय अजन्म्य की खटिया के पास गया और आगे के

दोनों पैर खड़े कर बैठ गया। अजन्म्य ने करवट बदलकर सारमेय की ओर देखा और कहा, ''स्वामी, उस दिन जब तुझे पकड़ लिया था, तब मैंने कहा था कि मैं तुझे लेने आऊँगा···''

''शकू मुझे लेने आई थी, तब तो तेरी परीक्षाएँ थीं।'' सारमेय ने बीच में ही जवाब दिया।

''नहीं, परीक्षाएँ तो बाद में हुईं, पर तूने मुझे तेरे पीछे आने से मना क्यों किया था?''

''बस, यूँ ही। मुझे लगा, मुझमें अपना मन लगाकर तू वहाँ तक आने के लिए परेशानं हो, यह ठीक न होगा।'' सारमेय ने कहा।

''मैं आया तो नहीं था, पर मेरा मन तो तुझमें ही था। मुझे लग रहा था कि वे लोग तुझे मारेंगे। मारा था?'' अजन्म्य ने पूछा।

''नहीं, बहुत नहीं।'' सारमेय ने कहा, ''मेरी पीठ को एकाध बार मारा था।''

''तो फिर उन लोगों को अच्छा नहीं कहा जा सकता। हमारे टीचर कहते थे कि···'' कहते हुए अजन्म्य रुक गया।

अचानक उसका शरीर तनने लगा। नर्स की आँखें धुँधला गईं। उसने शकू की ओर देखा। फिर तुरंत ही अजन्म्य को इंजेक्शन देकर डॉक्टर को फोन लगाने में व्यस्त हो गई। शकू कुछ भी बोले बगैर अजन्म्य के सिरहाने बैठ गई। सारमेय अजन्म्य के सामने देखता रहा।

नर्स ने लौटकर अजन्म्य की ओर देखा और पलभर के लिए स्थिर हो गई। फिर उसने शकू से पूछा, ''आपको किसी को कुछ कहलवाना है?''

''यह आया, तब किसी को कहलवाया था?'' शकू ने पूछा।

''नहीं, आप तो जानती हैं। उस समय भी मैं ही थी। उसकी माँ और मैं, बस दोनों ही। थोड़ी देर के बाद मैं भी चली गई थी।''

''बस, तो आज भी मैं हूँ और तुम हो।'' शकू ने स्वाभाविक स्वर में कहा और अलमारी खोली। अलमारी में से अजन्म्य के कपड़े और उसकी दूसरी चीजें निकालकर बैग में भरते हुए बोली, ''डॉक्टर को फोन कर दो। तुम भी अब जा सकती हो। दो रात से खड़ी हो। मैं घबराऊँगी नहीं। जरूरत पड़ने पर किसी को बुलवा लूँगी। सारमेय भी है यहाँ।''

नर्स ने आश्चर्यचकित होकर सारमेय की ओर देखा और अजन्म्य के तन पर चादर ओढ़ा दी, सिर झुकाकर प्रार्थना की और शकू के सामने देखकर बोली, ''मैं उसकी माँ को जानती हूँ… ।''

''नहीं।'' शकू ने दृढता से कहा, ''जो अजन्म्य था, उसे अब अमर्त्य रहने देंगे। उसकी माँ को जो बात मालूम नहीं थी, वह अब कभी उसे मालूम न हो, यह देखना होगा।''

नर्स दो पल रुककर धीमे कदमों से चलकर कमरे से बाहर चली गई। सारमेय उठा और बाहर जाकर खड़ा हो गया। पड़ोस में से कुछ लोग आए। ऐसे वक्त पर कुत्ते की उपस्थिति कुछ लोगों को अच्छी नहीं लगी।

शकू ने सबके सामने ही सारमेय से पूछा, ''स्वामी, तू साथ चल रहा है ?'' यह सुनकर कुछ लोगों ने मुँह बिगाड़ा। सारमेय पर इन बातों का कोई असर हुआ हो, ऐसा नहीं लगा। सब निकले तो वह भी उनके साथ-साथ चलता रहा।

सारमेय और शकू वापस लौटे, तब घर के दरवाजे पर पृथा उनकी राह देख रही थी। शकू की ओर देखकर वह जरा मुसकराई और शकू की पीठ पर हाथ रखा। दोनों सारमेय को बाहर के कमरे में अकेले छोड़कर अंदर के कमरे में गईं। थोड़ी देर के बाद पृथा बाहर आई, रसोईघर में गई। बहुत देर के बाद वह वहाँ से बाहर आई, उसने शकू को खाने के लिए अंदर बुलाया। सारमेय को भी खाना खिलाया।

शाम तक पृथा शकू के पास रुकी रही। वह जाने के लिए उठी, तब सारमेय से कहा, ''कौलेयक के यहाँ समारोह है। तुझे वहाँ का निमंत्रण देने के लिए उसने मुझसे कहा था, इसलिए मैं आई थी। मुझे लगता है थोड़े दिन तू और शकू मेरे साथ रहो, फिर तू कौलेयक के पास जाना।''

''समारोह कब है ?'' सारमेय ने पूछा।

''आनेवाले इतवार को।' पृथा ने कहा, ''तुम दोनों आ रहे हो ?''

''मैं नहीं आ रही। सारमेय चाहे तो आएगा।'' शकू ने जवाब दिया।

''तुझे अकेलापन महसूस होगा। मैं थोड़े समय तक तेरे पास रहूँ तो तुझे अच्छा लगेगा, ऐसा अगर तुझे लगता है तो मैं कौलेयक के यहाँ नहीं जाऊँगा।'' शकू को देखते हुए सारमेय ने कहा।

''इस तरह से तुझे रोक लेने का विचार मन में एक बार आया भी था। उस समय तूने मुझे अकेलापन खलेगा, यह बात अगर सोची होती तो तुझे जाने नहीं दिया होता। आज तू रहे या जाए, दोनों एक समान है।'' शकू ने कहा।

सारमेय के मन में कोई प्रतिभाव नहीं जागा। वह कुछ बोले बिना पृथा के साथ निकल पड़ा। शकू ने अजन्म्य के कपड़े और खिलौने से भरा बैग साथ ले लिया और तीनों अपने-अपने रास्ते चल दिए।

गाड़ी में बैठने के बाद पृथा ने सारमेय से पूछा, ''शकू के यहाँ तू बहुत दिन रुका था, फिर अचानक कहीं चला गया था, है न?''

''हाँ, अचानक मेरी समझ में आया कि गाँव के लोग और उसके माता-पिता मुझे अपना पालतू कुत्ता मानने लगे थे।''

''तो उसमें तुझे क्या हर्ज था? मनुष्यों के लिए यह समझना स्वाभाविक ही है, पर तुम भी ऐसा मानने लगे, इस बात का आश्चर्य हो रहा है।'' पृथा ने गाड़ी चलाते हुए सारमेय की ओर देखे बगैर कहा।

''मैं उनका कुत्ता हूँ, ऐसा मैं नहीं मानता था। मैंने शकू से भी पूछा था कि वह मुझे अपना कुत्ता मानती है या नहीं, तो उसने भी मना कर दिया था।'' शकू के घर घटी घटना को याद करते हुए सारमेय ने कहा।

''तू चाहे जो कहे, मुझे तो लगता है कि तू भी ऐसा मानने ही लगा था। दिल में कहीं गहरे तुझे पता चल गया था कि तू उनका कुत्ता नहीं। इसी कारणवश अगर तेरा जुलूस निकलता तो तुझे फर्क पड़नेवाला था। इसीलिए तू चला गया था।'' पृथा ने दृढता से कहा।

सारमेय पलभर के लिए सोच में डूबा रहा। उसे लगा, पृथा उसे पढ़ रही है। उसने जवाब दिया, ''हाँ, मुझे फर्क पड़नेवाला था।''

''और इसीलिए शकू ने तुझे नहीं रोका।'' गाड़ी को मुख्य मार्ग पर लाने के बाद उसकी गति बढ़ाते हुए पृथा ने कहा, ''अगर उस जुलूस से तुझे कोई फर्क पड़नेवाला न होता तो शकू ने तुझे रोक लिया होता।''

पृथा ने मार्ग पर से नजर हटाकर जरा एक नजर सारमेय पर डाली और अपनी बात जारी रखी, ''सारमेय, किसी भी घटना से जीव को कोई फर्क पड़े, घटना के प्रति प्रतिभाव जगे, स्वयं की स्थिति बदल जाने का एहसास हो, उसी क्षण

वह बँधता है। उससे पहले नहीं। सारमेय, पट्टे के बिना रहने के लिए पट्टे को त्याग देना जरूरी नहीं है, इतना तू अच्छी तरह से समझ ले। न कर्मे लिप्यते…''

पृथा का वाक्य पूरा हुआ, न हुआ और गाड़ी ने एक दरवाजे में प्रवेश किया और उसी स्थल पर जाकर खड़ी हो गई, जहाँ एक बार सारमेय ने पोर्च के नीचे रखे गमलों के सामने बैठकर पूरी रात उस अश्रव्य स्वर को सुना था। उसने वातावरण को सूँघा, और पृथा से कहा, ''जब तक मैं यहाँ रहूँ, तब तक मैं जहाँ माली रहता था, उस कमरे के पास ही रहूँगा।''

सारमेय मालिक के घर आया है, यह जानकर कौलेयक उसे मिलने आया। ''यहाँ रहने से अच्छा है, तू मेरे साथ चल। वह अपना स्थान तो है।'' स्वयं जहाँ रह रहा है, वह खेत मालिक का है, यह भूलकर उसने सारमेय से कहा।

सारमेय ने उसकी भूल पर कोई ध्यान नहीं दिया और कहा, ''अच्छा ठीक है, चल, तेरे साथ रहता हूँ। तुम्हारा समारोह निपट जाने के बाद अरण्य व्रत में वापस चला जाऊँगा।''

वह जा रहा है, यह पृथा से कहना भी सारमेय को आवश्यक नहीं लगा। कौलेयक ने उसे इस असंस्कारी बरताव के लिए डाँटते हुए कहा, ''इतना समय शहर में रहा, संस्कारी और सज्जन मनुष्यों के बीच रहा, पर फिर भी तूने कुछ नहीं सीखा, यह ठीक नहीं है। तेरे कारण मुझे कई बार शर्मिंदा होना पड़ता है। खैर, अब सुन, कपड़े की प्रतिष्ठा के समय तुझे मेरे भाई की तरह बरताव करना होगा। मेरे बाद शायद तेरा भी सम्मान किया जाए तो तुझे भी कुछ बोलना पड़ेगा। संभव हो तो किसी अच्छे साधक के पास बैठकर तैयारी कर लेना या फिर कहीं सुना होगा तो याद कर लेना।''

''मैं जो कुछ समझा हूँ, वही कहूँगा।'' स्वयं के कारण कौलेयक को शरमाना पड़ता है, इस बात का जवाब देना सारमेय को जरूरी नहीं लगा।

दोनों भाई साथ चलते हुए नगर के बाहर पहुँचे। नीरव, स्तब्ध, निःशब्द सीमा में तारों के हलके उजाले में कौलेयक और सारमेय अपने-अपने तरीके से मजा लेते हुए चल रहे थे। ''सारमेय, हम जहाँ काम कर रहे हैं, उस शाला का अब तक कोई नाम नहीं रखा है। तुझे कुछ अच्छा नाम सूझ रहा हो तो कहना।''

''कौलेयक का तालीम केंद्र।'' क्योंकि वहाँ तुम सब को तालीम देते हो।

ऐसा सीधा-सादा नाम कौलेयक को पसंद नहीं आया। फिर इस नाम के कारण उसका नाम सदा के लिए कौलेयक ही रह जाएगा, ऐसी संपूर्ण संभावना भी उसे नजर आई। उसे लगा कि सारमेय अनपढ़ तो है ही, पर मूर्ख भी है। दुनियादारी की जिसे कोई समझ न हो, वैसे आवारा श्वान से बुद्धिपूर्ण नाम की अपेक्षा करना बेकार है, यह सोचते ही उसने बात को आगे बढ़ाने की बजाय वहीं रोक देना ठीक समझा। वह बोला, ''ठीक है, पर और अच्छा नाम खोजें तो बेहतर होगा।''

सारमेय मौन रहा।

दोनों भाई समारोह स्थल पर पहुँचे। शाम को योगाभ्यास संपन्न होने के बाद छोटे से प्रवचन में सारमेय का परिचय करवाया गया। तालीमार्थियों में से एक ने आगे आकर, खड़े होकर कहा, श्वान गुरु के भाई भी पधारे हैं, यह सुनकर सभी श्वान बंधुओं को बहुत आनंद हो रहा है, ऐसा जाहिर किया।

रात को कौलेयक ने सारमेय से कहा, ''कल गुरुजी के कुछ शिष्य भी यहाँ पधारेंगे। मुझे लगता है, इस अवसर का लाभ तुझे ले लेना चाहिए। तुझे कुछ कहना हो तो भक्तों में से कोई भी कुछ-न-कुछ सिखा सकेगा और उनके साथ बातें करते हुए तुझे आत्म ज्ञान और सामाजिक सम्मान दोनों प्राप्त होंगे।''

''मुझे वह जरूरी नहीं लगता।'' सारमेय ने निर्विकार भाव से उत्तर दिया। कौलेयक को यह जवाब पसंद नहीं आया। उसे अपने इस भाई पर दया आई।

कौलेयक अपने काम में मशगूल रहता, सारमेय तालीमार्थियों से मिलता, कभी साथ घूमने ले जाता। बगलवाले खेत की बाड़ के पास एक दुबला-पतला रोगी पिल्ला पड़ा रहता और यहाँ हो रहे बदलावों को आश्चर्य से देखता रहता। घूमते-घूमते सारमेय वहाँ गया। ''इस तरफ आ जा, देख यहाँ बहुत सारे हैं, तुझे मजा आएगा।'' सारमेय ने बाड़ के इस तरफ आने के लिए पिल्ले से कहा।

''बाड़ में से घुसकर निकल जाना या लंबी बाड़ को घूमकर उस तरफ पहुँचना, एक पिल्ले के लिए कठिन नहीं है, पर अभी मैं बीमार हूँ।''

सारमेय बाड़ के और नजदीक गया और पूछा, ''तुझे क्या हो रहा है ?''

''मेरी माँ मर गई है, इसलिए मुझे दूध पीने को नहीं मिल रहा। चूहे मुझे काट खाते हैं। मेरी एक बहन भूख से मर गई है।'' पिल्ले ने कहा।

"तू यहीं रह। मैं अभी आता हूँ," कहकर सारमेय अंदर गया। रसोई बन रही थी, वहाँ जाकर उसने किसी से कहा, "एक कटोरी दूध मिलेगा? उस नन्हे पिल्ले को अभी पिलाना पड़ेगा।"

बात सुननेवाला वह ट्रस्टी था, जिसने गुरुजी का वस्त्र कुत्तों की भूमि पर रखने के लिए विरोध दरशाया था। उसने चिल्लाकर कहा, "इस लँगड़े को निकालो यहाँ से।" और सारमेय की ओर तिरस्कारपूर्ण नजर डालते हुए उससे कहा, "तुम अब मेरी रसोई तक आने लगे हो, पर याद रखना। एकाध भी मेरी चपेट में आ गया तो हालत खराब कर दूँगा। क्यों घुस आए हो यहाँ?"

"यह रसोई आपकी है, ऐसा आपका दावा मैं स्वीकार नहीं करता। दूसरी बात, अभी जो आपने हालत खराब कर देने की बात कही है तो वैसा करने के लिए आप मुक्त हो और तीसरा, मुझे थोड़ा दूध चाहिए था, इसलिए वह लेने मैं यहाँ सीधे रास्ते से चलकर आया हूँ, घुस नहीं आया हूँ। मुझे दूध ले जाने के सिवाय कोई काम नहीं है।" सारमेय ने शांत चित्त से जवाब दिया।

बात बढ़ जाती, इसके पहले एक साधक का ध्यान गया। सारमेय को पहचानते ही उसने बीच में पड़कर कहा, "सारमेय, तू जा। मैं दूध भिजवाता हूँ। किसे चाहिए?"

"बाड़ के उस तरफ एक पिल्ला भूखा और बीमार है।"

"ठीक है, मैं भेजता हूँ। तू जा।" उस साधक ने कहा और ट्रस्टी के सामने मुड़कर बोला, "कौलेयक का छोटा भाई है।"

"मेरी समझ में कुछ नहीं आ रहा कि क्या होने जा रहा है? गुरुजी ने आश्रम में प्रवेश दे दिया तो ये लोग रसोई में पहुँचने लगे।" ट्रस्टी बड़बड़ाने लगा। सारमेय कोई प्रतिभाव दिए बगैर चलता बना। वह बाड़ के पास जा रहा था कि कौलेयक ने उसे रोका, "कहाँ भटक रहा है, चल, प्रतिष्ठा का समय हो गया है।"

फिर पूरा दिन पूजा-पाठ, विधि-विधान और प्रसाद ग्रहण करने में बीत गया। आखिर में कौलेयक को सम्मानित करने की विधि की गई। उसे माला पहनाई गई, ललाट पर तिलक लगाया गया। थोड़े प्रवचन हुए। सारमेय का भी सम्मान किया गया, पूजा की गई। अंत में सारमेय से कहा गया कि वह भी दो शब्द कहे।

सारमेय खड़ा हो गया और बोला, ''मुझे क्या कहना चाहिए, यह मेरी समझ में नहीं आता।'' फिर कुछ बोले बगैर ऐसे ही खड़ा रहा।

''कुछ तो कहना पड़ेगा। ईश्वर की कृपा के बारे में कुछ कहो।''

''जो ईश्वर हो तो वह कृपा या अवकृपा कुछ भी कर सकता।'' सारमेय ने एक वाक्य कहा और चुप हो गया।

सभा में थोड़ा शोर उठने लगा। कौलेयक के मुख पर थोड़ा क्रोध छलक आया। उसने सारमेय से बैठ जाने के लिए कहना चाहा, इतने में ही एक और सुझाव आया, ''तो फिर आत्मा के कल्याण के विषय में कुछ कहो।''

''जिस विषय में मैं कुछ जानता नहीं हूँ या सशंक हूँ, उस विषय में कुछ बोलना मैं योग्य नहीं मानता।'' सारमेय ने उसी दृढता से जवाब दिया। उसके बाद किसी ने उसे ज्ञान के विषय में बोलने के लिए कहा। तब सारमेय ने कहा, ''ज्ञान एव बन्धनम्।''

सभी को विश्वास हो गया कि सारमेय कुछ भी नहीं जानता। किसी ने मजाक किया, ''एक तो तुम क्या कर सकते हो, वह कहो, दूसरा तुम्हें क्या आता है और तीसरा तुम अगर यहाँ रहना चाहो तो इन श्वान साधकों को क्या सिखा सकोगे? इतना कहो और बैठ जाओ, बाकी का सारा हम समझ लेंगे।''

''एक तो मैं विचार कर सकता हूँ और कुदरत की प्रेरणा को तीव्रता से अनुभव कर सकता हूँ। दूसरा, मुझे अश्रव्य स्वर सुनना आता है। तीसरा, मैं यहाँ रुकनेवाला नहीं हूँ। मैं किसी को कुछ सिखा नहीं सकता हूँ, केवल जानकारी दे सकता हूँ।'' बिल्कुल बेझिझक होकर सारमेय ने कहा और स्वयं को माला पहनाई गई, जुलूस में घुमाया गया, सम्मानित करवाया गया, वगैरह बातों का कोई प्रतिभाव दिखाए बिना बैठ गया।

सभा में शांति छा गई। कौलेयक को आघात लगा। उसी दिन उसे आघातजनक एक और समाचार सुनने को मिला, गुरु वस्त्र की पूजा और स्थल की मालिकी के लिए एक और मनुष्य की नियुक्ति की गई है। कौलेयक ने इस बात को भी स्वीकार कर लिया और आभार प्रदर्शन करके समारोह संपन्न किया गया। सभा विसर्जित हुई।

तीव्रतम बनती शीत ऋतु की ठंड ने सूर्य की अनुपस्थिति में जैसे कहर

बरपाया हो, ऐसा सन्नाटा छा गया। आकाश में उत्तर-दक्षिण तक फैली हुई आकाश गंगा, किसी सदास्रोता महानद जैसे नक्षत्र, तारों के वृंद और वायुमंडल के बीच नभ पथ पर सरकते जा रहे थे। अगणित तारक रत्नों की स्वामिनी एक के बाद एक रत्न आकाश में बिछाती जा रही थी।

कोई महारानी अपने रत्न भंडार के तमाम रहस्य खोल देने के बाद रत्नों के बिछौने पर बैठकर रत्नों की आभा ग्रहण कर रही हो, इस तरह दक्षिणाकाश को भर देती वृश्चिक के अंतर्गत धनु निहारिकाओं में मंदाकिनी परम तेज से झिलमिला उठी।

सारमेय इस अबोल परिसर को सुनने के लिए कान सतर्क कर बैठा था। उसे वह अश्रव्य ध्वनि सुनाई देती, इससे पहले ही उसके कानों में उस पिल्ले के कराहने की आवाज पड़ी। वह चौंककर खड़ा हो गया।

खड़े होते ही सारमेय बाड़ की तरफ दौड़ा। बाड़ के पार जाने के लिए झाड़ियों को हटाकर छेद जैसी सी जगह बनाकर उसमें से उसने बलपूर्वक अपना शरीर सरकाया। उस तरफ पहुँचते ही ठंड से काँप रहे पिल्ले के पास जाकर उसने कहा, "बहुत ठंड है। मैं तुझे ढकने की कोई व्यवस्था करता हूँ। दोपहर को दूध भिजवाया था, वह पिया तो था न?"

"कौन सा दूध?" मुश्किल से बोले गए शब्द सुनते ही सारमेय अपने लँगड़े पैरों से जितना तेज भाग सकता था, उतनी तेजी से रसोई की ओर भागा, सूँघकर कोने में पड़ी बरनी उठाई और उतनी ही तेजी से पिल्ले के पास लौट आया।

"ले, दूध लाया हूँ।" सारमेय ने कहा। पिल्ले का मुँह जकड़ गया था। वह किसी तरह नहीं खुल रहा था। सारमेय ने धक्का मारकर बरनी पिल्ले के मुँह पर गिरा दी। दूध के ठंडे तालाब में पिल्ले का मुँह भीगता रहा। सारमेय ने पास बैठकर उसे गरमी देने का प्रयत्न कर देखा। बढ़ती हुई ठंड में यह उपाय भी कारगर नहीं हो रहा था। यह देखकर सारमेय ने दाँतों से हलके से पिल्ले को उठाया। बाड़ में उसी के बनाए छेद से गुजरकर गुरु मंदिर की ओर चला। गुरु मंदिर का द्वार हलके से धकेल कर खोल दिया, अंदर जाकर बंद कर दिया और स्थापित किया हुआ वस्त्र उठाकर पिल्ले को ओढ़ा दिया। और खुद भी वहीं सो गया।

22

"इतनी मार, इतना अपमान कोई किस तरह सह सकता है, यह मेरी समझ में नहीं आता।" जिज्ञासु कौलेयक के सामने बैठकर गंभीरतापूर्वक बात कर रहा था, "कितनी बार मुझे लगा कि सारमेय अभी सामने खड़ा हो जाएगा, परंतु इन सब को फाड़कर खा सके, ऐसी उसकी शक्ति कौन जाने कहाँ गायब हो गई थी। वह तो सामने गुर्राया या भौंका तक नहीं। न उसके मुख भाव ही बदले।"

"यह सब हुआ कैसे?" गुरु कौलेयक ने पूछा।

"आप अभी प्रातः भ्रमण के लिए गए ही होंगे कि पुजारी ने गुरु मंदिर का दरवाजा खोला। अंदर उस सड़े हुए पिल्ले को गोद में लिपटाकर सारमेय आराम से सो रहा था। गुरु के वस्त्रासन के बिल्कुल पास में।" जिज्ञासु ने सुनी हुई बात भी इस तरह कही, जैसे उस पल वह वहाँ हाजिर रहा हो।

अगले पंजों पर मुँह फेरकर जिज्ञासु ने आगे कहा, "और तो और उसने वह गुरुवस्त्र उस पिल्ले पर ढक दिया था। गुरु का ऐसा अपमान तो आपसे या मुझसे भी सहा नहीं जाता, परंतु फिर भी कुछ भी पूछे बगैर हम इस तरह उसे मार भी नहीं मारते। वह तो भला हो उस ऊँट गाड़ीवाले का, जो रास्ते पर गाड़ी खड़ी करके सारमेय को बचाने के लिए दौड़ा चला आया।"

"तुम में से कोई बीच-बचाव करने नहीं गया?" गुरु कौलेयक ने पूछा।

"ट्रस्टियों की बाबत में?" जिज्ञासु ने कौलेयक को परिस्थिति से अवगत कराता प्रश्न पूछा और निम्न वदन से बोला, "हममें से ही कुछ जब मान रहे हों कि सारमेय ने पाप किया है और हमारे ही लोग, उसे हार पहनानेवाले ही जब मार रहे हों, तब मैं या कोई और कहता भी क्या?"

"तेरी बात सही है। पवित्र हुए बगैर सारमेय का गुरु विभाग में जाना ही बड़ा पाप है और-तो-और उसने तो वह गुरुवस्त्र एक बदबूदार पिल्ले को ओढ़ा दिया! अरे···रे···" कहते-कहते गुरु कौलेयक विचारमग्न हो गया।

"अगर सारमेय अपना गुनाह कबूल कर लेता तो शायद बच जाता, पर वह तो कहता रहा, 'मुझे लगता है कि न करने जैसा ऐसा मैंने कुछ नहीं किया।'"

"उसके साथ यही मुश्किल है कि उसे जो ठीक लगता है, वह करके ही रहता है।"

"फिर कह रहा था, गुरुजी होते और उनके पास इस पिल्ले को ओढ़ाने के लिए अगर कुछ नहीं मिलता तो वे स्वयं भी यह वस्त्र पिल्ले को ओढ़ा देते।" कहकर जिज्ञासु अपने गुरु के मुखभावों को देखता रहा, फिर धीरे से बोला, "वैसे उस गाड़ीवाले ने हम सब की ओर से बहुत सुनाया। उसने तो सारमेय को भी भड़काया कि इस तरह मार क्यों खा रहा है, क्या तुझ में ताकत नहीं है ? उठ खड़ा हो और फाड़ कर खा जा सबको।"

"कोई अगर सहायता करने आता है तो कुत्तों का बल कई गुना बढ़ जाता है, पर फिर भी सारमेय ने कुछ नहीं किया ?" कौलेयक का मन जलने लगा।

"नहीं, उसने गाड़ीवाले के मुख के सामने देखा, और कहा, "क्रोध न कर, वे जो कहना चाहते हैं, उन्हें कह लेने दो।" गाड़ीवाला सारमेय की बात नहीं माना और डंडा उठाकर सबको डाँटने लगा। फिर सबको गालियाँ देता हुआ सारमेय को उठाकर चला गया, तब वह बच सका।" जिज्ञासु ने कहा।

"गाड़ीवाला उसे कहाँ ले गया होगा ?"

"गाड़ीवाला उसे संजय के घर छोड़ आने की बात कर रहा था।" जिज्ञासु ने अपनी बात पूर्ण की।

"मतलब अरण्यव्रत।" कौलेयक बोला और मौन बैठा रहा। जिज्ञासु वहाँ से चल दिया, उसके बाद भी वह कितनी देर तक अकेले बैठे भाई के इस अनोखे बरताव के बारे में सोचता रहा। उसकी समझ में कुछ नहीं आया। आखिर सारमेय का भला हो, ऐसा सोचकर, भविष्य में समय मिलते ही उसके हाल-चाल पूछने जाऊँगा, ऐसा तय करके उसने प्रार्थना की। फिर ध्यान में डूब गया।

23

गाड़ीवाले ने सारमेय को उठाकर गाड़ी में रख दिया, तब वह बिल्कुल बेहोश था। घास की गठरी पर उसे रखते हुए गाड़ीवाले ने सबको गालियाँ देते हुए कहा भी, "इससे अच्छा तो यह है कि तू अपने दाँत गिरा दे और नाखून कटवा दे, वही ठीक रहेगा।" पर सारमेय उसकी बातें सुन सके, ऐसी स्थिति में नहीं था।

गाड़ीवाला ऊँट के साथ बातें करने में व्यस्त हो गया, "अब इस मूर्ख की कुछ दवा-दारू भी करनी पड़ेगी। नहीं तो यह ऐसे ही मर जाएगा।"

ऊँट को कहने का मन हो आया कि ऊँट और कुत्ते जैसे सभी बिना दवा ठीक हो जाने की कला अच्छी तरह से जानते हैं, पर उसका ध्यान गाड़ी के तले बँधे हुए बोरी के झूले में था। जंगल के कच्चे रास्ते पर, उबड़-खाबड़ जगहों और झाड़ियों में कहीं टकरा न जाए, इस पर था। वह गड्ढे और पत्थरों पर से बहुत सँभालकर चल रहा था।

ऊँट की इस तरह की चाल से गाड़ीवाले को बहुत आश्चर्य हुआ। उसने गाड़ी रोककर नीचे उतरकर बोरी के बँधे झूले में नजर डाली। फिर ऊँट की ओर देखा। ऊँट से कुछ पूछना चाह रहा हो, इस तरह उसके मुँह के पास गया, पर फिर पूछने का इरादा बदलकर गाड़ी चलाने बैठ गया।

बहुत लंबा रास्ता काटने के बाद एक झरने के किनारे रुककर गाड़ीवाले ने ऊँट को छोड़ा और सारमेय को देखने लगा। झरने में से पानी लाकर सारमेय के मुख पर छिड़का। वह होश में आया तो उसे पानी में आटा मिलाकर बनाया घोल पीने के लिए दिया।

''फिर उस बीमार पिल्ले का क्या हुआ ?'' सारमेय ने गाड़ीवाले से पूछा।

''अब उसमें अपने मन को मत लिपटने दे।'' गाड़ीवाले ने कहा, ''तूने अपना कर्तव्य निभाया है न ? अब उसका जो होना होगा, वह होगा। सारी दुनिया का बोझ तू अपने सिर पर मत ले। तेरे सिवाय भी उसका कोई तो होगा ही। देख सामने। गाड़ी के तले एक झूला बँधा है। कोई उसमें उस पिल्ले को रख गया होगा। वह अंदर पड़ा सो रहा है। अब उसे कौन रख गया, वह तो ऊँट जाने।'' कहकर गाड़ीवाला जोर-जोर से हँसने लगा। फिर उठकर झूले में से पिल्ले को उठा लाया। उसे भी थोड़ा खिलाया। फिर ऊँट को गाड़ी में जोतकर गाड़ी पर बैठते हुए पिल्ले को अपनी गोद में बिठाकर बोला, ''अब से रोज तू यहाँ बैठेगा। यह तेरी जगह है।''

गाड़ी चल निकली। फिर गाड़ीवाले ने सारमेय से पूछा, ''पंगु भाई, आप कहाँ जाना चाहते हैं, संजय के यहाँ उतार दूँ ?''

''नहीं, अब मुझे किसी के यहाँ नहीं जाना है। तू मुझे पानी के पासवाली किसी भी जगह पर उतार दे, मैं वहीं रहूँगा।''

गाड़ीवाले ने कोई जवाब नहीं दिया। अपने गाँव पहुँचकर नदी के किनारे

बड़े-बड़े पीपल के वृक्षों तले उसने गाड़ी खड़ी कर सारमेय को वहाँ उतार दिया। फिर गाँव में जाकर एक-दो लोगों से सारमेय के ठीक होने तक उस पर ध्यान देने के लिए कहकर वहाँ से चला गया।

कौलेयक शिष्यों सहित उत्तर की यात्रा पर जाने की सोच रहा था। तब उसने अरण्यव्रत में तलाश करवाई, पर सारमेय वहाँ नहीं था। उसे ले जानेवाला गाड़ीवाला कौन था, यह कोई नहीं जानता था। आखिर सब सारमेय को लिये बिना यात्रा के लिए निकल पड़े।

समय बीतते सारमेय के घाव भर गए। अब वह थोड़ा-बहुत घूम-फिर भी लेता था, परंतु गाँव में से नदी पर आने-जानेवालों को लगा कि सारमेय दिन-ब-दिन कमजोर होता जा रहा है। उसकी आवाज भी बदलने लगी थी। भरा हुआ शरीर रोएँदार होने के बावजूद दुबला-पतला दिखाई देने लगा।

कुछ महीनों तक ग्रामवासियों ने सारमेय का बराबर ध्यान रखा, पर धीरे-धीरे स्वयं को मिलने आनेवालों के साथ बोलना भी उसने छोड़ दिया। इसलिए धीरे-धीरे सबने आना छोड़ दिया। सुबह-शाम नदी पर आते लोग सारमेय पर नजर डाल लेते। सारमेय मौन, शांत बैठकर सामने बह रही नदी को देखता रहता है।

एक सुबह सारमेय ने कुछ लोगों को अपने घर के तमाम सामान और पालतू पशुओं के साथ नदी के पार जाते देखा। दूसरे दिन पास के गाँवों में और फिर शहर में से भी वाहनों और पैदल चलती हुई टोलियाँ वहाँ से गुजरती रहीं। यह प्रवाह लगातार चलता रहा।

तीसरे दिन अरण्यव्रत के निवासी भी जाते दिखाई दिए। संजय की नजर सारमेय पर पड़ी। पहले तो वह उसे पहचान भी न पाया, पर पहचानते ही सारमेय के पास आया और बोला, "भाई तुझसे किसी ने कहा नहीं है, इस पूरे विस्तार में रेडियो-एक्टिविटी फैल गई है और गाँव-के-गाँव खाली हो रहे हैं। ऐसे में तू अब तक यहीं क्यों पड़ा हुआ है ?"

"यहाँ से बहुत लोगों को जाते देखा है, पर आप कहते हैं, ऐसी किसी महामारी के बारे में मुझे कुछ पता नहीं है।"

"नदी पर बने अणु बिजली केंद्र में अकस्मात् ही यह सब हुआ है। यहाँ

रहना अब सुरक्षित नहीं है। तू भी हमारे साथ निकल चल।'' संजय ने कहा।

''ऐसा करना मुझे जरूरी नहीं लगता।'' सारमेय ने जवाब दिया, ''पर कौलेयक को इस बात की खबर न हो तो तू उसे यह खबर पहुँचा दे, ऐसा मेरा सुझाव है।''

''उसके तालीम केंद्र पर तो कोई है ही नहीं। वह सब उत्तर की ओर यात्रा करने के लिए गए हैं। उन्हें ढूँढ़कर वापस नहीं आने के लिए कहलवा दूँगा।'' संजय ने कहा और सारमेय को समझाने की कोशिश करना, यानी केवल वक्त बरबाद करने से अधिक कुछ नहीं है, ऐसा लगने पर उसे अकेला छोड़ वह अपने मार्ग पर चल दिया।

और एक दिन बीता। आज कोई नहीं दिखा। खाली गाँव और शहर की ओर से अरण्यों के पार बहती हवा, घर छोड़कर न जा पानेवालों की गति का संदेश लिये बह रही थी। दिशाएँ भी छटपटा रही हों, इस तरह चारों ओर अजीब उदासी व्याप्त हो चली थी। अरण्यों ने भी वातावरण को जवाब दे दिया। वृक्षों पर से रातोरात पत्ते झड़ गए। एक ही दिन में सारमेय के शरीर से सारे रोएँ झड़ गए। वह अपनी पलकविहीन आँखों से अपर्ण हो चुके वृक्षों को देखता हुआ शांति से अस्त होते सूर्य को देखता रहा।

सुबह अपनी भूख के शमन हेतु बैठे हुए सारमेय को नदी किनारे श्वानों की टोली आती हुई दिखाई दी। आवाज सुनते ही सारमेय ने नदी की ओर देखा। कौलेयक आता दिखाई दिया।

ठीक इसी समय कौलेयक की नजर भी सारमेय पर पड़ी। एक वृक्ष के तले बैठकर सारमेय पैरों तले मरी हुई गिलहरी दबाकर उसे खाने ही जा रहा था। सारमेय का बिना रोएँ का, कत्थई रंग का शरीर, बिना रोएँ की पूँछ और बिना गुर्राहट का मुँह देखकर कौलेयक का हृदय भर आया।

इस स्थिति में सारमेय से मिले या नहीं, इस असमंजस में कौलेयक कुछ देर तक पड़ा रहा, पर फिर उसे लगा कि इतने समय के बाद अचानक मिल गए अपने इस छोटे भाई से मिलना तो अवश्य चाहिए। हो सकता है आज सारमेय उसकी बात मान ले, शायद साथ आने के लिए तैयार हो जाए।

कौलेयक चलते-चलते रुक गया। गुरु के आस-पास घेरकर खड़े भक्त

समुदाय को इस तरह बीच में ही रुकने के कारण विविध तर्क करने का समय मिले, इसके पहले ही कौलेयक शिष्यवृंद में से मार्ग निकालकर सारमेय की ओर बढ़ने लगा।

सारमेय ने बड़े भाई को देखकर गिलहरी एक तरफ रख दी, अपनी देह को लंबा कर प्रणिपात किया। अपनी क्षीण देह को जमीन पर रगड़ा। एक-दूसरे के गले मिलने की इच्छा दोनों ने दबाए रखी।

सारमेय ने उसे इस प्रदेश में उत्पन्न हुई स्थिति से अवगत कराया और उसे यहाँ से चले जाने के लिए कहा।

''हमने दूसरी ओर जाने के लिए अपना मार्ग बदल लिया है। तू भी हमारे साथ चल। हे मेरे भाई, ईश्वर ने मुझे तुझे यहाँ से ले जाने के लिए ही भेजा है, ऐसा समझ।'' कौलेयक ने समझाने की कोशिश करते हुए कहा, ''तेरी यह दशा मुझसे देखी नहीं जाती। कहाँ मेरा रोएँदार, चैतन्य से भरा-भरा सारमेय और कहाँ यह तेरी आज की अवदशा। इस खुले नदी के तट पर, वीराने में, बिना रोएँ का··· !'' वह आगे बोल नहीं पाया।

''तू इतना दुःखी मत हो। तू जो वर्णन कर रहा है, वह मात्र देह की अवस्थाओं से अधिक कुछ नहीं है। मैं तो जैसा था, वैसा ही आज भी हूँ।''

''रे सारमेय, तू मेरे गुरु की बात मानकर आश्रम में रुक गया होता तो! जीवन क्या है, जीव क्या है, आत्मा और परमात्मा का क्या संबंध है, तू कल्पना भी नहीं कर सकता इतना ज्ञान तुझे प्राप्त होता। सारमेय, गुरु के मानने के अनुसार तो तू मुझसे भी अधिक तेजस्वी था। तुझे तो परम मुक्ति पद की प्राप्ति चुटकी बजाते हो जाती, पर बात न मानकर तूने बहुत कुछ गँवाया है। मुझे बता, आज उम्र के इस पड़ाव पर भी तू क्या जानता है, ज्ञान क्या है, यह भी तुझे मालूम है ?''

सारमेय एक पल कुछ नहीं बोला। स्वयं आज तक ज्ञान के विषय में सुने हुए शब्दों को याद किया और बड़े भाई को ऐसा जवाब देना चाहिए या नहीं, इस बात से अनजान सारमेय ने सहज भाव से कहा, ''ज्ञान एव बन्धनम्।'' यह सुनकर कौलेयक ने निराशा से सिर हिलाया।

''तू कुछ भी नहीं जानता।'' कहकर कौलेयक ने सारमेय को कुछ उपदेशात्मक बातें कही। अपने बड़े भाई को ऐसा महाज्ञानी बना देखकर सारमेय

को आनंद होना चाहिए था, पर ऐसा नहीं हुआ। वह करुणामय नजरों से अपने भाई की ओर देखता रहा।

कौलेयक ने फिर कहा, "तू क्यों नहीं चला इस मार्ग पर, सारमेय, गुरुजी ने भी तुझे समझाया था। तू क्यों नहीं आया?"

"ऐसा करना मुझे जरूरी नहीं लगा।" सारमेय ने स्वस्थ, शांत, सहज भाव से उत्तर दिया।

"पर आज तो चल। दूर पहाड़ों में प्रदूषण से दूर, प्रकृति की गोद में; मेरा नया आश्रम बन रहा है, वहाँ रहना। दृश्य जगत् के रहस्यों के पार का ज्ञान कराती बातें सुनना। मेरे पास महान् गुरु के प्रवचनों का संग्रह है। उसे तू आराम से सुन सकेगा। अब आखिरी दिनों में अपने आत्मोद्धार के लिए ही कुछ कर ले तो अच्छा होगा।"

"मुझे ऐसा करना जरूरी नहीं लगता।" सारमेय ने फिर से उसी स्वस्थता से, शांत चित्त से उत्तर दिया।

सारमेय नहीं मानेगा, ऐसा लगने पर कौलेयक खिन्न हृदय से वापस जाने के लिए उठ खड़ा हुआ। खड़े होकर फिर एक बार उसने आग्रह कर देखा। आखिर दुःखी होकर बोला, "खैर, तू अब भी ऊर्ध्वमुख बनना नहीं चाहता है तो तेरी मरजी। मैं तुझसे अब क्या कहूँ?"

"ऊर्ध्वमुख होना मुझे कभी नहीं आया।" सारमेय ने कहा, "मैं तो सदा चार पैरों पर ही चलता रहा हूँ। भूमि के समांतर। फिर मैं जानता हूँ कि पृथ्वी से थोड़ा सा ऊपर जाते ही ऊर्ध्व या अधो जैसा कुछ नहीं होता। सबकुछ सामने होता है।"

एकाध कदम चलकर कौलेयक फिर रुका, पीछे मुड़कर बोला, "मैंने अनेक जीवों के कल्याण के लिए प्रभु से प्रार्थना की है। उनका कल्याण हुआ भी, पर तुझमें इतना भी विवेक नहीं है कि तू मुझसे कहे कि भाई, मेरे लिए ईश्वर से प्रार्थना करना।"

"ऐसा करना मुझे जरूरी नहीं लगता।" सारमेय ने फिर वही उत्तर दिया।

निराश कौलेयक अपने संघ को साथ लेकर चला। उसका इरादा हिमालय में संदेह स्वर्ग तक पहुँचाते मार्ग पर प्रवास करने का था। एक बार एक श्वान उसी मार्ग से चलकर स्वर्ग तक पहुँच पाया था, यह कौलेयक को बराबर याद था।

आखिर हिमालय की तलहटी आ गई। यहाँ कौलेयक ने अपना नया स्थान बनाने का तय करके जिज्ञासु को अच्छी जगह तलाश करने का काम सौंप दिया। जिस दिन स्थल तय हो गया, उसी दिन जिज्ञासु ने एक खबर सुनाई, ''गुरुजी मैं जगह की तलाश करने निकला तो मुझे नीचे के तीर्थ पर पृथा मालकिन मिली थी। सारमेय अब इस दुनिया में नहीं है। बहुत पीड़ा भोगने के पश्चात् उसकी मृत्यु हो गई।''

''शायद उसके लिए ऐसी ही गति प्राप्त करना लिखा होगा।'' कौलेयक ने कहा और भाई की आत्मा की शांति के लिए सामूहिक प्रार्थना की।

नया स्थल कैसा बनाना है, उस बारे में चर्चा करने में एकाध दिन बीत गया। फिर स्वर्गारोहण के मार्ग पर प्रवास करने के लिए संघ आगे बढ़ा। उनमें से कुछ ने प्रवास में जाने की बजाय नए स्थल पर रुककर व्यवस्था देखने का काम करना पसंद किया।

अति कठिन मार्ग पर चलते हुए एक रात उन्होंने एक निर्जन स्थान पर एक गुफा ढूँढ़कर उसमें बिताई। अब आगे मार्ग और कठिन होता जाएगा, इस बारे में कुछ चर्चा हुई। ''हमें अब आगे जाने की बजाय नीचे वापस जाना चाहिए। वहाँ अभी बहुत काम बाकी है। एक बार केंद्र की स्थापना ठीक से हो जाए, फिर और सुविधाओं के साथ प्रवास किया जा सकेगा।'' किसी ने कहा।

सुबह कौलेयक ने देखा कि उसके संघ में से करीब आधे सदस्य कहीं चले गए हैं। उनके पदचिह्नों को देखते ही कौलेयक समझ गया कि वह सब अलग-अलग मार्गों से, मैदानी इलाके की ओर उतर गए हैं।

कौलेयक निराश नहीं हुआ। सब अपने ध्येय को प्राप्त नहीं कर पाते, ऐसे आश्वासन के साथ वह अपने रहे-सहे साथियों के साथ आगे बढ़ा। आखिर हजारों वर्षों के बाद कोई दूसरा श्वान स्वर्गारोहण के मार्ग पर प्रवास करनेवाला था। यह कोई छोटी या छोड़ देने लायक बात नहीं थी। वह स्वयं प्राणांत तक भी उसी मार्ग पर जाएगा, इस निर्धार से गुरु कौलेयक आगे बढ़ता रहा।

जैसे-जैसे संघ आगे बढ़ता गया, वह संघ के लक्षणों को खोने लगा। आखिर जिज्ञासु भी रुक गया। कौलेयक और आगे जाने का मोह त्याग नहीं सका और अकेले ही आगे बढ़ा…।

जिज्ञासु ने आश्रम पहुँचकर गुरु की बहुत राह देखी, पर श्वान गुरु कौलेयक असीम विस्तीर्ण बर्फ की चादर तले से जागकर फिर कभी उसे दर्शन दे पाता, ऐसी स्थिति में नहीं था।

जिज्ञासु ने गुरु की राह देखना छोड़ दिया और मृत महापुरुषों के शुरू किए हुए कार्य को आगे जारी रखने के लिए इस समझदार दुनिया के सयाने और विवेकशील माने जाते जीव, जो कुछ भी करते हैं, वह सब करने का तय कर लिया।

24

"पृथ्वी पर आप महान् श्वान थे। आपने आत्मज्ञान प्राप्त करने का विचार किया था। बहुतों को आपने सुपंथ पर चलने के लिए मार्गदर्शन भी दिया था। यहाँ सबकुछ लिखा हुआ है, पर इन सब के पुण्य की भरपाई होने के साथ ही आपको फिर जन्म तो लेना ही पड़ेगा।" अदृश्य देवात्मा ने नए आए हुए कौलेयक नामधारी जीव से कहा।

फिर जन्म लेने की बात सुनकर जीव को बहुत आश्चर्य हुआ। पलभर के लिए उसने पृथ्वी पर की हुई अपनी साधना में कुछ कमी तो नहीं रह गई थी, इस बारे में सोचा। कोई भूल उसे नहीं दिखाई दी, फिर भी उसने कोई तर्क नहीं किया। मौन रहकर फैसला स्वीकार कर लिया।

अचानक कुछ याद आ गया हो, इस तरह उस जीव ने अदृश्य देवात्मा को ढूँढ़ने का व्यर्थ प्रयत्न कर के पूछा, "मुझे कुछ पलों के लिए नरक में जाने की आज्ञा मिलेगी?"

"पुण्य प्राप्त किया हुआ कोई जीव नरक में जाने की इच्छा नहीं करता। आपको ऐसी इच्छा क्यों हो रही है?" अदृश्य देवात्मा ने पूछा।

"पृथ्वी पर मेरा एक छोटा भाई था। सारमेय। अब शायद वह नरक में हो तो मुझे उससे मिलना है।"

"नरक में जाने की आज्ञा तो आपको मिल सकती है, पर सारमेय आपको वहाँ नहीं मिलेगा। वह नरक में नहीं है। हकीकत में वह कहीं भी नहीं है।"

अदृश्य देवात्मा के शब्द सुनाई दिए। फिर चारों और शून्यता व्याप्त हो गई।

□□□